Varianti

Eliana Bouchard

Louise

Canzone senza pause

Sett '08

Bollati Boringhieri

Prima edizione 2007
Ristampa gennaio 2008

Stampato in Italia dalla Litografia «Il Mettifoglio» di Venaria Reale (To)
ISBN 978-88-339-1816-7

www.bollatiboringhieri.it

Louise

Adveniat Regnum Tuum

1.
1572

La stanza della residenza di rue de Béthisy era scarsamente illuminata, risparmiandomi così la pena di vedere tutta la sofferenza sul volto di mio padre. Stava semisdraiato e rigido per non offendere il braccio ferito. Il chirurgo Paré aveva estratto, con qualche difficoltà, la pallottola dall'arto sinistro, scongiurando l'amputazione che si era resa necessaria per l'indice della mano destra. Era trascorso un giorno dall'operazione e il dolore che non cessava di mordere la carne, stirava all'indietro la pelle sottile delle tempie, lì dove l'occhio sfugge e guarda le spalle.

Penso spesso a quelle ore e ogni volta mi chiedo che cosa esplorasse il lampo grigio dell'occhio liquido, lucido e vigile, spiando nell'ombra che dal fianco del letto strisciava fino alla porta. Forse, a catturare il suo sguardo era soltanto il dolore che solleva e contorce le vene, raffredda il sudore e guizza nella pupilla accesa.

Mi accontento di questa spiegazione perché l'altra, quella dell'ansia per il pericolo in agguato, mal si addice a una mente limpida e lineare come la sua. Varie ipotesi accompagnano il ricordo di quei giorni, ma nessuna spiega la determinazione febbrile che dominava il suo pensiero.

Se evoco l'estrema sua immagine, spesso un'altra le si sovrappone, ma subito scompare, improvvisa com'era venuta, senza lasciare traccia, mentre uno spasmo del cervello segnala l'impossibilità di stabilire un contatto con il frammento perduto. Potrebbe trattarsi di qualsiasi cosa, di un fatto piccolo e grave, forse un pensiero o un messaggio che mi è stato rivolto e non ho saputo raccogliere. Capita, talvolta, che un elemento di nessun conto si incarichi di riportare alla luce episodi nascosti nelle retrovie e vorrei provare ad afferrare ritagli che vivono legati ai ricordi, mettendo fine alla delusione che segue i contatti negati.

La sottile inquietudine che accompagnava la comparsa del messaggio in incognito è da tempo scomparsa, anzi, ora ne aspetto il ritorno con la speranza di saperlo fermare senza timore. Da quell'agosto sono trascorsi cinquant'anni ed è venuto il momento di dare un significato a quei minuscoli squarci. Con un setaccio a trama sottile, filtrerò gli istanti che risponderanno al mio appello e questa incombenza mi aiuterà a sopportare l'amarezza provata fuggendo dall'Olanda.

Un ottobre fiammeggiante, qui a Fontainebleau, mi aiuterà a sconfiggere il rimpianto e a dare aria agli angoli della mente. Percepisco l'implacabile frenesia che accompagna il partire, questa volta verso luoghi distanti nel tempo, laddove si conserva intatta l'intensità del respiro. A causa dell'eventuale protrarsi del viaggio, ho fatto portare da Perrine, nel vano della finestra, una poltrona imbottita.

La memoria ha subito una trasformazione curiosa che attribuisce, a quanto accaduto quel 24 agosto, le forme e i colori dei sogni. Le mie mani, appoggiate ai braccioli trapunti, sono tuttavia le stesse con cui sostenevo il mio viso nel buio della vigilia. Riconosco in quel gesto il contrasto leggero e familiare dei polpastrelli, lievi contro il volume umido delle mie guance.

Dal letto ampio, a baldacchino, mio padre di tanto in tanto mi fissava, nel tentativo di tranquillizzarmi, ma anche di comunicarmi uno stato di allerta. Mi suggeriva con lo sguardo, più che con le parole, di non temere, ma di essere vigile. Charles, mio marito, aveva accostato una sedia al giaciglio, per sentire meglio la sua voce. Parlavano degli avvenimenti degli ultimi giorni, dell'agguato, della visita repentina del re, in compagnia della madre e del seguito. Mettendo gli eventi uno in fila all'altro, provavano a valutare la gravità del pericolo, consapevoli del fatto che Parigi fosse una polveriera, ma propensi a credere che il fallito assassinio poteva aver spento la miccia. Più di un amico sosteneva, al contrario, che l'avesse accorciata.

La fiducia dei due uomini nei confronti di Carlo IX era volutamente assoluta. Non perché pensassero che il sovrano avesse in pugno gli eventi, condizionato com'era dall'influenza materna, ma piuttosto perché entrambi si sentivano nel giusto. Di indole nobile e fedele, erano entusiasti di servire la Francia con il loro mestiere di soldato.

Charles enumerava i segni di amicizia che lo legavano al re e si soffermava sulla partita di pallacorda che, il giorno prima soltanto, li aveva sì divisi, ma nell'allegria del gioco. Un giovane bearnese, rispondendo al suo ottimismo aveva citato, bisbigliando, il vecchio proverbio:

– Chi ti fa più carezze che non suole, o che t'ha ingannato, o che ingannar ti vuole.

Ma Charles aveva fatto finta di niente ed era tornato a caldeggiare che mio padre rimanesse nel suo letto, a riprendersi dopo l'ottimo intervento del chirurgo, nonostante il parere contrario di molti amici che con insistenza li supplicavano di fuggire, ché in città la febbre cresceva. La gente per strada, pronta alla rissa, aspettava un segnale per dar fuoco alle polveri.

Il visdomino di Chartres, Jean de Ferrières, fissava la finestra, quasi che, attraverso quella lente, gli fosse possibile scoprire un enigma nascosto nelle pieghe di Parigi, e la sua voce acuta feriva, intermittente, il silenzio. Ripeteva le medesime frasi, come a convincere se stesso prima ancora degli altri.

– Questa città appartiene ai Guisa: siamo in trappola come tordi.

Poi, voltandosi verso mio padre insisteva:

– Il re è stanco delle pressioni di sua madre, dei Guisa, degli spagnoli. La sua benevolenza nei vostri confronti sta per trasformarsi in odio, così come il vino gira in aceto. I parigini non vedono l'ora di farci la festa; sono anni che i preti ci indicano come la causa di tutti i mali e dal pulpito ci chiamano traditori.

Parlava a scatti e il suo sibilo nervoso irritava gli astanti. Il signor de Langoiran, che gli aveva creduto sulla parola, era saltato sul suo cavallo per tornarsene al più presto in Guienna. A mio padre che tentava di fermarlo aveva risposto:

– Preferisco essere considerato un pazzo piuttosto che uno sciocco. Si può guarire dalla follia, mai dalla stupidità.

Il visdomino di Chartres si era invece limitato a raggiungere l'oltre Senna, dove l'attendeva la maggioranza di quelli della nostra religione. Pochi avevano accondisceso a trasferirsi nei pressi del

Louvre, i più si erano stabiliti fuori le mura sostenendo, con finta leggerezza, che l'aria dei campi è sempre la migliore.

Del gruppo faceva parte un gentiluomo di Normandia che, intendendo avvalorare questa tesi, ammise:

– Quando la sera si chiude a chiave la porta di Buci, sento un certo sollievo al pensiero di esser fuori della trappola, libero di ritornarmene a casa.

Alcuni scherzavano sul fatto che l'anima dello stato non fosse il re, ma una donna senz'anima. Pochi si fidavano di Carlo IX. Il piacere che provava nell'uccidere gli animali, compresi quelli domestici, era considerato l'indizio di un temperamento malvagio e crudele, così come la sua attrazione per il sangue dei maiali, che sgozzava per affondare le mani nei loro intestini e sporcarsi con le interiora.

Mio padre non li ascoltava, pregava con insistenza e concentrazione, perdonava il sicario, i mandanti, i complici, spegneva l'odio con la fede, rivolgendosi a Dio con la naturalezza che gli era propria.

– Tutto sta nella volontà del Signore – diceva rassicurante. – La morte è un passaggio verso la vita e nulla potrà togliermi la felicità di essere stato ferito per difendere il Suo nome.

Non sembrava avere alcun interesse per il futuro prossimo, pareva aver fretta di separarsi da noi. I suoi cinquantatré anni pesavano con un carico di esperienza e di lenta preparazione alle prove che esibiva come a volerci escludere.

Di lì a poco avrei festeggiato il mio diciassettesimo compleanno e, nonostante fossi sposata già da un anno, quella sera mi sentivo più che mai soggiogata dal carattere di mio padre, per nulla sminuito dal suo stato di infermità. Andavo avanti e indietro nella stanza, con le braccia conserte, nel tentativo di allontanare il momento della separazione. Era già stato deciso che l'avremmo lasciato solo, non c'era dunque più nulla da discutere e il suo sguardo, nuovamente rivolto alla porta, ci intimava di uscire.

Provo ancora la tensione di quella sera se guardo il ritratto che tempo addietro gli aveva fatto Clouet. Da allora era invecchiato, ma il volto dimorava senza ombre: le ciglia troppo chiare non riuscivano a nascondere neanche un pensiero, il labbro inferiore se ne sta, oggi come allora, chiuso sul superiore. Non serrato, ma chiuso, fermo, come fermo è tutto l'insieme della figura. Ecco com'era mio padre, l'Ammiraglio di Francia Gaspard de Coligny: fermo nella mente come nel corpo. Il sopracciglio tranquillo non si inarcava, non si aggrottava, non si alterava neanche nel ricatto del dolore. Solo quel bagliore irrompeva nei tratti composti, per accompagnarci verso la porta.

Nel distogliere il mio sguardo dal suo, lo abbassai sull'impiantito, dove pareva ondeggiare una ragnatela di mattonelle esagonali in terracotta. Alzai quindi gli occhi al soffitto, per ancorarmi a travi e travetti, poi, voltandomi, notai la densità del buio incorniciato dalle finestre affacciate sui cortili. Soltanto allora aprii la porta e me ne andai.

Nella stanza accanto salutai il chirurgo, il pastore Merlin e l'interprete tedesco Nicolas Mauss che avrebbero trascorso la notte nell'appartamento. Alcuni svizzeri della guardia personale del re di Navarra stazionavano nel corridoio e lungo le scale. Carlo IX aveva messo a disposizione cinquanta archibugieri comandati da Cosseins, capitano delle guardie reali. Il che non era di buon auspicio dato l'odio che questi portava a tutti quelli della religione. Il lupo faceva la guardia all'agnello.

La mezzanotte non era ancora suonata quando mio marito mi sospinse verso l'uscita. Scendemmo le scale senza paura, come se qualcun altro lo facesse per noi, perché il senso del pericolo era parte della vita, si può dire ci avesse tenuto a balia.

Poco dopo la mia nascita, i nostri genitori, abbracciando la nuova religione, avevano firmato la fine della pace e della sicurezza. Mia madre, la più ostinata dei due, aveva convinto mio padre a non nascondere più le sue idee e a non temere nel manifestarle.

– Perché – diceva – nessuno, accesa una lampada, la copre con un vaso o la ripone sotto il letto; anzi, la mette sul candeliere, affinché chi entra veda la luce.

Quella scelta consapevole era stata quindi trasmessa a noi figli, senza ombre né tentennamenti, anzi, con orgoglio.

Chiudendo il portone fummo avvolti dall'aria umida e pesante della notte, che stagnava nei cortili e aderiva ai corpi mentre dirigevamo i nostri passi verso il Lyon noir di rue Saint-Honoré. Girato l'angolo Charles si voltò verso di me e, con insolita determinazione, disse:

– Questa notte è meglio che tu non dorma nel tuo letto. Ti accompagno da Walsingham, all'ambasciata d'Inghilterra. Sono settimane che insiste nel metterci in guardia dalle macchinazioni della regina e oggi gli ho promesso che almeno tu avresti accettato la sua ospitalità.

Charles sembrava preoccupato, tutto l'ottimismo che l'aveva sostenuto nel corso della giornata si era disciolto al contatto con l'umidità sudicia che saliva dal fiume. Scendendo verso la Senna tentai di farmi dire di più, ma lui scuoteva la testa, ripetendo che si trattava soltanto di una cautela certo eccessiva. Walsingham, offrendo la sua protezione, l'aveva messo in imbarazzo e, dato il peso del personaggio, aveva preferito accettare.

Mentre il traghettatore ci portava verso la riva opposta, le acque del fiume, profonde sotto di noi, si addensarono in forma di pece, imprigionando la barca che stette immobile a lungo, incapace di andare; poi i remi sciolsero l'onda e giungemmo a terra dove affrettammo il passo. Oltre la Senna ci aspettava il quartiere che, alla fine del secolo, si sarebbe chiamato Saint-Germain, in occasione dell'ordinanza di suddivisione della città in sedici parti. In quei giorni ospitava gran parte dei nobili della religione, accorsi dalla provincia per il matrimonio di Enrico di Navarra con Margot, sorella del re.

I nostri passi rimbombavano sul selciato, dentro la città inquieta che si nascondeva nell'ombra più oscura della notte. Non era nella mia natura insistere, ma tentai di convincere Charles a restare.

– Fermati con me fino al mattino, di notte le strade non sono sicure.

Ma lui fu irremovibile.

– Non posso lasciar solo l'Ammiraglio e poi sono tutti troppo nervosi, io so come calmarli.

La Senna, appena attraversata, mi parve d'improvviso invalicabile. L'isola, con la possente architettura della sua cattedrale, si ergeva, come una fortificazione, a difesa del Louvre, del retrostante potere del re.

Ero attesa da Walsingham. La porta si chiuse e io entrai, sospinta dalla corrente della necessità che mi aveva separato dal padre e ora mi allontanava da Charles. Mentre lui tornava sui suoi passi, verso rue Saint-Honoré, non nutrivo alcun presentimento nei suoi confronti né in quelli di mio padre, eppure a entrambi non restavano che poche ore di vita: se ne stavano andando, un piede davanti all'altro, lontano da me. Dopo aver combattuto tutta la vita per la causa del re e della Francia, si avviavano solitari e indifesi incontro a una sorte che non coincideva più con i destini del paese, ma con una fede nuova e viva, verso cui muovevano quegli ultimi passi.

Charles era un uomo gentile, modesto, povero, fedele, ricco di virtù poco appariscenti. Di lui vorrei ricordare molto di più, ma questa esistenza concitata ha sovrapposto troppe storie e troppi volti. Chi ha scritto che la vita cristiana è una canzone senza pause per il fiato aveva davvero ragione.

Mio padre lo considerava come un figlio e, fin da giovanissimo, lo portava con sé in ogni occasione, prima come paggio e allievo, poi come ambasciatore. Vedeva in lui un suo simile, di lui si fidava. Il padre di Charles, gran spendaccione, l'aveva privato di ogni sostanza, ma la sua povertà non aveva fermato mia madre che si era presa cura di lui. Dopo aver trascorso qualche tempo alla corte del duca di Savoia Emanuele Filiberto, ai tempi della guerra civile, era stato nominato luogotenente di una compagnia.

Avevo sette anni quando si consumò il primo massacro nelle campagne di Vassy e si cominciò a temere di essere alla vigilia della fine, per noi della religione. Nella battaglia di Dreux non si andò a combattere gli spagnoli o gli italiani, ma gli amici, i compagni, i parenti. Con la pace di Amboise se ne tornarono tutti a casa, a Châtillon-sur-Loing. Il peggio sembrava passato, ma sul volto dei nostri soldati non c'era ombra di soddisfazione. Guisa, il cattolicissimo, era stato ucciso e mio padre, a torto, venne ritenuto responsabile. Mia madre, solitamente ottimista, lesse in quel fatto un segno di sventura e impose al marito di raddoppiare la guardia.

Con il passare degli anni i tempi della tregua si accorciarono a favore dei tempi della guerra, finché un giorno mio padre mi prese da parte per farmi un discorsetto, usando più o meno le stesse parole che conservo nel suo testamento, redatto tre anni prima della morte: «...consiglio alla mia primogenita Louise – scriveva – per le stesse ragioni di cui lei è al corrente, di sposare il signor di Téligny, per le sue doti buone e rare. Con lui potrebbe essere felice; tuttavia non voglio usare la mia autorità, neanche quella paterna; soltanto l'avverto che, amandola come lei sa che la amo, le darei questo consiglio, perché penso che farebbe il suo bene e la sua gioia, il che va ricercato più ancora che i beni terreni e le ricchezze».

Così scrisse e così disse mio padre, masticando uno dei tanti pezzetti di legno che collezionava nelle tasche e definiva, con qualche ironia, le piccole vittime dei suoi denti. Il fatto che lui amasse Charles, e lo stimasse al punto di non tenere in alcun conto la convenienza economica, rendeva l'unione quasi scontata.

Le nostre voci erano state le prime ad accordarsi, con la complicità dei salmi musicati da Le Jeune che a Charles aveva dedicato la sua prima raccolta. L'intesa si era poi rafforzata con le armonie di Goudimel, là dove i nostri fiati soltanto si incontravano nello spazio. Io intonavo da sola e proseguivo fino al versetto che dice: «Ai salici delle sponde avevamo appese le nostre cetre», lì lui mi raggiungeva e insieme cantavamo: «Poiché là quelli che ci avevan menati in cattività ci chiedevano dei canti», e poi ancora insieme, fino alla fine, nota contro nota, forti della sintonia sonora.

L'amore, l'ammirazione e la fiducia ci accompagnarono alle nozze, il 27 maggio del 1571, nella vecchia chiesa di La Rochelle. Ero forte e serena, convinta che si stesse inaugurando un lungo periodo di pace. L'aria tranquilla e buona si accompagnava, in Charles, a un magnifico coraggio e alla più assoluta lealtà. Ero orgogliosa di lui, delle responsabilità che assumeva con modestia e che scomparivano nel suo breve sorriso. Se ci fosse stato concesso, saremmo stati felici insieme, così come lo siamo stati per tutta la durata di quell'anno, tanto è durato il nostro matrimonio.

Oggi penso che il suo candore avesse a che fare con l'ingenuità, ma non sarebbero bastati il calcolo e l'astuzia a cambiare il corso della storia. I capi ugonotti volevano credere nella pace e mio padre, per primo, si era lasciato sedurre dalle buone intenzioni del re che temeva, come lui, il potere dei Guisa e degli spagnoli. A parole disegnava larghe alleanze con Guglielmo d'Orange per contrastare le mire di Filippo II. Nei fatti Carlo IX contava poco o nulla e inutilmente mio padre lo metteva in guardia dalla regina Caterina che, dal canto suo, mal sopportava l'influenza che lui aveva su suo figlio e temeva, sopra ogni altra cosa, una guerra con gli spagnoli. Lui amava la Francia e per difenderla aveva gravemente offeso la regina d'Inghilterra. Non era dunque la religione – come i suoi nemici sostenevano – a spingerlo contro la Spagna, ma il desiderio di una patria potente e sicura. Combattendo gli spagnoli, i francesi si sarebbero uniti contro un vero avversario, abbandonando guerre e guerricciole interne che stremavano il paese. Nella sua mente, la fede e la politica occupavano posti distinti, salvo per l'interferenza morale che voleva la seconda subordinata alla prima. Questa, credo, fu una delle cause responsabili della sua disgrazia.

Distanti nel tempo, quelle settimane di agosto mi appaiono incalzate da una forza superiore, cresciuta nei mesi, forse negli anni. Una forza che non si può più fermare, perché i mille eventi che hanno contribuito a generarla sono cresciuti su se stessi come una valanga.

Charles neanche per un minuto sospettò il trabocchetto: gli apprezzamenti ostentati della casa reale nei nostri confronti l'avevano soggiogato e si era risentito quando il trombettiere di mio padre era venuto a dire, trafelato, che una fila di facchini stava riempiendo il Louvre di armi. A quel trombettiere lungimirante non si volle dare ascolto. Tuttavia, accettando l'offerta di Walsingham, Charles mi salvò la vita e, oggi, non mi importa sapere se lo fece per compiacenza nei confronti dell'inglese, o per un improvviso e inespresso timore.

La notte presso l'ambasciata d'Inghilterra si annunciò rumorosamente: nelle strade circostanti bande di tiratardi animavano il quartiere e all'interno del palazzo nessuno pareva trovar pace. L'indomani era domenica e attribuii al clima di vigilia il trambusto di quelle ore, finché, vinta, mi addormentai di colpo, indebolita dal caldo, dalla fatica di decifrare gli avvenimenti, dall'oppressione ostile della grande città.

Poco prima dell'alba fui svegliata da un rumore di cavalli al galoppo che correvano verso la porta di Buci, a quell'ora sicuramente serrata. All'interno dell'ambasciata sembrava fosse scoppiata la guerra, chi correva, chi gridava, chi sbirciava dalle finestre, attento a non farsi scorgere. Walsingham intimò di tenermi pronta a scappare. Disse che quelli della religione se ne dovevano andare al più presto. Lui stesso era in pericolo e il duca di Nevers aveva posto le sue guardie alle porte del palazzo, per controllarlo più che per difenderlo.

Di mio padre e di Charles non sapeva nulla. Urgeva mettermi in salvo, subito, lontano da Parigi. Immobile nel vano delle scale attesi per un tempo indefinito l'arrivo della carrozza su cui salii, in compagnia di un prete accigliato. L'ambasciatore mi raccomandò di non muovermi, di non mostrarmi, di lasciare che il religioso decidesse per me, di lui mi dovevo fidare. Avvicinando il suo volto a quello del prete lo incitò:

– Correte, correte veloci e non voltatevi indietro.

Appena il veicolo uscì dal cortile un frastuono assordante ci aggredì. La vettura, progettata per viaggi di piacere e non per fughe disperate, aveva dei sedili bassissimi che mi costringevano a una posizione semisdraiata, impedendomi di vedere con chiarezza quanto succedeva all'esterno. Il prete, in ginocchio davanti all'apertura, metteva in mostra un brandello di tessuto bianco legato al braccio sinistro e una croce ugualmente bianca appuntata al cappello. A chi cercava di fermarci gridava di non avvicinarsi, per non rischiare il contagio, a causa di un'ammalata grave che bisognava portare fuori Parigi. La voce non ammetteva repliche e la folla si apriva al suo passaggio. Urlava di fare strada. Urlava più forte degli altri.

Da una fessura del pesante tendaggio mi apparve allora una visione di corpi nudi e straziati che giacevano agli angoli delle vie. Un uomo senza testa, seduto contro un muro, zampillava come una fontana. Una donna perfettamente nuda sfiorava ancora, con le dita, una creatura affacciata al suo ventre aperto. Alcuni ragazzi trascinavano, appeso a una corda, il corpicino svestito di una bambina bionda mentre altri cercavano, lanciando una pietra, di colpirle il volto. Nudi, tutti nudi e scempiati.

Il sesso era stato estirpato agli uomini, nel folle disegno di impedirne la procreazione anche dopo la morte. Così le donne gravide, private con il ferro del loro bambino, non avrebbero mai più confidato nel futuro portato in grembo.

La mano viva di un ragazzino si muoveva impercettibilmente sotto un mucchio di cadaveri. Gli ultimi a cadere scivolavano sul sangue viscido dei primi. Corpi nudi volavano dalle finestre come foglie dagli alberi e, sulla rue de Seine, intravidi una carretta, colma di donne e uomini bianchissimi che scintillavano nella luce del giorno. Il trabiccolo, movendosi in senso inverso rispetto a noi, si dirigeva verso la Senna.

Capitani e commissari incitavano la folla a fare meglio, per vendicarsi della razza nemica di Dio. Per Lui il popolo primitivo stava allestendo un altare mai visto, su cui sacrificare i corpi dei malvagi che, attentando alla purezza dei giusti, avevano scatenato la collera divina.

Usciti dall'abitato il prete smise di urlare e si accasciò.

Un freddo sottile e pungente andò a radicarsi dentro il mio corpo e lì rimase per il resto dell'estate e ancora mi assale se ripenso ai colori e ai suoni che assediavano la vettura, ingigantiti dai vortici dell'immaginazione. Il sangue, il fuoco, le urla, i rantolii, le vibrazioni del male fendevano l'aria nera e rossa; la superstizione, per compiere il rito, cercava le sue vittime che voleva numerose. I rintocchi a martello della campana di Saint-Germain-l'Auxerrois istigavano all'odio fissandosi nel cervello, scolpiti nella memoria sonora. Rompevano la solitudine del mio pensiero e proclamavano, colpo dopo colpo, l'impossibilità di dire e di fare, ma soprattutto di pensare, qualche cosa che spiegasse l'orrore, che aiutasse a capire le ragioni di quella immensa violenza. La forza trionfava sulla ragione, lo annunciavano le campane, fiere della parentela che le legava ai cannoni, figlie della stessa materia.

Mentre i cavalli correvano, Charles saliva le scale per raggiungere la porta di una soffitta, dove altri come lui avevano trovato rifugio, ma le onde del pensiero non oltrepassano l'uscio. Se salgo con la mente quei gradini, non scorgo che un paio di gambe davanti a una porta che si apre, le inghiotte e lentamente si chiude.

Come ho avuto modo di sperimentare, le nuove carrozze francesi, fabbricate in Italia e in Ungheria, sono di gran lunga le più comode, coperte e molleggiate, così diverse dalle carrette scoperte olandesi, dove il passeggero sta seduto su durissime panche stagionate, fissate all'asse delle ruote. Ad Anversa come a Delft non si conosce ancora l'uso della sospensione di cinghie o catene che attutiscano i sobbalzi.

In quel viaggio senza vita la carrozza mi nascondeva, mi rendeva invisibile, mi raccoglieva in uno spazio limitato, essenziale, grazie a un potere straordinario nascosto nella sua struttura. A tratti pensavo ai fratelli e preparavo le parole per spiegare il mio ritorno, solitario e precipitoso. Li immaginavo vivi e al sicuro. Credevo di essere sulla via di casa. Poi, sfiorata dal sospetto, confidavo di poter uscire da quella storia al ritmo serrato del galoppo dei cavalli.

Il prete, sul lato opposto della vettura, sembrava morto, contratto come me in una posizione raccolta di difesa. Vedevo, nella luce del giorno, le tracce di sangue che gli rigavano il viso e la pezza bianca avvolta intorno al braccio sinistro. Il silenzio e l'immobilità che regnavano dentro l'abitacolo erano irreali e, fissandolo meglio, pensai che niente in lui faceva pensare a un religioso. L'uomo, puntando le braccia provò a sollevare il busto e a rimanere in equilibrio.

Gli occhi vuoti, fissi su di me, non dicevano nulla e la luce del sole, filtrando fra i drappi scostati, ne accentuava il biancore. Aveva appena compiuto uno di quei gesti di cui non ci sappiamo capaci e ora faticava a rientrare in se stesso, incerto se riconoscersi nella figura eroica che aveva allontanato la folla. Lo ringraziavo con lo sguardo e osservavo impotente il tremito convulso che scuoteva le mie membra.

Pressappoco all'altezza di Fontainebleau, sul limitare del bosco, la vettura si fermò e l'uomo scese, scomparendo alla vista. Quando tornò mi offrì dell'acqua e mi salutò. Il suo viaggio finiva lì, io avrei proseguito da sola, ma non dovevo temere, il vetturino era istruito. Mi consigliò di non mostrarmi fino all'arrivo, di non fare domande, di pregare senza interrompermi. Allungai la mano per sfiorare quella fascia bianca, chiazzata di sangue che ancora gli ornava il braccio sinistro, come un salvacondotto. Lui si ritrasse, afferrò la stoffa e la strappò, con rabbia. Poi si dissolse nella calura del giorno.

La carrozza riprese il suo cammino verso sud, io spiavo la strada davanti a me, ansiosa di scorgere Montargis, il regno di Renata di Francia. La principessa era rientrata in patria dopo la morte del marito Ercole d'Este. I due non erano mai andati d'accordo: lei sosteneva l'influenza francese, lui stava dalla parte degli imperiali. Renata ospitava pensatori, filosofi e riformatori, fra i quali Calvino e Marot, mentre il marito ne informava l'Inquisizione che l'aveva così condannata alla reclusione perpetua. Poi Ercole era morto e lei aveva ripreso a regnare a Montargis secondo le sue idee, come una regina.

Era tornata in Francia contro il parere del papa, di Calvino e dei suoi stessi amici che la ritenevano più al sicuro in Italia, ma il suo arrivo fu per noi una benedizione. Renata non tollerava intromissioni all'interno del suo territorio che divenne una specie di porto franco. Accoglieva i rifugiati della religione, sfidando palesemente i Guisa che le erano diventati parenti dopo il matrimonio della figlia Anna con il duca. Più di un cattolico trovò riparo sotto il suo tetto perché angariato da ugonotti fanatici e i poveri facevano la fila alla sua porta.

Châtillon-sur-Loing dista poche decine di chilometri da Montargis e, data l'amicizia, le nostre famiglie non perdevano occasione di incontrarsi per discutere delle idee nuove che attraversavano la Francia e i paesi vicini. Renata era diversa da noi, così radicali, così estremi. Lei aveva una vocazione per l'equità e mi affascinava la sua riluttanza a definire la fede. Non si accontentava di una sola spiegazione, ne cercava sempre due o tre e le metteva a confronto costruendo sistemi non definitivi.

Avvicinava chiunque destasse il suo interesse, fermando il tempo intorno a sé. Le persecuzioni e la guerra la offendevano, paventava il sangue, non credeva all'inferno, si faceva beffe delle leggi e dei regolamenti. Non era tenera neppure con i seguaci di Calvino, nonostante la corrispondenza con lui non si fosse mai interrotta.

L'esser figlia di re la spingeva a osare di più, stipando di fuggiaschi il suo castello. A centinaia si nascondevano presso di lei e quando fu costretta ad allontanarli, sotto minaccia di saccheggio, li fornì di viveri, carri e cavalli. Aveva portato con sé da Ferrara alcune carrozze che il marito aveva fatto costruire dai maestri ungheresi. La stessa su cui viaggiavo credevo fosse di sua proprietà.

Quando le mura e le torri di Montargis comparvero in lontananza seppi che il tempo si stava chiudendo intorno a me, che mi aspettava qualcosa che non conoscevo. La porta orientale, con le torrette a punta conica, spuntò in lontananza e, tra le pieghe dei drappi, la pianura appariva abbandonata a se stessa. I colori del tardo pomeriggio, solitamente bruciati e un po' terrosi, si erano trasformati in macchie scure, indistinte, opache e gli alberi che correvano lungo la strada si alzavano in secche palizzate oltre le quali era difficile vedere la luce.

Ci eravamo avviati in tanti verso le nozze di Margot e di Enrico di Navarra. Adesso me ne tornavo sola, senza sapere che cosa fosse davvero successo. Quando si parte per un matrimonio non si tende a pensare al peggio, neppure quando i convenuti appartengono a opposte fazioni. Al simbolo supremo dell'unione si attribuisce il potere di offrire una tregua ai contendenti. Margot era cattolica, Enrico ugonotto e tutti speravamo in un felice pronostico. Pochissimi avevano scorto la trappola e, mentre il veicolo correva, sperai ancora una volta che l'orrore intravisto rappresentasse l'amplificazione di qualche episodio di violenza, gravissimo ma certamente isolato.

Cercavo di immaginare Charles e mio padre insieme, chini sulle carte sparse sul letto, a parlar di alleanze, di peste spagnola, a scambiarsi sguardi di intesa, a contare gli amici, a elencare i fedeli, il vecchio che contiene la fiducia del giovane, il giovane che a parole accetta i confini, ma intimamente li ignora. Il pericolo ci sovrastava, ma li vedevo vivi e, come già in altre occasioni, soltanto il tempo ci separava, poi, di nuovo, ci saremmo ritrovati. Il re li avrebbe protetti.

Al bivio, la vettura non continuò la sua strada verso Châtillon-sur-Loing, ma svoltò in direzione di Montargis. In un sol colpo le fantasticherie del viaggio si trasformarono in congetture. La carrozza non era più sufficiente a nascondermi dalle avversità, il tempo sospeso mi cadeva addosso con la sua contabilità pregressa, il mio abito di taffetà mi stringeva i fianchi, mi opprimeva il petto, mi si appiccicava addosso. I giochi di luci e di ombre, riflessi da un frammento di specchio raccolto sul fondo dell'abitacolo, mi restituivano l'immagine di una ragazza dal volto banale, paffuta e inespressiva. Gli occhi grandi e prominenti suggerivano una fissità bovina priva di mansuetudine, le sopracciglia perfettamente arcuate accentuavano la rigidità dello sguardo. Solo le labbra, leggermente stirate, conservavano una loro attrattiva, vaga e dolente.

Mi concentravo su quell'immagine disfatta dai sobbalzi, alla ricerca di una presenza che mi tenesse compagnia, che confermasse la mia esistenza miserabile ma vera.

Lo spirito, dal canto suo, si esprimeva pregando, fornendo al Signore le coordinate geografiche, affinché mi potesse localizzare in tanto dolore. E allora dicevo:

– Padre, sono qui, non mi vedi? Sono qui che ti chiamo e ti chiamo e tu non mi senti. Sono qui in questa carrozza che corre e non smetto di chiamarti, ma se tu non mi senti, come posso parlarti?

Nelle difficoltà è quasi impossibile farsi sentire perché il pensiero si distrae, sopraffatto dal bisogno, e allora l'unico modo è insistere, senza perdere coraggio, ripetendo all'infinito il richiamo ostinato e petulante, perché alla fine, a volte proprio soltanto alla fine, ecco che Lui si mette in ascolto e io riesco a parlare. Ogni qualvolta ha udito la mia voce Egli ha risposto. Questo è il fatto straordinario della preghiera: l'aprirsi della comunicazione che segue la ricerca. Ma è difficile farsi trovare, perché spesso la nostra voce non è abbastanza forte, siamo tiepidi, non siamo davvero convinti.

Il buio che scivolava all'esterno annunciò un'altra notte, sempre più lontana dalla precedente. Il chiarore lunare fece emergere dalla pianura la breve collina su cui si stagliava il castello, la cui sagoma nera affondava nel cielo. Montargis si avvicinava con le sue mura, le torri, le porte in asse, a est quella che apre la via verso Parigi, a ovest quella diretta a Orléans. Parigi è a settentrione, infatti la strada, appena usciti dal castello, curva verso nord, verso Nemours e Fontainebleau, in compagnia del Loing che arranca all'insù verso la Senna; Châtillon si allontanava e io ero lì, al centro. A nord mio padre e mio marito, a sud il resto della famiglia. Mi perdevo in localizzazioni geografiche mentre la vettura si dirigeva speditamente verso i bastioni, oltrepassava il ponte, le doppie porte, fino a fermarsi nel grande cortile, giusto vicino alla chiesa.

Il frastuono del viaggio si era improvvisamente interrotto, lasciando il posto a un silenzio assoluto che premeva contro la carrozza rendendomi difficile la discesa. Fuori, nell'ombra, non una luce. Le finestre, come palpebre abbassate, mi consigliavano di non avere fretta. Rallentando i movimenti già torpidi, indugiavo e raccoglievo le mie cose, cercavo il contatto degli oggetti come fossero persone, lisciavo e ancora lisciavo il vestito per renderlo meno ingombrante, tormentavo il fiocco a forma di rosa che chiudeva la breve scollatura e al tatto lo sentivo smodato, avrei voluto staccarlo per liberarmi di quel peso eccessivo, di quell'ornamento grottesco.

Dalla parte opposta della spianata veniva verso di me una donna che con passo sicuro e testa alta fendeva l'aria pesante. La sagoma scura tracciava un corridoio di refrigerio mentre il suo sguardo mi lanciava un cenno di riconoscimento. Si trattava di Madeleine, la governante di Renata. Avanzando verso di lei, rigida come una bambola, oscillai un po', forse inciampai, e il suo fianco massiccio sostenne, per un attimo, il mio corpo incerto. I cavalli, il conducente, la carrozza si allontanarono verso le scuderie, mentre la mano della donna, ferma sul mio braccio, mi spingeva in avanti, verso l'ala sinistra del castello dove, in alto, scorsi improvvisa una luce.

All'interno l'atmosfera di allerta si faceva palpabile e la notizia del rientro di Renata mi asciugò la gola. Dunque anche lei era scappata da Parigi, per rifugiarsi o più probabilmente per dare rifugio o forse semplicemente a causa dei suoi sessantadue anni che le consigliavano circospezione e prudenza. Madeleine mi precedeva. Con piglio determinato e familiare mi fece strada fino alle stanze della regina mancata, in ragione della misoginia salica. Contemplando l'impiantito che scorreva sotto i miei passi, pensavo vagamente che qualcosa sarebbe cambiato nel corso del secolo se lei avesse regnato al posto degli ultimi Valois. Elisabetta, in Inghilterra, aveva saputo scongiurare ben più di una guerra, dando al suo paese benessere e ricchezza.

Renata mi aspettava in una stanza d'angolo. Nel raggiungerla le sue guance ancora lisce sfiorarono le mie, i suoi occhi, incrociando i miei, anticiparono risposte crudeli. Sentivo avvicinarsi le parole della tragedia, suggerite dal suo respiro che, bucando il silenzio, sibilava sottile.

Che poca cosa sono le parole se misurate alla posizione delle mani, al tono del mento, alla curva delle spalle. Fissavo la scintillante profondità dell'iride dell'anziana signora, resa più scura dal biancore dei capelli e della pelle e cercavo di leggere nella pupilla febbrile una parola di verità. Percepivo il mezzo secolo che ci separava, forte come un ponte di pietra. Per la prima volta non mi sentivo stupida o intimorita dalla sua saggezza. Soltanto lei poteva salvarmi dalla pazzia, aiutandomi a leggere la successione dei fatti. Dio mi avrebbe sorretto nel dolore, ma Renata avrebbe trattenuto la mia mente dalla fuga davanti al nemico, le lacrime non mi avrebbero offuscato la vista, il cuore avrebbe capito ragione. Sedute di fronte, lei, attenta a non sfiorarmi, si concentrava, mentre le dita nocchiute imbastivano il racconto della notte di Bartolomeo, santo scorticato, proprio come Parigi, da cui i corpi venivano estirpati a migliaia e ora, cadaveri, si ammucchiavano agli angoli delle strade. Mio padre era caduto per primo, all'alba del 24, sotto la spada di un fedele di Enrico di Guisa, accorso di persona per constatare la fine del suo vecchio nemico, scaraventato giù dalla finestra e, per massimo sfregio, preso a calci, mutilato, trascinato per strada e infine appeso per i piedi alla forca di Montfaucon. Charles era morto poco dopo insieme a qualche amico e il suo corpo giaceva accatastato con altri, in una intimità cui nessuno attribuiva più alcuna importanza.

Renata sosteneva che la trappola era stata ben costruita, che l'obiettivo di Caterina era annientare i capi ugonotti, ma incolpando i Guisa e neutralizzando così, in un colpo solo, le opposte fazioni. All'interno del Louvre, con l'eccezione di Navarra e Condé, i due principi di sangue, nessuno si era salvato e la violenza si era consumata fin dentro le stanze reali. Caterina non avrebbe voluto arrivare a tanto, ma aveva sottovalutato il lungo lavoro dei predicatori che, giorno dopo giorno, avevano instillato nella mente dei parigini l'odio di Dio per quelli della religione, colpevoli delle carestie, del rialzo dei prezzi e delle epidemie. Ciascuno si era sentito in diritto di contribuire alla pulizia di una città sovraffollata e scontenta, ammazzando il proprio vicino. Alcuni sostenevano, addirittura, di aver visto il re che, dalla finestra del Louvre, giocava al tirassegno con i corpi che fluttuavano lungo il fiume, ma a questa notizia Renata non dava alcun credito.

Io la fissavo ipnotizzata, assorbivo le sue parole una a una: il veleno e il suo antidoto salivano al cervello, scendevano al cuore, niente mi era risparmiato. Non so se il suo atteggiamento fosse voluto o se lei fosse d'istinto così realista e impietosa: quel lunghissimo monologo, da pari a pari, pietrificava i miei sensi, spostava il dolore, insinuava un senso di inesorabilità conclusa che mi impediva di guardarmi indietro. Non le chiesi che cosa ne sarebbe stato di me, fu lei a parlarne, disegnando un futuro incerto e precario. La nostra famiglia era caduta in disgrazia e all'irreprensibilità di mio padre sarebbe stata ben presto attribuita la colpa di aver scatenato il desiderio di vendetta; stavamo per perdere beni e reputazione. I parigini odiavano le persone come lui, preferivano Condé che, seppur ugonotto, rideva sempre e in pubblico sbaciucchiava le amanti.

Non sarei più riuscita a raggiungere Châtillon-sur-Loing e chissà se e quando avrei rivisto i miei fratelli. Altri si sarebbero occupati di loro portandoli in salvo a Ginevra o a Berna. In quanto a me, ripeteva, ero più sicura lì a Montargis; nessuno avrebbe osato violare il suo territorio, soprattutto quando, fra qualche tempo, sarebbero nati i primi sospetti e l'orrore della strage avrebbe fatto indignare i più, compresi molti di quelli che l'avevano voluta. Mi pregò di non uscire dalla stanza che mi aveva assegnato. Nessuno doveva sapere dove io fossi nascosta, neppure gli amici. Era più sicuro credermi morta. Lei stessa non si sentiva tranquilla, i Guisa l'avevano fatta scortare e la tenevano d'occhio. Serviva molta cautela.

A tratti la memoria di quei giorni mi pare confusa e temo di attribuire alla voce di Renata parole non sue su fatti appresi in tempi diversi, in altri luoghi. Vorrei dare una sistemazione ai ricordi che in ordine sparso sfilano davanti ai miei occhi, ma non ci riesco e le labbra di Renata riprendono a disegnare, insieme alle sue mani, scenari crudi e veritieri.

La mia incolumità era dovuta a circostanze fortuite. Fin dalle prime luci dell'alba del 24 il duca d'Angiò, figlio prediletto della regina, si era vantato di volersi accanire sulla famiglia dell'Ammiraglio e su di me in particolare. Tutti ne erano al corrente e la madre Caterina aveva voluto impedire che il figlio si macchiasse di colpe facilmente individuabili che, in un futuro non lontano, avrebbero potuto nuocergli. Ogni sua azione era calcolata in previsione dell'incoronazione del favorito. Per questo mi aveva posto in salvo e sua era la carrozza che mi aveva portato a Montargis. Tutto il resto era stato merito di Walsingham che oltre a me ne aveva nascosti altri duecento. Purtroppo, dopo la mia fuga, soltanto lui era uscito vivo dall'ambasciata, costretto a chiedere aiuto al suo grande nemico don Diego de Zuniga, ambasciatore di Spagna.

Nello stordimento della notte, nelle luci tremule, Renata assumeva i contorni della Pizia e profetizzava di un futuro scardinato dai movimenti del pensiero che correvano più veloci delle palle di cannone usate per combatterli. Sorrideva dell'affanno di re, regine, papi e generali impegnati a seminare il terrore per non perdere il trono. Renata mi fissava e mi rivolgeva domande retoriche.

– Forse che le idee si distruggono con il fuoco?

– Forse che i fanatici non fanno che generare altri fanatici?

Io tacevo, ma lei continuava citando l'esempio di sua figlia Anna d'Este, colpevole di aver fomentato la strage, sospinta, come tante altre nobili dame, da private ossessioni.

Renata parlava delle vicende di quei giorni come se stesse leggendo un libro di storia, le inseriva in un ragionamento complesso e tutto acquistava un senso, anche i fatti più orribili. La osservavo e pensavo di avere di fronte la persona giusta, come giuste erano state le figure di mia madre, di mio padre, di Charles e di tanti altri. Ma la somma di tutti quei giusti aveva per effetto una solitudine sconosciuta che mi opprimeva come il fiocco a forma di rosa che non avevo mai smesso di tormentare e che finalmente cedeva sotto le dita scoordinate. Mentre cadeva, rotolando a terra, dai punti strappati una vampata risaliva lo sterno, il collo, bruciava la nuca, scoppiava nella testa e poi, liquida e tiepida, colava dagli occhi, giù per il viso e dentro la gola, per cercare di sciogliere un nodo grosso come quella nappa che mi impediva di deglutire, ostruiva l'ingresso, doleva e doleva.

Renata, piegandosi in avanti, avvicinò la sua mano nocchiuta quasi a sfiorarmi, ma poi, raddrizzando la schiena, mi fissò, come un entomologo un po' miope che contempla la zampa di un insetto. Aspettava immobile che terminasse il trambusto. Lei, calma, respirava lenta mentre io, affannata, dopo un tempo infinito cedevo al freddo che penetrava la pelle e spegneva ogni passione.

Rimasi così per giorni e settimane.

Quella sera l'anziana signora mi accompagnò personalmente fino alla camera che mi aveva assegnato. Accomiatandosi, appoggiata allo stipite della porta mormorò come parlando a se stessa:

– Louise, adesso sei sola.

Non c'era cattiveria nelle sue parole, ma l'enunciazione del vero, diceva quello che sentivo, leggeva il mio pensiero. Lei era lì e mi aveva protetto, ma questo non aveva nulla a che vedere con la solitudine che tronca i legami del cuore e lei, troppo assennata, non si azzardava a metterci piede.

Con un breve cenno della mano si allontanò lungo il corridoio dalle cui finestre arrivavano i lampi brevi dei temporali d'estate. Nel chiudere la porta un lembo del mio vestito vi rimase impigliato, in un movimento rallentato del corpo. Riaprii e richiusi, volgendomi poi verso il letto che troneggiava, massiccio e severo come un altare senza ciborio. Per uno scherzo della vista mi parve di scorgere, nel profilo della finestra, l'immagine di quel Bartolomeo scuoiato che compare sul portale di mezzo del lato sud della cattedrale di Chartres. Strinsi forte le palpebre, ma quando le riaprii l'immagine era scomparsa.

Non ricordo i gesti che mi accompagnarono verso quell'ara domestica, e mi distesero sotto una coltre leggera come una pioggia di cenere. Meditavo come un automa sulle sorti di Pompei che nella stessa notte di molti secoli prima, per una violenza di fuoco, si era addormentata per sempre, ma che cosa rappresentasse per me la colonia romana, in quelle tenebre, non saprei dire: forse la Francia, forse la fine delle speranze, della vita tutta. Chissà.

2.
Savoia

La fine dell'estate e l'inizio dell'autunno accompagnarono una lenta convalescenza che si manifestava non diversamente da quello stato che segue le gravi malattie del corpo. L'assenza, il senso di debolezza, il freddo improvviso occupavano le giornate e i pensieri, facendomi sentire persona sconosciuta a me stessa. Improvvisamente i sensi in allerta mi confondevano, al punto di non essere ben certa di vivere in un mondo reale, e per la prima volta mi apparvero i territori della follia. Il timore di non ritrovare mai più i colori del giorno mi rinchiuse come dentro una morsa per un tempo infinito.

Le lacrime, generose e sollecite, lavavano via le sensazioni malate che però ritornavano, inesorabili come onde, ad assediare il corpo e la mente, logorando la forza di volontà di cui ero andata fiera. A tratti uno spasimo non dissimulabile imprigionava il pensiero e un punto, dentro la spalla o la nuca, dichiarava la sua supremazia sull'intero essere. Quei dolori assoluti nascondevano l'annidarsi della disperazione nel confine della materia e soltanto la compassione per quel mio essere stremato allontanava la concentrazione del male, diffondendolo in tutta me stessa, in una schiavitù senza condizioni.

Ogni giorno Renata mi spingeva all'azione pregandomi di riprendere contatto con il mondo e, di tanto in tanto, si soffermava a raccontarmi della sua vita a Ferrara, della corte, del nascere dell'Inquisizione, del suo libro d'ore che aveva abbandonato nella fretta di lasciare l'Italia. Rimpiangeva con rabbia il manoscritto delle piccole preghiere, non si dava pace della perdita dell'oggetto prezioso e sperava non fosse bruciato nel rogo dei libri proibiti. Forse qualche gesuita di buona cultura avrebbe salvato quel capolavoro miniato, ricco di fregi dorati e di un centinaio di capilettera sontuosi, regali. Un oggetto da sfiorare con le dita, da racchiudere fra le mani per rallegrare lo spirito attraverso il rapimento degli occhi.

Io l'ascoltavo, un po' stupita di come quella donna tenace potesse perdersi nel ricordo di un oggetto seppur di valore, finché compresi che proprio quello smarrimento custodiva la sua forza, la capacità di indugiare sul particolare senza perdere di vista l'insieme. Annotavo, a margine della mia esperienza, la varietà di risorse che presiedono all'equilibrio umano e decisi, inconsapevolmente, di non regalare più nulla al pregiudizio. Osservavo Renata per carpirle i segreti che avevano fatto di lei un modello di virtù e mentalmente ripetevo i suoi gesti. Mio padre, tempo addietro, tributandole stima, rispetto e fraterna indulgenza, aveva dato il suo nome all'ultima nata.

Renée era morta bambina per una malattia sconosciuta. Prima ancora avevo perso due fratelli che non avevano raggiunto l'anno di vita e facevo fatica a ricordare il volto di mia madre cui mi avevano legata dodici lontanissimi anni. Dopo la sua scomparsa avevo giocato a fare la mamma e un equivoco singolare faceva sì che Renée si sentisse protetta da me mentre ero io ad avere bisogno di lei. Quando la sera ci coricavamo insieme, l'abbandono del suo corpo accanto al mio sbiadiva le ombre della notte e la sua fiducia mi riscaldava, dando ragione al mio essere. Insieme rappresentavamo un'intesa, un'unione che non ricordo di aver raggiunto con nessun altro, né con i miei genitori né con i miei mariti né con Henri, mio unico figlio.

Era ottobre inoltrato e a Montargis cominciavano ad arrivare notizie precise; la Francia si risvegliava imbambolata dopo il massacro. Affluivano, giorno dopo giorno, gli elenchi delle vittime. Lunghe liste di corpi scempiati: de La Rochefoucauld, de Guerchy, de Piles, de Moneins, de Renel e poi, dopo poco, de Briquemault, de Cavagnes. Gli altri erano in prigione, pochi erano riusciti a scappare, pochissimi si erano trovati lontani al momento della strage.

Qualche sopravvissuto bussava ancora alle porte del castello, trascinando con sé storie atroci che conservo negli archivi della memoria. Le città erano fuor di controllo, i magri uccidevano i grassi per venderne l'adipe ai farmacisti. Fratelli e cugini risolvevano con il coltello questioni ereditarie. Agli angoli delle strade mucchi di abiti sporchi di sangue venivano offerti in beneficenza ai più poveri. Ma erano stati i bambini a macchiarsi delle colpe più gravi trasformandosi in piccoli giustizieri innocenti e contribuendo a spostare, indefinitamente, i confini del male. La notte di san Bartolomeo aveva oscurato i giorni, le settimane, i mesi, finché diventò una stagione.

Con stupore accoglievamo qualche buona notizia. Un tipografo di Lione raccontava che il boia della sua città si era rifiutato di obbedire all'ordine di ammazzare quelli della religione sostenendo che nessun tribunale li aveva giudicati. Quasi ovunque i carnefici si dimostravano i meno propensi a uccidere.

La nostra famiglia era ormai dimezzata, le dita di una sola mano bastavano a raccoglierci tutti: io la maggiore, François, Odet, Charles e una matrigna prossima al parto. Dei miei fratelli si diceva che fossero stati portati in Svizzera, a Basilea, dove la zia d'Andelot tentava a sua volta di rifugiarsi. Soltanto la nostra matrigna, Jacqueline d'Entremont, era rimasta a Châtillon-sur-Loing nella nostra casa natale, dove si trovava in stato d'arresto e si preparava a far ritorno nella Savoia da cui era partita l'anno precedente per sposare mio padre. Per disgrazia o per ingenuità non era riuscita a fuggire insieme ai miei fratelli.

Al suo arrivo a La Rochelle, Jacqueline si era presa cura di noi e nel farlo pareva la donna più felice del mondo; entrando nella nostra famiglia aveva appagato ogni suo desiderio e quella gioia semplice e schietta disarmava ogni nostra obiezione.

Noi, tuttavia, non sapevamo comprendere il senso di quel matrimonio. I trent'anni che la separavano da mio padre non le avevano impedito di mettere a repentaglio ogni suo avere: le proprietà, la fiducia del sovrano, l'amore della madre, la nobile esistenza di ricca savoiarda. La fede che spiega ogni cosa non riusciva, né oggi riesce, a convincermi di quella sua scelta, poi penso alle irraggiungibili e solitarie terre di confine in cui forse temeva di trascinare la sua esistenza e allora credo che avrei fatto lo stesso. Si diceva che fosse stata lei a insistere nel volerlo sposare, mentre mio padre aveva cercato di raffreddare il suo entusiasmo, sostenendo di sentirsi vecchio, stanco e un po' malato.

Nutrivo per lei un sentimento contraddittorio in cui si mescolavano tenerezza e stupore, rispetto e incredulità, ma non avevo nulla da rimproverarle se non il senso di pena che mi suscitava. Quel senso di pena che mi portò, era novembre, a raggiungerla nel viaggio verso i suoi possedimenti in Savoia, unito all'attrazione che spesso accomuna le persone segnate dalla stessa sventura.

Il nome dei de Coligny stava scivolando nel fango delle accuse di tradimento, di lesa maestà, di ribellione; le nostre proprietà stavano per essere confiscate e sui castelli incombeva l'ordine di demolizione. Su noi figli era calato il bando perpetuo e l'interdizione da cariche, onori e possesso di patrimoni entro i confini del regno. Nessuno avrebbe preso le nostre difese: amici e parenti erano quasi tutti morti. Restando in Francia mettevo a rischio me stessa e chi mi proteggeva e non volevo nascondermi dentro una stanza per tutta la vita. Decisi quindi di affrontare il viaggio per unirmi a Jacqueline, la cui gravidanza rinnovava la mia compassione. Quella partenza affrettata, quasi una spinta dell'anima, sottrasse al pensiero il dominio del corpo. Ero infine guarita.

Renata, perplessa per la mia decisione, non si fidava dei Savoia e avrebbe preferito che restassi presso di lei o mi ricongiungessi ai fratelli nella città di Basilea, ma gli zii de Montmorency vollero fidarsi delle assicurazioni del re, favorevole a garantire una scorta verso il piccolo regno del sud. Jacqueline non voleva lasciare la Francia e dover abbandonare la casa che considerava il luogo sacro della sua felicità fu per lei uno strazio che soltanto un esilio svizzero avrebbe potuto alleviare. Ma il re, imbarazzato dal lungo elenco dei profughi diretti a est, non voleva altri martiri in terra nemica. Il suo alleato Emanuele Filiberto, attratto dalla prospettiva di assicurarsi i territori della vedova, avrebbe provveduto con pazienza a cancellare la memoria della moglie dell'Ammiraglio.

Si attesero dalla Savoia i denari per la partenza e mi accinsi a inaugurare la tecnica che avrei continuato a perfezionare per tutta la vita e che oggi riconosco come un'arte della fuga. Raggiunsi Jacqueline dalle parti di Auxerre portando con me i segni del commiato di Renata. Un cenno della mano, una fiera comprensione sul fondo degli occhi appena velati, un senso di ineluttabilità controllata mi accompagnarono per buona parte del cammino, insieme alla certezza che qualsiasi cosa facessi sarebbe stata un errore.

Il re aveva largheggiato nel far scortare l'Ammiraglia oltre il confine. Venticinque cavalieri affiancavano la portantina come protezione e scorta d'onore; Jacqueline aveva con sé parte dei gioielli di famiglia, i servitori e un lasciapassare che la garantiva da qualsiasi controllo e malversazione. La magnanimità del sovrano mi concesse di far parte del corteo che cominciò a scendere la terra di Francia finché, risalendo il corso del Rodano, dopo un tempo lunghissimo, giungemmo in vista di Saint-André-de-Briord.

Il castello emerse dai vapori del fiume dopo la prima ansa, a nord-est di Lione. L'inverno si avvicinava e un grande freddo ci consigliava di accelerare il passo. Gli zoccoli dei cavalli affondavano nello strato di foglie secche, posate dal querceto che avvolgeva la collina, nascondendo in parte la rocca sovrastante. Il bosso assiepato sui fianchi del sentiero lo delimitava, frenando la furia dell'edera ovunque in agguato. La macchia sfoggiava un'armonia di proporzioni forse voluta dal padre di Jacqueline, Sebastiano di Montbel, conte d'Entremont, morto nel maggio di quello stesso anno. Aveva un'ottantina d'anni, la maggior parte dei quali trascorsi fra la Savoia e Parigi come cavaliere d'onore della regina Eleonora di Portogallo. Suddito dei Savoia, ma con l'animo rivolto alla Francia, aveva approvato il secondo matrimonio francese della figlia, indifferente al parere contrario di Emanuele Filiberto. Il duca, ben intenzionato a non ricadere sotto il ferro di Parigi, era preoccupato che, alla morte del conte, i territori potessero passare di mano, rendendo insicuri i confini del regno. Spinto dall'interesse che non solo Jacqueline, ma molte savoiarde riservavano agli uomini francesi, il Savoia aveva quindi emanato un editto che vietava, alle donne dei suoi stati, di contrarre matrimonio con stranieri.

Sebastiano amava molto quell'unica figlia che aveva ereditato, oltre al suo brutto naso, un'estrema liberalità. Le questioni religiose non lo appassionavano, le considerava un fatto privato e, come tale, insindacabile. Conservò rapporti cordiali con i parenti della nuova religione, ma non con i monaci della vicina Certosa che detestava a causa della loro avidità. Aveva minacciato più di una volta di radere al suolo il convento, nonostante le proteste della cattolicissima moglie, Beatrice Pacheco. La nobile spagnola, sottomessa al marito più ancora che alla chiesa, non era stata in grado di interferire nell'educazione della figlia, cresciuta così in un mondo fantastico dove tutto era reso possibile dalla figura onnipotente del padre. Ma Sebastiano era morto e, davanti a noi viaggiatori, non restava a rappresentarlo che un imponente maschio quadrato alla cui porta d'ingresso si accedeva da una larga scalinata in pietra. Il castello dominava, a perdita d'occhio, una larga pianura accompagnata, in tutta la sua lunghezza, dalla benevolenza del Rodano.

La contessa Pacheco non parve informata della mia venuta. Nei suoi occhi accigliati lessi l'accusa della sua disgrazia, quasi mio padre avesse ordito una congiura a suo danno. Offesa dalla mia presenza mi dichiarò invisibile. Il ritorno di Jacqueline le era reso intollerabile dai segni della colpa impressi nel suo corpo e seguivo a distanza il dialogo impossibile che madre e figlia disperdevano nelle stanze del castello. Gli argomenti della contessa convergevano sull'unico obiettivo di trovare un padre per il nascituro che ne rinnovasse le origini, mettendo i sigilli sul suo breve passato. Frasi senza risposta scivolavano sui silenzi di Jacqueline, occupata a custodire in un sacrario la memoria di mio padre.

La vecchia, accecata dalla paura che le colpe della figlia potessero ricadere su di lei, pochi giorni dopo il nostro arrivo cercò di convincerla ad accettare la proposta di matrimonio di un connazionale. Jacqueline, prossima al parto, non voleva un'altro marito, non lo voleva spagnolo né tanto meno cattolico. Rifiutò con forza, ma così facendo perse l'occasione di aver salva la vita.

La realtà le sfuggiva di mano, non si accorgeva di essere prigioniera in casa propria. Ogni diritto le era ormai precluso e da lei ci si aspettava soltanto l'obbedienza, la rinuncia a tutte quelle idee che l'avevano conquistata al punto di renderla inconsapevole dei rischi e delle difficoltà che l'attendevano. Il padre burbero e affettuoso che le aveva trasmesso il gusto per la libertà non poteva più difenderla e lei viveva in un mondo separato dove io stessa facevo fatica a entrare. Non perché fosse privo di logica, ma perché non teneva conto delle regole che reggevano l'universo circostante.

Il 21 dicembre nacque Béatrice e, per qualche tempo, la mia attenzione si concentrò su di lei. La esaminavo alla ricerca di qualche somiglianza con i genitori, di cui avrebbe dovuto rappresentare, nelle mie fantasie di allora, una sintesi superiore. Osservavo i suoi movimenti, la grazia irresistibile delle mani che descrivevano piccoli segni nell'aria e che interpretavo come parole d'amore, come forma primitiva del linguaggio che lega le persone, attratte dal semplice fatto di percepirsi vicine. Lo sguardo perfettamente candido di Béatrice mi offriva un contatto incorruttibile, mi invitava a cercare dentro di me la parte limpida, in grado di resistere all'occhio insano della nonna che l'aveva battezzata di nascosto secondo il rito cattolico e contro il volere della madre.

La vecchia contessa, come me di bassa statura, portava con ostentazione due spalle quadrate su cui poggiava un viso aguzzo e triangolare. La sua figura, piegata in avanti, attraversava le stanze del castello con gesti di sospetto e compariva all'improvviso nel tentativo riuscito di farmi sentire indesiderata.

Nei mesi che trascorsi in quell'eremo né una parola né un gesto riuscirono a mitigare l'abisso che ci separava. Quando il peso della sua malevolenza mi riusciva odioso, imbastivo discorsi immaginari capaci di convincerla della bontà della mia fede. Tutto mi pareva allora semplice e naturale e portavo a esempio dell'onestà del mio spirito, la potenza disarmata dei primi cristiani. Costruivo argomenti inoppugnabili ripercorrendo le tappe del credo, mostravo gli inganni dei dogmi, le trappole dei vincoli terreni, la fatuità del culto delle immagini, gli imbrogli delle superstizioni. Cercavo di resistere, non diversamente da Jacqueline, entrando in un mondo unicamente mio dove trovavo la pace e il contatto con la mia storia. Ma nessun argomento fu mai esposto alla vecchia il cui solo respiro avrebbe dissolto ogni mia parola. Il suo odio, alimentato dal sentirsi ingannata nella sua fiducia di madre, occupava ogni spazio e questa rottura sembrava esonerarla dal perseguire il bene della sua stessa prole. A tratti, il prevalere del senso materno le inumidiva gli occhi e la riavvicinava alla figlia, ma in quel modo che prelude al sacrificio. Come Agamennone con Ifigenia, così lei coltivava un sentimento di irreparabilità che la liberava da ogni scrupolo e le lacrime confluivano nel torrente dell'autocommiserazione.

Vivevamo in un tempo sospeso, prigioniere dell'impossibilità di disegnare il nostro destino, di prendere in mano il futuro. Attendevamo di giorno in giorno che succedesse qualcosa, ma contemporaneamente speravamo, ciascuna a modo suo, che l'oggi fosse uguale a ieri perché il domani ci faceva paura.

Jacqueline non aveva in mente che la riabilitazione di mio padre e intratteneva una fitta corrispondenza con i parenti di Francia, affinché si prodigassero presso la corte e presso il duca, per ottenere la restituzione dei beni e delle rendite confiscate in seguito alla condanna. Si rivolse perfino al famoso giurista Francesco Hotman, per indurlo a scrivere una biografia dell'Ammiraglio e liberarne così la memoria dalle accuse infamanti.

A gennaio le fu chiesto di recarsi a Torino per chiarire la sua posizione di fronte alla corte. Quel continuo agitarsi aveva innervosito il duca, già molto maldisposto, ma Jacqueline non si allarmò: aveva fiducia nella moglie di Emanuele Filiberto, Margherita di Francia duchessa di Savoia, che tempo addietro l'aveva scelta fra tante come damigella d'onore. Di lei si ammirava lo spirito caritatevole, la buona erudizione, una forte inclinazione al mecenatismo e Jacqueline confidava nella sua intercessione.

La contessa Pacheco tentò di liberarsi di me e fece richiesta di un permesso che mi consentisse di accompagnare la figlia nel viaggio in Piemonte, ma il duca fu irremovibile. Dato che non ero suo suddito, riteneva prematura una mia presenza.

Non sono soggetta a pensieri premonitori e la partenza per Torino mi angustiava in modo egoistico. Mi sarebbe mancata la mediazione affettuosa e sincera di Jacqueline che, a sua volta, si torceva le mani all'idea di non avermi accanto. Soprattutto si disperava di dover lasciare Béatrice e sperava di far presto a convincere il duca della sua lealtà, per ritornare da lei. Si appoggiava alla mia calma apparente e io adoperai molto buon senso e quel magnifico stoicismo fatto apposta per soccorrere gli altri.

Si preparò la partenza per la fine di febbraio. Jacqueline fece un ultimo tentativo per portarmi con sé, ma la madre preferì sopportarmi piuttosto che affrontare l'ira del duca. Ci salutammo con finto ottimismo, ma certe, questo sì, che la separazione sarebbe stata di breve durata. Nell'attesa, la vecchia signora, quasi si sentisse minacciata dalla mia presenza, prese a farsi scudo della persona del curato di Saint-Germain-d'Amberieux che, tormentato dalla missione di combattere ogni forma di eresia, si applicò al mio caso. Mi osservavano, entrambi, con lo sguardo che i sani rivolgono agli infermi di mente, cercando i segni del demonio che sostenevano abitare il mio corpo. Per precauzione mi proibirono di avvicinarmi a Béatrice, affinché, per qualche specie di contagio, il maligno non potesse impossessarsi anche di lei.

Poi non mi rivolsero più la parola e il tempo avvolse ogni cosa in un'atmosfera di lugubre mistero che mi atterriva e mi stupiva al tempo stesso. Per non cedere allo sconforto ripetevo, fra me e me, le parole di Renata: «Di questi tempi la forza delle idee porta molta gente ad arretrare e a rintanarsi nelle più oscure credenze». Pensarla mi dava coraggio e mi ricordava che nulla fa più spavento del mondo che cambia.

Restammo in attesa di notizie. Il signor di Richebourg, che era stato scelto in qualità di accompagnatore di Jacqueline, aveva ricevuto l'incarico di tenere informata la contessa dell'evolversi della situazione. Fu con stupore che lo vedemmo tornare a rompicollo, qualche giorno dopo la partenza, in compagnia di un piccolo drappello di servitori e raccontare una storia incredibile, ma certamente veritiera, secondo la quale l'Ammiraglia era stata arrestata, per essere scortata alla Torre di Nizza.

Oltrepassata Chambéry la comitiva era stata fermata, all'altezza del valico del Cenisio, dal conte Carlo Provana di Leyni che, con un gruppo di arcieri, aveva ridotto al silenzio lo stesso Richebourg, conducendo probabilmente nel forte di Miolans quei servitori e gentiluomini che avevano tentato di difendere la prigioniera. Il nome della fortezza era ben noto anche in Francia. Soldati e cavalieri raccontavano del timore che si impadroniva dei prigionieri quando, arrivati nei pressi del carcere, scorgevano alle sue spalle il Dente d'Arclusaz. Un massiccio maestoso, duro e verticale, nella cui piega sinclinale si annidava, ad accrescerne la ferocia, il castello pietrificato di Miolans.

La disperazione della vecchia contessa non mi diede molta pena, ero preoccupata per il futuro di Béatrice, destinata a rinunciare a quelle magnifiche qualità di cui era stata dotata, per entrare anche lei nella schiera degli orfani. Nessuno l'avrebbe difesa dai finti protettori, interessati a raccoglierne l'eredità. Non vidi mai più Jacqueline. Le notizie che mi giunsero nel corso degli anni raccontavano una storia miserabile e senza fine, trascinata nelle prigioni del Piemonte, di Nizza e della Savoia, dove si alternavano interessi sacri e profani. I padri inquisitori si accanirono sul suo corpo per spegnere quella gioia limpida e infantile che ci aveva offerto a La Rochelle. Emanuele Filiberto si vendicò della sua preferenza per i maschi francesi mettendola incinta e regalando la neonata a un convento di Asti. La semplicità di Jacqueline, la sua assenza di malizia, la gentile fedeltà alla libera coscienza del padre, furono la sua rovina. Sull'altare della colpa di chi aveva smarrito il contatto con Dio, fu sacrificata proprio lei, la più pura di tutte.

Frattanto, lassù nel castello di Saint-André-de-Briord, dopo l'arresto di Jacqueline la mia posizione si fece più incerta. Sognavo il Rodano mentre defluiva dal lago di Ginevra e lo vedevo scorrere laggiù in basso, nella pianura appena sottostante. Il fiume rappresentava il legame che mi univa ai miei simili. Seguendo a ritroso la sua traccia mi ricongiungevo agli esuli francesi in terra svizzera. In linea d'aria un centinaio di chilometri mi separava dal confine, ma, in mezzo, il Grand Colombier obbligava i viaggiatori a lunghe diversioni e nelle mie fantasticherie appariva smisurato e gigantesco come il Dente d'Arclusaz, terrore di tutti i reclusi. Le mie difficoltà assumevano allora le sembianze di quella montagna, come se fosse lei a impedirmi di partire mentre il fiume, con il movimento della sua larga portata, mi suggeriva di andare.

Trascorsi le settimane che seguirono l'arresto sola, nella mia stanza. Ero perseguitata dal timore di essere dimenticata e, per sconfiggere quel pensiero molesto, cercai di attribuire a ogni giornata un ordine che occupasse il tempo, cercando di imitare le lezioni che il precettore Legresle impartiva a noi bambini, prima a Châtillon e poi a La Rochelle.

Nel suo testamento mio padre pregava e ordinava che i figli fossero nutriti e conservati nell'amore e nel timore di Dio il più a lungo possibile: per questo confidava nel fatto che il nostro precettore, di cui aveva illimitata stima, continuasse a istruirci fino alla maggiore età. Voleva allontanare il tempo in cui noi ragazzi saremmo dovuti entrare a corte e renderci forti, nella mente e nel corpo, per resistere alle tentazioni inevitabili e perniciose cui il Palazzo ci avrebbe sottoposto.

Cercai nella mia Bibbia il libro di Ruth perché parlava della necessità di decidere della propria vita in modo non sempre prevedibile e perché mi riconoscevo in quel gran viaggiare di donne senza protezione. Ma Ruth aveva Naomi e Naomi aveva Ruth mentre io non avevo nessuno che mi prestasse ascolto per consigliare o dissuadere, per esortare o scoraggiare. Lo studio di quei brevi capitoli ebbe successo, mi sottrasse all'inedia dello spirito e mi fece approdare su una piccola ma tenace consapevolezza riassumibile in una frase che scrissi, a caratteri cubitali, in testa al libro di Ruth: «Nell'assenza non ci può essere amore». Con quell'affermazione rivendicavo il mio diritto a soffrire per il fatto di sentirmi sola.

Il ricordo di mia madre si presentò allora con prepotenza, emergendo per la prima volta da un passato lontanissimo, ma che in realtà era vecchio di soli cinque anni, da quando il tifo se l'era portata via nell'assedio di Orléans.

I miei genitori erano stati tratti da un masso di granito e, all'esterno, non presentavano appigli per nessuno, tanto meno per noi bambini. Quel che diceva uno sarebbe stato confermato di lì a poco anche dall'altra. Mai una smagliatura, mai una recriminazione. L'amore che li legava era rappresentato da una sintesi virtuosa composta di stima, rispetto, piacere, passione per le proprie idee, che sempre erano fatte proprie anche dall'altro, in un bisogno di fusione che applicavano a tutti gli aspetti della vita coniugale. La continua lontananza di mio padre, i rischi che correva, i pericoli che ci minacciavano, rafforzavano la loro unione e noi crescevamo cercando di infilare i nostri piedi nelle orme gigantesche che i genitori lasciavano dietro di sé.

Mia madre, Charlotte Laval, era una donna coraggiosa. Da piccola credevo che non avesse paura di niente, adesso non saprei dire. Mio padre invece ha avuto paura almeno una volta, glielo lessi negli occhi quando lei morì. All'epoca eravamo tutti a Orléans, ci eravamo barricati dentro la città; il lunghissimo assedio aveva portato fame e malattie e fu il tifo a uccidere mia madre perché dedicava il suo tempo alla cura di malati e feriti. Si erano sposati nel 1547, erano dunque vissuti insieme vent'anni, ma quel tempo che a me appare lunghissimo, per loro passò in un baleno, lasciando a mio padre un rimpianto amaro e doloroso.

Quando lei entrò in agonia lui era di stanza a Chartres, dove ricevette l'ultima lettera in cui lei gli diceva tutta la sua infelicità di dover morire senza averlo rivisto. Soltanto lui avrebbe potuto aiutarla a oltrepassare quell'ultimo guado, lei che l'aveva amato più di ogni altro al mondo. Come pegno del suo amore gli avrebbe lasciato i figli che l'avrebbero aiutato a combattere per il trionfo della religione. Gli diceva anche di diffidare dei Guisa e della regina madre, contravvenendo alla regola secondo la quale non si deve parlar male del prossimo. Conoscendolo bene, gli ricordò che la diffidenza può non intaccare la lealtà e questo punto era ben sottolineato. La lettera lo travolse e lui partì al galoppo, nella speranza di trovarla ancora in vita. Superato l'assedio, entrò in casa, reso irriconoscibile da uno sguardo da folle, in compagnia di tutti i medici che era riuscito a radunare. La notte del tre di marzo mio padre uscì dalla stanza in punta di piedi, forse ancora sperava di non doverla svegliare, ma il suo sguardo, per noi bambini, era ritornato normale.

Nessun medico e nessuna preghiera avrebbero riportato in vita quella parte di sé di cui lei era padrona, eppure qualcuno, più forte di lui, fu così potente da rimetterlo in sella.

Di lei mi assale a volte il desiderio, mascherato dal profumo della minestra di porro e dello stufato di montone, cotto insieme alle rape. I nobili raffinati sostenevano che il montone e le rape andassero cucinati separatamente, affinché conservassero il loro aroma originario. Mia madre, nella sua grandissima cocciutaggine, difendeva la vecchia ricetta del montone cotto insieme alle rape perché affermava che solo così le stolide rape e l'inveterato montone avrebbero potuto dare il meglio di sé, mischiandosi insieme. Lei, bianca e rosa come una rapa, e mio padre, coriaceo come un montone, non sono mai mancati alla mia tavola, quando il profumo di minestra di porro annunciava l'arrivo della nostalgia.

Chi dei due aveva scelto per primo di rischiare la vita? Charlotte o Gaspard?

Dopo la difesa di San Quintino, mio padre era stato condotto in prigione, prima nel forte di Écluse e poi a Gand. Lì rimase due anni e lesse per la prima volta e poi rilesse l'*Istituzione della religione cristiana* di Calvino, finché mia madre, racimolata una fortuna, lo riscattò dal carcere. La libertà di mio padre era costata cinquantamila scudi d'oro, una cifra impensabile, ma lei vendette o alienò gran parte dei nostri possedimenti, indebitandosi a tal punto che ci volle tutto quel che restava della loro vita per ripianare ogni pendenza. La cifra inverosimile era stata fissata da Emanuele Filiberto di Savoia che si diceva facesse le guerre per speculare con il commercio dei prigionieri. Nonostante il suo piccolo esercito catturava, infatti, più nemici degli altri e sempre di rango.

Mia madre, nel frattempo, aveva cominciato a seguire i culti della nuova religione e quando mio padre uscì di galera si dichiarò pronto a seguirla.

A Châtillon ogni mattina i miei genitori radunavano intorno a sé i figli e la servitù, leggevano a turno un brano della Bibbia, intonavano i salmi, recitavano preghiere mai uguali e, a giorni alterni, aggiungevano un lungo commento. Prima dei pasti e la sera ci riunivamo in preghiera. I domestici imparavano a leggere la Bibbia e altri libri. I cattolici potevano scegliere di non partecipare, perché mio padre sosteneva che la libertà di coscienza non è mai a senso unico.

Mia madre aveva una voce di soprano, trasparente e sicura. Conosceva molti musicisti che ci iniziavano al canto e allo studio di uno strumento. «Con la musica – ci spiegava – si può esprimere tutto quello che non si può dire con le parole, ma queste possono dire talmente poco che è assai meglio imparare a cantare». Cantava tutto il giorno, incurante delle rime poco probabili che adattava alle esigenze delle melodie oppure inventava motivetti insistenti che ci perseguitavano per giorni e giorni. La musica era una presenza che riempiva tutto lo spazio e il tempo rimasto libero dai suoi affanni, era una sostanza impalpabile che l'avvolgeva formando una protezione, a difesa di quella parte di sé che non voleva o non poteva lasciare agli altri.

Non volevo che morisse, non l'avevo mai perdonata per avermi lasciata sola così presto, orfana di suoni e profumi. Per cinque anni avevo cercato di ricostruire il suo volto cancellato dalla memoria, ma adesso, lì a Saint-André-de-Briord, era tornata da me. La fortezza non era dunque così impenetrabile come mi era parsa all'arrivo. Niente mi tratteneva. Tutto mi apparve più semplice, quasi banale, e la primavera alle porte non era solo un fatto simbolico, come non lo erano i fuochi che i contadini accendevano per bruciare le sterpaglie, segnalando la fine dell'inverno.

La valle, che fino a qualche giorno prima appariva disordinata per l'incuria del tempo, prendeva lentamente forma, pettinata dalla mano dell'uomo, rassettata fin nei più piccoli particolari. Sfrondati gli alberi, accorciate le siepi, estirpati i rovi che rendono indefinito qualsivoglia profilo, ecco il Rodano apparire e luccicare fra i pertugi aperti da falci, asce, roncole e falcetti. Un taglialegna che risaliva il limitare del bosco mi sembrò Charles, e dovetti aguzzare la vista per convincermi che non basta un'andatura per fare una persona. Mio marito non era così largo di spalle, la sua pelle era più chiara e luminosa e l'ingenuità del suo sguardo non reggeva confronti. Adesso che anche Charles era tornato nei miei pensieri, potevo sopportare il fatto concreto e reale che non ci fosse più. Il taglialegna sorrise e la sua apparizione mi parve un augurio.

La vecchia contessa, insieme al curato, appariva e scompariva nelle sale del castello. Piccoli sgarbi segnalavano la loro presenza e annunciavano la distanza che cresceva fra noi. Mi sentivo intoccabile, non perché impura, ma per qualche ragione, a me ignota, che impediva loro di nuocermi. Se avessero potuto mi avrebbero affidato alle prigioni ducali, ma ero straniera e forse a Torino non volevano guai con la Francia. Quella stessa Francia che sei mesi prima era pronta a tagliarmi la gola. Camminavo sopra un crinale sottile da cui molti erano scivolati ed ero ben consapevole dell'amara fortuna che mi circondava.

Non mi restava che aspettare, accettando l'isolamento forzato, la mancanza di notizie, l'impossibilità di vedere mia sorella. L'eco del suo pianto mi raggiungeva nel silenzio della notte, ma non pareva un lamento infelice, quanto piuttosto quel modo di dire ho sete, ho fame, ho freddo.

Per il momento c'era chi aveva cura di lei, altro doveva succedere che le avrebbe fatto rimpiangere di essere venuta al mondo, ma allora tutto questo sembrava lontano e il suo pianto squillava, più prepotente di una parola.

Intorno alla prima settimana di marzo la contessa mi fece chiamare: l'abito nero pendeva dalle spalle robuste inarcandosi sulla schiena ricurva, l'occhio sbiadito fissava il curato che, accanto a lei, piccolo e tondo, ammiccava soddisfatto. Mi informarono seccamente che l'indomani, all'alba, sarei partita sotto scorta alla volta del confine, laddove mi attendevano quelli che, come me, adoravano il diavolo e cercavano di impadronirsi delle anime dei buoni credenti. Il curato, a sentir le sue stesse parole si infiammò tutto, prendendo a sproloquiare della peste che uccideva la chiesa e delle fascine della sua canonica, le cui fiamme altissime avrebbero volentieri ridato purezza alla mia anima. Non risposi, abbandonai la stanza con le ali ai piedi e, chiudendo la porta, li lasciai soli a guardia dei loro timori. Corsi in camera e in ginocchio enunciai, in rapida successione, ringraziamenti sinceri e appassionati.

La portata del pericolo si conosce meglio quando questo è scampato e il senso di liberazione che si allargò nel mio petto mi diede la misura dell'angoscia repressa.

Prima di dormire scivolai nella stanza di Béatrice che raccoglieva nel sonno la sua grazia perfetta e piccoli movimenti, delle labbra e delle guance, segnalavano il desiderio del latte. Me ne andai prima che si svegliasse, lasciandole accanto l'impronta dei miei pensieri.

Preparati i bagagli dormii seduta su una sedia, nel terrore che la notte potesse tradirmi con un ripensamento. All'alba qualcuno bussò alla porta e alcuni famigli entrarono per caricare i fagotti. A un loro cenno, li seguii nel silenzio irreale di scale e corridoi. Fuori, all'aria aperta, non mi voltai a guardare l'immenso maschio quadrato che dominava l'ingresso, ma scendendo la scalinata di pietra rallentai il passo al pensiero di chi con me l'aveva salita.

All'inizio del pendio, sul ciglio erboso, una primula, modesto avamposto primaverile, mi diede il benvenuto nel mondo dei vivi.

3.
Svizzera

La discesa verso la pianura non mi avvicinò al Rodano, come avevo sperato, giacché la scorta puntò dritta verso nord-est, in direzione di Seyssel. Giusto a quell'altezza avremmo ritrovato il fiume che, nella sua discesa, forma un profondo meandro, spingendosi a sud, quasi all'altezza di Chambéry. La zona che stavamo attraversando era prevalentemente boscosa, ma la primavera, che avevo annusato nell'aria, sembrava aver battuto in ritirata. Non pioveva da qualche tempo e il grigio prevaleva, polveroso, sul marrone.

Ero molto concentrata sul viaggio che mi stavo abituando a considerare come un tempo perfetto per raccogliere i pensieri e sfuggire l'impegno delle relazioni. Un tempo perfetto perché sospeso e totalmente slegato da quello che è avvenuto prima e da quel che avverrà dopo. I passeggeri formano un insieme che si chiama così soltanto per il tempo del percorso in movimento, già il fermarsi in una locanda può indurre modificazioni di comportamento, tipiche dello stare fermi. Ad esempio si può confondere un viaggiatore con un locale, se entrambi stanno seduti allo stesso tavolo con una bevanda in mano.

Nel transitare davanti a luoghi sconosciuti mi sento come chi assiste a uno spettacolo in cui gli attori stanno fermi e io mi sposto, per godere meglio dei multiformi fondali che, di quinta in quinta, sfilano veloci sotto il mio sguardo. La natura e una umanità estremamente varia vengono a recitare al mio passaggio, rappresentando storie ordinarie ma a volte prodigiose come quando, scendendo verso le paludi che annunciano il lago di Bourget vidi, nella cornice di un canneto, una famiglia di anatre attraversare speditamente un breve specchio d'acqua. Non si trattava di una famiglia al completo, ma di una madre con l'ultima nidiata appena uscita dall'uovo. La madre guardava dritta davanti a sé, fendendo spedita la superficie liquida, mentre una funicella immaginaria la legava alla prole disorientata. Ogni tanto qualcuno, solitamente l'ultimo, usciva dalla fila, rallentava, si distraeva. Ecco allora, da un folto di canne, uscire un verso brusco e perentorio che il piccolo subito capiva, affrettandosi a riallinearsi alle geometrie materne. Credo si trattasse del padre: chi altri, pur stando in disparte, poteva avere così a cuore quella combriccola di sbandati, sempre sul punto di perdersi nei labirinti dello stagno?

Provavo per quegli anatroccoli, maldestri e fiduciosi, un elementare senso di invidia. Rimasi a contemplarli per tutto il tempo che mi fu concesso. Avrei potuto restare così, finché il freddo della palude mi avesse incorporata nel paesaggio, sciogliendomi a poco a poco in un fluido vitale dove i girini sarebbero venuti a sguazzare in attesa di diventare ranocchie.

Strappandomi dall'incantamento rientrai nella rotta del nord. A sinistra il Grand Colombier, a destra il Rodano, indicavano l'unica strada possibile, quella che immaginavo fosse stata tracciata dal vecchio amico di mio padre, Teodoro di Beza, che intravedevo, oltre le montagne, come punto di arrivo del mio cammino. Mi avrebbe guidato, come un'anatra adulta sa fare con i giovani inesperti. I miei fratelli si erano già allineati, mancavo solo io.

La montagna tanto temuta, vista da vicino, rivelava una natura bonaria, arenata come un vecchio cetaceo ai confini della piatta depressione, smerigliata dal fiume. L'insieme dei contrafforti, chiamati Gran Colombier, non era quindi che un branco di balene depositate dal Rodano, a ridosso degli aspri sbarramenti scavati dal Cluse e dall'Albarine.

A Seyssel passammo la notte in una locanda decorosa, costruita in pietra con un ampio spiovente. Data la stagione non c'era affollamento e mi assegnarono una stanza interamente per me. Gli uomini avevano, di norma, minor fortuna e spesso dovevano adattarsi a dormire in tanti in una stanza, a volte anche in due nello stesso letto, come i poveri.

Quella sera, grazie a un bicchiere di vino asciutto e perlato, tipico di quella zona, pensai di essere uscita dallo stagno e festeggiai a mio modo, con pensieri di riconoscenza. Davanti a ogni commensale fu posto un tagliere rotondo su cui riposava un gran pezzo di carne stufata.

Eravamo a metà strada e presto sarei arrivata a Ginevra, stremata da cinque anni di peste. Nell'avvicinarmi alla città dei giusti ripensavo alle storie edificanti del nostro istitutore Legresle, convinto che, prima dell'arrivo di Calvino, Ginevra non fosse diversa da Sodoma e Gomorra. I suoi abitanti – raccontava – avevano cacciato il vescovo e i principi trattandoli da fannulloni parassiti, capaci soltanto di approfittare del loro lavoro. Eliminate le prediche, le decime e i balzelli, si apprestavano a godere della propria libertà quando Calvino, in fuga dall'Italia e dall'Inquisizione, si era trovato a passare di lì. Stava andando a Strasburgo dove sperava di rinchiudersi in una biblioteca a studiare e scrivere per il resto dei suoi giorni, con stile esatto e rigoroso. I ginevrini tuttavia, abituati ad avere il meglio di ogni cosa, volevano concedersi il lusso della sua predicazione e lo convinsero a restare.

Furono anni terribili. Quando si accorsero di essersi messi in casa un Catone, impegnato a ridisegnare l'impianto morale della città, decisero, al più presto, di liberarsene. Con suo gran sollievo, Calvino fu esonerato dall'incarico e il dotto piccardo tornò alle sue carte. Ma l'incontro singolare aveva lasciato un segno nella volubile Ginevra che non fu più la stessa e cominciò a struggersi nell'inconsistenza del lusso. Non poteva vivere senza di lui e chiese in ginocchio il suo perdono. Calvino avrebbe tranquillamente fatto a meno di Ginevra, ma il pungolo della coscienza lo costrinse a cedere.

Il racconto di Legresle era emozionante come una storia d'amore, ma la scena del ritorno dell'uomo di legge e di fede mi turbava perché la capricciosa Ginevra sarebbe stata costretta, da allora in poi, a rigare diritto, per sua esplicita scelta. Il resto della vicenda era molto meno romantico perché riguardava il sistema di governo che Legresle citava a esempio su tutti.

– Nella città di Ginevra – asseriva – tutti sono uguali, come davanti a Dio, e tutti lavorano per non patire la fame e per non trascinare la vita nell'ozio –. E ci faceva tradurre il motto scelto dal consiglio cittadino, *Post tenebras lux*, che noi dovevamo interpretare come il sorgere di una nuova era di speranza.

Calvino era ormai morto da quasi dieci anni quando, accodata a una lunga colonna di esuli, bussai alle porte della città, e Ginevra ci accolse tutti, come già molti altri prima di noi, con l'impegno di chi si riconosce nell'immagine dell'altro.

Se si pensa che l'assenza di ciglia accentui l'eleganza di una persona, allora Teodoro di Beza era certamente un uomo raffinato. Il suo volto, allungato da una lunga barba isoscele, era illuminato dai riflessi serici della pelle, resa morbida dall'età. Il mento, rilassato, gli conferiva un'autorevolezza che metteva a suo agio l'interlocutore, attratto dal breve corruccio radicato all'attaccatura del naso e sottolineato da una lieve ripiegatura della palpebra sopra l'occhio sinistro.

Di Beza, nobile ricco e di ottima famiglia, si era laureato in giurisprudenza all'età di vent'anni, con stoffa di umanista e animo gaudente. Aveva raccolto la sua gioventù sfrenata nei versi intitolati *Juvenilia,* ma poi, oppresso da continui cedimenti morali, aveva promesso alla sua giovane innamorata di nome Claudine che, superati tutti gli ostacoli, l'avrebbe sposata. Non fidandosi di se stesso, aveva costretto un gruppo di amici a testimoniare formalmente delle sue intenzioni.

Impantanato come un carro in mezzo al fango – sono parole sue – era riuscito ad abbandonare le compagnie di balordi, a spiegare alla famiglia che i benefici ecclesiastici che lo attendevano non valevano il suo interesse per la nuova religione e a superare, infine, una grave malattia, imputabile più al dilagare della peste che al ribollire della coscienza.

Con qualche minuscola concessione all'estetica, non ultima la grecizzazione del suo nome di battesimo, Deodato, nel più vibrante Teodoro, riuscì a trascinare il suo carro fuori dal pantano. Sposò Claudine, con rito riformato e con la benedizione di Calvino, di cui rimase fino all'ultimo l'indiscusso alter ego.

In realtà di discussioni ce ne furono molte, e di Beza non faceva nulla per evitarle, come quando, nominato professore di lingua greca all'accademia di Losanna, volle che i colleghi leggessero i suoi *Juvenilia,* affinché il suo passato non gettasse ombre sull'istituto. Era un eccellente negoziatore e se la posta era alta non andava per il sottile. Quando i valdesi perseguitati chiesero il suo aiuto, si fece mediatore presso i principi luterani, mitigando i toni della disputa a riguardo della Santa Cena, il che gli valse più di una nota di biasimo da parte dei teologi calvinisti.

Imparai presto, a mio vantaggio, che bastava una domanda per scatenare in di Beza il desiderio di colmare il vuoto offerto dalla mente dell'interlocutore. La sua versatilità lo rendeva irresistibile e, come una scolara diligente, annotavo nella mente ogni concetto. Avevo avuto la fortuna di ricevere, con i miei fratelli, l'insegnamento del precettore Legresle, ma di Beza era un maestro sublime e le sue parole scioglievano i confini della mente mostrandomi la possibilità di organizzare il pensiero, non diversamente da qualsiasi altra attività.

Lo incontrai all'incirca nel punto dove il Rodano si impegna, con tutte le forze, a svuotare il lago, risucchiandone l'acqua in gran velocità. Facemmo, quella mattina, una passeggiata sulla riva destra; l'aria chiara, fredda, trasparente, accorciava le distanze fra gli oggetti e, alzando gli occhi, feci istintivamente un passo indietro alla vista della teoria di contrafforti che si spingeva in avanti, verso di me, ostentando volumi mostruosi.

Di Beza rideva, consapevole dell'effetto minaccioso che le montagne possono suscitare nella gente di pianura, e mi consolò dicendo che l'altezza dei monti, come le profondità dei mari, inquietavano tutti con il loro mistero. Distendendo il braccio destro davanti a sé mi fece notare, dall'altra parte del lago, la cattedrale di St-Pierre, costruita intorno all'anno mille e più volte rimaneggiata. Indicò poco più a destra il Palazzo comunale e, ancora più a destra, la Biblioteca, dove immaginava di conservare ogni sorta di manoscritti e libri a stampa.

Man mano che ci avvicinavamo all'abitato l'odore fortissimo che si sprigionava dalle strade e dai vicoli non poteva passare inosservato. Di Beza si scusò e ammise che nella bella stagione la puzza diventava insostenibile. L'inverno teneva a bada la peste e i miasmi, ma non poteva risolvere il problema gravissimo dell'approvvigionamento dell'acqua. Mi accennò alle difficoltà tecniche che impedivano di collegarsi a sorgenti lontane, attivando fontane in ogni quartiere. La penuria d'acqua affliggeva i ginevrini, abituati a considerarla, grazie al Rodano e al suo lago, parte del paesaggio, ma condannati, come Tantalo, a non poterla toccare. La parte della città che si affacciava sul lago era splendente e luminosa, ma non così le vie interne della vecchia Ginevra, irrimediabilmente sporche.

– I quartieri stanno cambiando a vista d'occhio – osservò il professore, – le centinaia di profughi francesi che sono arrivati negli ultimi decenni sembrano intenzionati a rimanere per sempre e già stanno modificando l'intera struttura della città.

Di Beza mi aggiornò sulle difficoltà che incontravano le autorità dei cantoni svizzeri a muoversi per la liberazione di tanti francesi di cui si erano perse le tracce e, in particolare, di Jacqueline. Era stato lui l'artefice del suo matrimonio con mio padre e si sentiva responsabile della sciagura che l'aveva travolta. Aveva dedicato proprio a lei, qualche mese prima della strage, un trattatello intitolato *Domande e risposte cristiane*. Quella dedica era la testimonianza della sua ammirazione per una donna che non aveva avuto paura di rinunciare a tutto per seguire, con modestia, un suo convincimento. Le era grato per aver sposato mio padre, per essergli stata vicino nel periodo più difficile. Parlava di lei con affetto e diceva che mai nessuno gli aveva fatto domande così astruse sui fondamenti della fede. Erano state proprio quelle domande a spingerlo a scrivere un libro che avrebbe dovuto – questa era la sua intenzione – sconfiggere l'analfabetismo religioso.

Poi le notizie della notte di san Bartolomeo l'avevano indotto a mettere in dubbio l'utilità e il significato del suo lavoro. Ma nonostante avesse pregato giorno e notte affinché gli fosse concesso di raggiungere le migliaia di anime che affollavano le porte del cielo, e nonostante avesse chiesto al Signore di voler anticipare il più possibile la venuta del suo Regno per fuggire dalla violenza del mondo e ricongiungersi agli amici scomparsi, non aveva ricevuto risposta. Quel silenzio, tuttavia, era stato rotto dall'arrivo in massa dei profughi francesi e, fra settembre e ottobre, gli elenchi del libro degli ingressi erano diventati illeggibili per la fretta di registrare l'enorme quantità di richieste di asilo. Lo diceva scusandosi di non aver fatto abbastanza e inveiva contro la burocrazia della città che l'aveva rimproverato per aver preso l'iniziativa di organizzare una petizione di rifugiati francesi al loro re, senza chiedere il consenso all'autorità civile ginevrina. Pensai, notando il suo sguardo risentito, che non condividesse l'attaccamento pedissequo alle regole.

Parlava senza prendere fiato e, nel ricordare mio padre, mi citò a memoria una lettera che gli aveva scritto anni prima, poco dopo la morte di mia madre e la fuga di tutti noi verso La Rochelle:

– So che – recitò, – grazie al Signore, sarebbe malagevole indicarvi rimedi che Dio non vi abbia ancora insegnato. Non vi resta quindi che attendere con pazienza gli effetti che otterrete mettendoli in pratica. Perché è certo che ne avrete giovamento, dato che Lui ci ha promesso che le prove non supereranno la forza che Lui stesso ci ha dato. Lo stato di infermità che vi abbatte non vi deve spaventare, al contrario, deve darvi la sicurezza della vittoria; perché questo è il mezzo di cui Dio normalmente si serve per sondare la virtù che attribuisce ai suoi, affinché, avendoci fatto provare chi noi siamo, aumenti l'ardore della nostra forza ritrovata in Colui che la dona. Infine, dopo aver vinto, attribuiamo l'intero onore a Colui al quale esso appartiene.

Di Beza aveva voluto ripetermi quelle parole perché pensava che potessero adattarsi alla mia situazione. Aveva voluto dirmi che intuiva la profondità della mia disgrazia ma desiderava segnalarmi il fatto straordinario di essere riuscita a sopravvivere. Replicai dicendo che la morte di mio padre mi rendeva indifesa, non solo per le difficoltà materiali in cui mi venivo a trovare, ma per la mancanza di una guida e di un conforto.

Di Beza sorrise e mi assicurò che anche mio padre, a suo tempo, aveva desiderato qualcuno cui chiedere aiuto, soprattutto negli anni del carcere. Nel silenzio della cella aveva sperimentato l'impossibile risposta degli uomini alle sue grida di aiuto e la paura aveva chiuso in un cerchio di ferro il cuore del soldato. Dentro quel vuoto aveva distinto la voce di Dio dai rumori del mondo. Forse soltanto allora, per la prima volta, si era sentito meno solo di quando, insieme a mille soldati, affrontava il campo di battaglia.

Poi disse di sé, di quando la peste, non diversamente dalla prigione, l'aveva costretto a fermarsi. Ammise senza imbarazzo di aver avuto paura di morire, vedendo il suo corpo fragile privato di ogni potere. Mi invitò a non temere la debolezza, ma a riconoscerla come parola di verità e di accettazione della condizione umana, da cui attingere senza finzioni. Poi mi mise in guardia dal pericolo di sentirmi salvata una volta per tutte e disse:

– Ogni giorno, ogni ora, ricadiamo nell'inganno di crederci possenti, di bastare a noi stessi e ogni smentita è destinata a farci soffrire. Abbiamo rubato a Dio la conoscenza del bene e del male e ci siamo riempiti d'orgoglio, ma poi ci siamo accorti che, senza la vita eterna, eravamo destinati a vivere in uno scacco perpetuo.

Il suo alfabeto arrivava alle mie orecchie chiaro ed efficace, insieme a quella generosità verbale che si riserva alle persone acute, preziose, importanti e una nuova fiducia si fece spazio nei miei pensieri.

Teodoro di Beza aveva fondato, proprio a Ginevra, un ospizio per i fuggitivi privi di mezzi che dalla Francia si riversavano nei paesi confinanti, si occupava di loro così come si prendeva cura di me e avevo l'impressione, standogli vicino, che in lui ci fosse spazio per tutti. Per facilitare il mio soggiorno, il 24 marzo il segretario di stato Jean François Bernard, amico del professore, aveva presentato al consiglio cittadino la mia domanda di ospitalità. Conservo la risposta fra le mie carte: «Essendo stata accolta la sua richiesta, le viene offerta ogni assistenza e piacere possibile, affinché lei vi possa dimorare per tutto il tempo che sarà di suo gradimento».

Gli svizzeri hanno modi semplici anche nell'ospitalità, non si perdono in chiacchiere, sono operosi, se decidono di fare una cosa la portano a termine nel miglior modo e nel più breve tempo possibile. Le loro case sono abbastanza spartane e preferiscono non accumulare soprammobili, affinché la polvere non vi si depositi. Non credo che questa sia l'unica motivazione: il soprammobile interrompe la linearità dello spazio, la superficie di un tavolo, di un mobile, del ripiano di una finestra, in una complicazione percettiva che non piace a un popolo così essenziale. Pensano come abitano.

Anche a Ginevra si adoperavano grandi taglieri di legno come base su cui appoggiare il cibo, e le tovaglie, quando venivano usate, servivano soprattutto per pulirsi le mani. I ginevrini mangiavano molto, anzi, si abbuffavano, a causa della penuria di divertimenti che la frusta di Calvino aveva messo al bando in tutta la regione. Non ballavano, non schiamazzavano, non facevano feste né fiere né parate e anche il canto era centellinato, almeno nella sua forma profana. Erano scomparsi abiti e ornamenti preziosi con la sola concessione all'uso dell'orologio, grazie alla sua funzione di governo del tempo. Qui i miei connazionali orologiai avevano fatto fortuna, non solo per sé, ma per tutti gli orefici ginevrini votati al fallimento dal perdurare dell'austerità.

La città aveva accolto, negli ultimi vent'anni, anche un gran numero di tipografi, professione fra le più perseguitate in patria. Non avendo potuto portare con sé i caratteri a stampa e per la mediocre qualità della carta, le pubblicazioni non erano all'altezza degli esemplari francesi. Di Beza mi mostrò una sessantina di edizioni diverse della Bibbia in lingua francese accanto a quelle in spagnolo, italiano, inglese e greco.

Quando gli dissi del rigore eccessivo che si respirava in città, lui mi consigliò di non credere alle apparenze. I ginevrini passavano il tempo a trasgredire a ogni regola, e pastori e magistrati dedicavano buona parte del loro tempo a punire donne e uomini sorpresi a peccare. Sì, lui pensava che, soprattutto in passato, ci fosse stato un eccesso di durezza, ma proprio quelle regole così deprecate avevano permesso alla città di diventare più forte e capace di difendersi dai nemici e dalle avversità.

Con la fine di maggio si avvicinava il tempo della partenza, dopo una sosta a Berna mi attendeva a Basilea il desiderato ricongiungimento familiare. Presi quindi congedo dalla città austera e cortese. Nelle terre di Plainpalais i contadini francesi erano al lavoro fin dalle prime luci dell'alba, gli svizzeri li avevano soprannominati «piantaporri» per aver introdotto nel paese la coltivazione degli ortaggi. I miei connazionali tuttavia stavano diventando troppo numerosi e spesso, nel cuore dei ginevrini, la riconoscenza faceva rima con insofferenza. Lo si capiva dal fatto che fosse ormai quasi una moda chiamare il proprio cane «Francese».

Teodoro di Beza era in viaggio e gli lasciai una lettera in cui mi auguravo di poterlo incontrare al più presto, per non interrompere il filo della comunicazione.

Facendo tappa a Losanna e Friburgo, arrivai a Berna dove i miei fratelli avevano ottenuto un forte appoggio per convincere Carlo IX a revocare il sequestro dei beni appartenuti a mio padre, a mia madre e a mio marito.

Sostai il tempo necessario per ringraziare chi tanto si spendeva per la nostra causa. A Berna era in piena attività il cantiere della cattedrale, di cui si stava ultimando il gran portale: dalla spianata laterale la valle dell'Aar sprofondava a mozzafiato verso le montagne e di nuovo mi oppresse la loro imponenza.

Le autorità cittadine mi fecero accompagnare a Basilea dal signor Henri d'Erlach che già aveva scortato i miei parenti l'anno precedente. Suo fratello era stato nostro ospite quand'ero ancora bambina, ma era morto, qualche anno dopo, nel corso di una spedizione coloniale in Florida organizzata proprio da mio padre. La Spagna e il Portogallo avevano il dominio incontrastato dei paesi d'oltremare e i metalli preziosi che affluivano nelle loro casse li avrebbero resi sempre più ricchi, più potenti e pericolosi. Al di là delle questioni religiose, e ben prima della sua conversione, mio padre aveva sostenuto che il futuro della Francia non poteva prescindere dalla sconfitta degli spagnoli, su tutti i fronti, compreso quello delle colonie.

Con le prime persecuzioni, molti della nuova religione avevano preferito affrontare l'oceano piuttosto che farsi ammazzare in patria, ma la Spagna dominava i mari del sud e i primi a metter piede su quella terra che gli spagnoli consideravano di loro proprietà furono tutti impiccati. Nel viaggio verso Basilea il signor d'Erlach mi spiegò che l'ordine di sterminare i coloni veniva direttamente da Filippo II, che nel capitano Pedro Méndez de Avilès aveva trovato un magnifico esecutore dei suoi progetti. Le rimostranze della Francia erano rese inutili dalle dichiarazioni di Méndez che si giustificava dicendo di essere uno strumento di Dio, contro l'invasione degli eretici.

La regina Caterina non comprendeva l'importanza delle colonie nel futuro della Francia e sentenziava – cosa non del tutto falsa – che l'argento iberico, tosto o tardi, sarebbe finito nelle sue proprie tasche. Gli spagnoli conoscevano soltanto l'arte della conquista – diceva – non sapevano far altro ed erano costretti a ricorrere al lavoro dei francesi che, pian piano, si sarebbero arricchiti alle loro spalle. Mio padre riteneva che questo modo di ragionare fosse tipico di un banchiere, non di una regina, e aveva continuato, con fiducia, a organizzare spedizioni nell'indifferenza dei sovrani.

Fu con un senso di benessere che intrapresi quell'ultimo pezzo di viaggio: mi legava al signor d'Erlach una propensione a restituire un favore, un'inclinazione al reciproco soccorso. Parlammo di storie contigue, con il piacere di raccogliere frammenti di eventi comuni, risuscitati dal bisogno di ricordare gli episodi felici del passato di entrambi. Sullo sfondo la Svizzera rinnovava l'invito a chiedere e a bussare, quasi inconsapevole del fatto che non è facile né chiedere né bussare se non si ha la certezza che volentieri qualcuno vorrà dare e vorrà aprire.

Devo ritardare il ricordo dell'incontro con la mia famiglia perché, oggi come allora, l'avverarsi di un evento molto atteso, in me si manifesta sotto forma di paralisi emotiva. Mi mancano le parole, sospetto di non aver distribuito in modo equo le mie dimostrazioni di affetto, torno a baciare persone già abbracciate, temo di aver dimenticato qualcuno, mi sento improvvisamente distante, a volte mi pare che sia un'altra a muoversi al mio posto. Preferisco quindi ripensare alla curiosa usanza d'accoglienza per le persone di rango che mi fu riservata dal borgomastro di Basilea, in accordo con il consiglio cittadino. A titolo di benvenuto mi furono recapitate, con sollecitudine, quattro misure di Malvasia.

Poco dopo il mio arrivo in Svizzera, ero stata informata del rapimento, nei giorni della san Bartolomeo, di Charles, mio fratello minore e della sua reclusione in un convento di Marsiglia. Charles aveva allora soltanto nove anni e, come seppi da un gruppo di profughi parigini, era stato trascinato, alcuni giorni dopo il massacro, davanti al corpo di nostro padre, appeso alla forca di Montfaucon e costretto a contemplarne le spoglie. Niente della figura che dondolava davanti a lui poteva lasciargli credere che quell'ammasso di carne in putrefazione fosse suo padre, ma lui singhiozzò ugualmente, consumando un'intera provvista di lacrime. Di quella profanazione e del sequestro a Marsiglia Charles non parlò mai, né al tempo della sua liberazione né negli anni a venire, ma le lacrime versate si sarebbero trasformate in una manciata di sale finissimo che una clessidra avrebbe instillato, giorno dopo giorno, dentro le ferite dell'anima.

Dei miei sette fratelli oggi non resta che Charles, ma allora mi accolsero François e Odet. François aveva compiuto sedici anni e Odet tredici, erano entrambi cresciuti, meno scanzonati e più ruvidi, segnati nell'espressione del volto da improvvise fissità dello sguardo. François aveva molta fretta di agire, di rientrare in Francia a ogni costo, di battersi per riabilitare la nostra famiglia, Odet lo imitava, ma senza convinzione. La zia d'Andelot si era presa cura di loro come già anni prima a La Rochelle e al mio arrivo parve sollevata all'idea di non essere più sola a occuparsi di tutta la famiglia.

Rivedere i miei fratelli aveva posto fine ai lamenti e mi lasciavo contagiare dai loro ardori guerrieri. Ero riconoscente per quanto gli svizzeri stavano facendo per noi, ma non volevo approfittare della loro bontà né abituarmi all'esilio. Odet e François avevano ragione: Basilea non era la città giusta, nonostante fosse un luogo dove storie e culture diverse si incontravano in fertili congiunzioni. Noi, in quel momento, avevamo bisogno di fatti e Berna ci appariva più politica, più disposta ad appoggiarci nelle nostre defatiganti trattative con l'uno o l'altro sovrano. Basilea era la città perfetta per gli apolidi, per chi voleva rifarsi una vita, noi invece una patria ce l'avevamo, violentemente presente.

Non oso immaginare che cosa pensarono di noi le autorità bernesi quando ricevettero una nuova richiesta di ospitalità. Si riservarono un po' di tempo per organizzarsi e accettarono di trovarci una sistemazione, con la pazienza e il rispetto che si devono ai nobili sfollati.

Pur lasciando a Basilea la zia con i figli, gli amici e parte della servitù, il nostro gruppo restò eccessivamente numeroso e i bernesi ci assegnarono alcune abitazioni, concentrate intorno alla fontana della Giustizia, in una posizione magnifica, sul fianco nord della cattedrale, in quella parte della città strettamente avvolta nel gomito dell'Aar.

Le famiglie d'Erlach, de Brandis, Grötzen misero a nostra disposizione le loro dimore, a differenza del ricchissimo Nicolas de Watteville, gran feudatario di Franca Contea e di Savoia che, troppo preoccupato per l'integrità dei suoi arredi, aveva preferito cedere l'onore dell'accoglienza a quelli che riteneva buoni borghesi.

Era il novembre del 1573 e prendemmo possesso della città già occupata da gruppi di profughi. Il primo a raggiungerci fu Legresle: aveva preso alla lettera le raccomandazioni di mio padre e ci tallonava come un segugio, preoccupato della nostra integrità morale, spirituale e soprattutto intellettuale. La sua presenza impedì ai miei fratelli di uscire di rotta e, in quegli anni senza timone, fu spesso lui ad amministrare il nostro tempo, affinché il germe dell'inconcludenza non si insinuasse in ciascuno di noi. A dicembre arrivò Pierre Merlin, nostro cappellano, di cui avevo perso ogni traccia, dopo aver avuto sue notizie nel rifugio di Montargis.

Nella notte di san Bartolomeo Merlin era rimasto al fianco di mio padre fino ai primi colpi alla porta, ai disordini su per le scale. Aveva obbedito all'ingiunzione di mettersi in salvo e l'aveva lasciato sereno. Disse che l'Ammiraglio non aveva paura, convinto com'era di essere l'unico bersaglio della vendetta. Era morto fiducioso nel futuro, suo e di noi tutti, certo che la sua scomparsa avrebbe dato soddisfazione ai Guisa e che la nuova religione sarebbe stata difesa da capi meno intransigenti di lui. Questo mio padre non l'aveva detto, ma il pastore era convinto che lo pensasse. Era certo che lui ritenesse il suo un sacrificio utile e i successori uomini di fiducia e di qualità.

Ci costrinse a sorridere quando raccontò della sua fuga sui tetti e della scoperta di un rifugio sicuro, in un granaio colmo di fieno, dove sarebbe morto di fame se una gallina non fosse venuta a deporre, cristianamente, il suo uovo quotidiano proprio lì, a due passi da lui. In seguito era stato soccorso dalla duchessa di Ferrara che l'aveva fatto scortare fino a Montargis, proprio da gente dei Guisa. Anche questo particolare ci fece sorridere.

Aveva impiegato quasi un anno e mezzo a raggiungere Ginevra e di qui Berna, ma gli incidenti che avevano costellato il suo lungo viaggio non erano imputabili esclusivamente ai conflitti che dividevano il paese. Merlin era un uomo disarmante nella sua semplicità candida e concreta che lo rendeva protagonista di imprese sorprendenti. Non si può sostenere che si cacciasse deliberatamente nei guai, diciamo che non sapeva tenersene lontano e, in maniera ancora più singolare, ne usciva indenne. Le sue peripezie entusiasmavano Odet che, grazie a lui, diventò un alunno diligente, disposto a seguirlo ovunque pur di ascoltare le sue avventure.

Era scampato alla strage anche Jean de Léry, giovane artigiano ginevrino, storiografo della spedizione ugonotta in Brasile. Era diventato grande amico di Legresle e di François, oltre che mio. Quando pubblicò il suo libro, *Storia di un viaggio nella terra del Brasile, altrimenti detta America*, dedicò a François la prima e a me la quarta edizione.

Con la morte di Calvino, Ginevra e Berna si erano riavvicinate, favorendo il clima di distensione che già contraddistingueva il paese dagli stati confinanti. Fu esattamente in quell'anno che il decano ottenne il permesso di ristabilire il canto dei salmi durante il servizio divino. A Ginevra me n'ero procurata una raccolta, messa in rima in lingua francese. Si trattava di centocinquanta testi, articolati in centoventicinque melodie differenti. Sfogliare quelle pagine mi dava un piacere che credevo perduto.

Ora che anche la musica era rientrata nella mia vita, mi capitava di sentirmi appagata. Per tornare a cantare avevo dovuto ritrovare la vibrazione del desiderio che si manifesta con minuscoli movimenti interiori, espressione della voglia di vivere. Le note ripresero a danzare sulla carta, cariche del loro significato nascosto e, leggendole, mi compiacevo del linguaggio perfetto che interpreta l'uomo in ogni sua parte: il cuore, il corpo, i sensi, lo spirito.

In Francia la morte del re non aveva pacificato il paese; dodici anni di guerre avevano scatenato interessi diversi e nulla era più lontano dell'immagine di una terra unita sotto un'unica religione. Il nuovo re, Enrico III, non dimostrava miglior capacità di governo del fratello, mentre il cadetto, duca d'Alençon soprannominato Monsieur, era stato sequestrato a corte, dopo aver rotto con la famiglia passando dalla parte dei riformati.

Da due anni La Rochelle, Nîmes, Montauban, Sancerre avevano rialzato la testa. Il nostro cugino Condé aveva abbandonato la corte per recarsi a Heidelberg a chiedere aiuto all'elettore palatino, agitando un manifesto che auspicava la fine dei massacri, la liberazione del re di Navarra, del duca di Alençon e di numerosi notabili, una uguale protezione per i diversi culti e alcune revisioni amministrative.

Le chiese riformate di Francia tennero quindi a Milhau un'assemblea generale dove Condé fu nominato governatore generale e si sottoscrisse un impegno a sostenerlo in armi, finché le richieste non fossero state accettate.

Fummo orgogliosi di riceverlo quando passò da Berna, nel suo lungo giro di reclutamento per la formazione di un esercito. François, nei pochi giorni che riuscì a trascorrere con il cugino, organizzò il suo ritorno in Francia. Non provai a dissuaderlo, aveva da poco compiuto i diciotto anni ed era ben consapevole della sua scelta.

Partì verso la fine del 1574 con un amico conosciuto a Berna, insieme contavano di dirigersi verso la Linguadoca. Lì, nella città di Nîmes, si sarebbe svolta, nel gennaio successivo, una nuova assemblea. Il maresciallo Damville, governatore della regione, era finalmente passato dalla nostra parte e la notizia mi parve un auspicio.

Dedicai il tempo che ci separava dalla partenza di François ad assicurarmi che fosse cresciuto abbastanza. Gli ricordai che i soldati, così come i lavoratori esperti in altri mestieri, dovevano ricevere un addestramento adeguato e amare la vita, per proteggersi meglio e non sfidare la sorte. Mio fratello mi rassicurava, insofferente, entrando nel dettaglio dei suoi progetti. Dimostrò con foga di essere adulto, di non essersi perso nella leggenda del padre, pur conservandone la stima, l'amore filiale e ripeté più volte:

– La guerra si fa per necessità, non per vendetta.

Lui, François, avrebbe alzato le armi solo per difendersi e difendere, ma il suo sogno era tornare a Châtillon-sur-Loing, salvare le terre dall'aridità, dall'incoltura e il palazzo dalla rovina. Sapeva di non avere la stoffa del padre, ma rivendicava con orgoglio il desiderio di fare bene la sua parte.

Adesso eravamo entrambi adulti e l'equilibrio di François sciolse ogni mio dubbio. Il suo parlare lento riempì lo spazio dell'attesa in quel modo eccezionale che rivestono le occasioni importanti. A ridosso delle partenze, delle lunghe separazioni, si arriva a dire quel che i giorni normali non sono in grado di estorcerci. Forse perché il timore della morte rende l'altro prezioso, forse perché la lontananza custodisce al meglio i segreti.

Dopo la partenza di François fu Odet a occupare il mio tempo temperando i cattivi pensieri. Cercava di evitare le lezioni di Legresle e correva dietro a Merlin che lo stordiva con le sue storie sacre e profane.

Intanto il duca di Alençon era riuscito a scappare dagli arresti del Louvre, per unirsi ai confederati e ricongiungersi ai diciottomila uomini che Condè stava guidando in Francia passando dalla Lorena. Dopo poche settimane Enrico di Navarra, evaso a sua volta, era sceso in battaglia nell'Anjou e nel Maine. Quella che si stava combattendo in Francia, più che una guerra sembrava una bolgia in cui si mescolavano interessi diversi: lanzi tedeschi, speculatori fiorentini, politici, crociati, feudatari legati alla loro terra, avversari dei Guisa, mercenari svizzeri scompigliavano i fronti. La confusione era tale che il re Enrico e Caterina sua madre si affrettarono a firmare, nel 1576 la pace di Monsieur: le condizioni raggiunte soltanto due anni prima sarebbero apparse spropositate.

La nuova religione poteva essere esercitata liberamente in tutto il regno, a eccezione di Parigi e delle residenze reali, con relativi diritti a indire sinodi, insegnare, accedere a cariche e impieghi, conservare formazioni armate all'interno delle *plâces de sûreté*. Si convocavano gli Stati generali, erano reintegrati al loro posto e a pieno titolo il re di Navarra e il principe di Condé. Si sconfessavano formalmente i massacri e gli eccessi di ogni genere, in tutto il regno, a far data dal 24 agosto 1572. Si provvedeva alla restituzione dei beni confiscati alle vedove e ai figli delle vittime, con esclusione d'imposta per sei anni, Venivano annullate le sentenze a carico dei riformati e specialmente contro Coligny, Montgommery, Montbrun, Briquemault e Cavagnes.

Nei confronti di mio padre l'articolo 34 dichiarava che ogni atto mosso contro di lui veniva dichiarato nullo, come cosa non fatta e non avvenuta e che la sua memoria dimorava integra, così come l'onore della sua progenie.

Nell'attesa di ricevere le indicazioni che ci avrebbero consentito di ottenere concretamente giustizia e risarcimento, ci preparammo alla partenza. Quel marchio che tutti noi portavamo addosso, e che aggiungeva alla violenza subita il suggello del disonore e della colpa, era stato cancellato con un gesto riparatore.

Ne parlai con Odet sostenendo che quei vent'anni di guerra non erano serviti a niente, poiché gli accordi raggiunti erano sempre gli stessi, poi disattesi. Odet, che coltivava una passione speciale per i numeri, mi fece notare che i nostri nemici un risultato importante l'avevano invece raggiunto, eliminando decine di migliaia, forse centomila dei nostri. Diecimila nella sola san Bartolomeo. – Le cifre – disse guardandomi con superiorità – contano più delle parole.

4. Ritorno

La pace di maggio convinse tutti: i più ottimisti parlavano già della guerra come un fatto del passato, gli altri, e io fra loro, speravano in una tregua ragionevole che ci portasse tutti quanti su un terreno di accordo che non fosse scritto con la punta delle picche, sotto il fuoco degli archibugi. Indugiammo parecchio nei preparativi della partenza. La comunità francese, e il nostro complesso arcipelago familiare, tardava a serrare le fila, mancava sempre qualcosa o qualcuno, si mettevano a punto dettagli di viaggio e luoghi di arrivo. In quattro anni tutti erano diventati grandi, la maggioranza dei genitori era scomparsa e la nuova generazione si attardava a prendere possesso di eredità premature, preoccupata del loro stato di conservazione e delle risorse necessarie per conservarle, in tempi di guerre e di saccheggi.

A mio fratello François spettava il castello di Châtillon-sur-Loing, dove contavo di fermarmi qualche tempo insieme a Odet, in attesa di trasferirmi a Lierville-en-Beauce, proprietà dei Téligny legatami nel contratto di matrimonio. Mia zia d'Andelot insieme ai suoi figlioli si sarebbe ritirata a Tanlay, i Laval in Bretagna, i La Noue vicino a Poitiers, Merlin a Vitré e lontano, in Guienna, si erano stabiliti Caterina ed Enrico di Navarra, figli di Giovanna d'Albret.

Questo era il quadro che faceva ritardare la partenza e non solo la mia. Dopo un periodo di sicurezza e di relativo benessere ci aspettava l'ignoto e, a me, la solitudine. Sapevo che Odet non mi sarebbe rimasto vicino un minuto più del necessario, pur di correre in Linguadoca insieme ai due fratelli. Nello stesso mese di maggio, infatti, era giunta la notizia che Charles, liberato dalla reclusione e affidato al barone di Meuillon, governatore di Marsiglia, si era affrettato a raggiungere il fratello maggiore. Con i suoi dodici anni sarebbe stato più d'impaccio che d'aiuto ma immaginarli insieme mi dava sollievo.

Le cerimonie degli addii richiesero parecchio tempo: ci salutavamo fra di noi e prendevamo congedo dagli amici svizzeri. Il magnifico equilibrio, la rude semplicità, la cura delle piccole cose, il rispetto reciproco rappresentavano la loro forza, ma mi piaceva pensare che avrebbero preferito trattenere un po' di quella vitalità sconclusionata che li aveva travolti fin dentro le mura domestiche. Di Beza mi aveva fatto pervenire saluti, incoraggiamenti e promesse di incontri futuri. Non ci avrebbe dimenticati.

Lasciammo Berna il 14 agosto del 1576. Conservo ancora un appunto che elenca gli oggetti indispensabili al viaggio, l'avevo infilato nella raccolta di salmi e lì è rimasto, a fare da segnalibro e ad ammonirmi quando l'illusione di mettere radici prende il sopravvento. Quel foglietto un po' ingiallito indica un passaggio preciso, quantunque il tono delle parole che lo compongono sia neutro e impersonale, come si conviene a un promemoria. Stavo imparando ad accettare gli eventi compilando liste di oggetti, organizzando la mia vita fino a un punto oltre il quale evitavo di alzare lo sguardo. Disegnare il futuro era un'arte che aveva perso interesse, sostituita da una fragile ma tenace speranza nel cambiamento.

Oltrepassata Besançon in direzione nord-ovest, nei labirinti delle colline scottate dal sole, un giorno vedemmo spuntare dagli alberi una guglia leggera, appena velata nella trasparenza dei rami. Con una breve variazione di percorso ci portammo nei pressi di un'abbazia, aggrappata intorno a quella specie di campanile sottile, alto sopra la crociera e visibile da molto lontano. Intorno al corpo centrale si moltiplicavano, in un gioco di incastro, piccoli volumi di edifici minori, fino a formare un conglomerato coeso, arroccato di fronte alla vastità dello spazio circostante.

Quattro secoli prima i monaci cistercensi avevano scelto quel paradiso nascosto per rimettere in equilibrio la bilancia che misura il bene e il male dell'universo, con l'esercizio della preghiera. Il corpo malato dell'umanità chiedeva ai monaci di prodigarsi per abbassare la febbre perniciosa che lo infettava, e l'opera di scavo cui i religiosi sottoponevano la loro coscienza riverberava nelle strutture architettoniche, spoglie e luminescenti, testimonianza fisica della ricerca dello spirito.

L'insieme degli edifici mi parve in stato di abbandono, nonostante le forze del male non avessero smesso di operare e si sentisse, più che mai, bisogno delle loro preghiere.

Perché allora tanta decadenza? Alcuni dicevano che i monaci avevano cessato di credere nella forza della preghiera, altri sostenevano che da quando non si erano più accontentati di pregare e si erano spinti a cercare le radici terrene del male, la loro fortuna era andata calando. Le donazioni che affluivano nelle casse dei monasteri provenivano spesso dagli stessi principi che seminavano il male e i monaci avevano capito di aver costruito altari, cripte e cappelle con denari frutto di furti, estorsioni, assassini e ricatti. Molti avevano preferito fingere di non sapere; la maggioranza aveva scelto la verità che rende liberi, ma anche poveri, e le magnifiche abbazie avevano cominciato a deperire.

Avrei voluto fermarmi e chiedere ospitalità nello spazio protetto dell'eremo, ma altre questioni ci separavano e il desiderio non poteva essere esaudito. Percepivo la vicinanza di quei monaci che immaginavo concentrati, di là dalle lunghe finestre, nell'impresa disperata di ridurre la distanza tra la terra e il cielo. Non pensavo che la loro scelta li avvicinasse a Dio più di qualsiasi altro mortale, ma ero attratta dalla possibilità di chiudere il mondo fuori dalla porta per trovare la pace.

Notre-Dame-d'Acey, così si chiamava l'abbazia, mi entrò dentro l'anima non diversamente dallo stagno vicino al lago di Bourget dove le anatre mi avevano invitata a restare con loro. Sono questi i templi del mio spirito, luoghi che appaiono e poi scompaiono nella vita, irrompendo in modo assoluto, capaci di attribuire ai minuti i confini dell'eternità. La volontà, allora, si annulla e la grazia cancella, in un colpo solo, i debiti e i crediti che trasciniamo nel mondo. Per raccogliere la propria anima non serve un luogo prestabilito e la chiesa non è che uno dei tanti. Dio abita dappertutto, incurante dei perimetri. Il suo spirito soffia dove vuole e accade che, ovunque io vada, ne senta la brezza.

Odet, oltrepassato il confine, cominciò a farsi insistente. Leggevo nel silenzio con cui copriva i ricordi l'impossibilità di tornare a Châtillon-sur-Loing perché il luogo dell'infanzia spensierata non esisteva più. L'Eden si era popolato di creature mostruose di cui non voleva o non poteva parlare. La sua irrequietezza e infelicità si manifestavano con piccoli episodi di cattiveria che lo rendevano irriconoscibile e decisi di aiutarlo a raggiungere i fratelli. Charles, ben più giovane di lui, già maneggiava le armi e uccideva i suoi mostri. Odet non sopportava di essere da meno e aveva bisogno di agire.

Passata Digione mi ricordai di un luogotenente originario della zona che, se ancora in vita, avrebbe potuto aiutare mio fratello a raggiungere François. Ebbi fortuna, ma l'incontro mi tolse l'ultimo e il più tenero affetto. Pensai che se mai avessi avuto un figlio l'avrei desiderato, nel corpo e nell'animo, simile a quel fratello, solitamente allegro e spensierato, che fischiava come un merlo fin dal sorgere del sole.

Nell'ultimo tratto di viaggio le lacrime scivolarono via, veloci come la Yonne che ci scorreva accanto, ma poi mi soffiai il naso e con gli occhi gonfi mi preparai a tornare a casa.

Era di nuovo settembre quando chiusi il cerchio che avevo incominciato a tracciare quattro anni prima, in un giro di distribuzione di storie e destini. Avevo accompagnato ciascuno per un pezzo di strada, ma a ogni tappa avevo perso qualcosa e ora il silenzio colmava lo spazio svuotato dai corpi e dalle parole.

Se la linea ereditaria mi avesse consentito di installarmi a Châtillon ne avrei tratto sollievo, lì eravamo nati noi, mio padre, i suoi fratelli, mio nonno Gaspard. Quelle terre ci appartenevano da un secolo e mezzo e la nostra famiglia non aveva mai cessato di prendersene cura, mettendo riparo all'usura del tempo e alle razzie dei soldati. Il lentissimo avvicinamento ai territori conosciuti e la consapevolezza che non mi appartenevano più fecero da argine ai sentimenti, incanalandoli verso la necessità materiale di prepararmi a un futuro difficile. La dote paterna, di circa tremila tornesi di rendita, proveniva da un piccolo possedimento, il castello di La Mothe-Renard, non distante da Châtillon. Altrettanto mi spettava da Liervil-le, a ovest di Orléans, dove mi sarei stabilita per la maggior parte del tempo, dato il suo miglior stato di conservazione.

Renata non aveva potuto aspettarmi, era morta l'anno precedente nel suo castello di Montargis, privandomi del piacere del suo conversare e della forza che ne derivava. La morte, quando colpisce persone da tempo lontane, dilata l'assenza in un tempo infinito, obbligandoci a fare ricorso alla presenza interiore di chi non c'è più e che la distanza ha già contribuito a creare. Nella vita ho fatto tesoro della rappresentazione immateriale degli altri affinché continuassero, oltre la loro esistenza terrena, a stare con me. Troppo alto era il numero degli assenti per poter pensare di sopravvivere senza di loro e Renata mi rimase vicina, per via di quei pensieri complessi che aveva disposto ai miei piedi, affinché potessi muovere i primi passi dopo essermi perduta. L'eco delle sue parole assertive continuava a seguirmi per incitarmi a non cedere, a non umiliarmi.

– Se avessi avuto la barba sarei stata re di Francia – diceva spesso dall'alto della sua modesta statura. – Sono stata defraudata della corona da quella maledetta legge salica.

L'uscita dal bosco che nasconde Châtillon-sur-Loing, liberò alla mia vista i sedici lati che compongono la torre d'avvistamento, ingentilita da una recente copertura a pinnacoli. Mia nonna Louise, nel suo stile autoritario, aveva ridisegnato l'assetto dell'intera proprietà, con l'assenso e qualche consiglio di mio padre. Alcuni secoli prima le truppe inglesi di Robert Knolles avevano raso al suolo il castello e, della ricostruzione successiva, la nonna aveva voluto conservare il magnifico maschio poligonale a pianta rotonda e l'ampia costruzione a ferro di cavallo che lo circondava con una certa eleganza. Lì avevano abitato i nostri predecessori.

Poi la mia famiglia aveva messo mano a quell'assetto concentrico, affidando alla linearità di un edificio disposto a squadra il compito di alleggerirne l'impatto. Le due ali erano allacciate da una torretta angolare che ospitava la scalinata: a ovest l'edificio a tre piani sosteneva uno spiovente movimentato da lucernari alti e arretrati. L'ala nord sollevava, su un portico di sei arcate a tutto sesto, la galleria da cui ammirare la spianata digradante a sud. I cornicioni salienti e le modanature a medaglioni avevano concluso l'opera di riordino e la nonna aveva passato il testimone a mio padre che si era applicato all'ampliamento delle terrazze.

Preso da un'improvvisa passione per gli agrumi, aveva fatto costruire un'imponente loggia delle arance, lunga più di centoventi metri, che si presentava come una successione di nove stanze rettangolari, i cui muraglioni sostenevano il peso della terrazza superiore. Forse la prima di Francia o a pari merito con quella di Delorme ad Anet.

Gli squarci delle arcate producevano nell'imponente corridoio un gioco di luci e di ombre, con prospettive da labirinto che solleticavano, nella nostra fantasia, immagini mitologiche. Poi, come a mettere un punto, mio padre aveva fatto scavare un pozzo davanti alle logge, in asse perfetta con il maschio poligonale. Il pozzo mi attraeva per la sua bizzarria più ancora della loggia delle arance. Quattro colonne con drappeggi circondavano la vasca e sostenevano una cupola pesante, sulla sommità della quale una piccola aquila sorreggeva, a sua volta, un enorme diamante. Passeggiavo intorno a quella costruzione e ne osservavo l'insieme e le singole parti, finché mi resi conto che quel pozzo, per quanto lo guardassi, non sarei mai riuscita a capirlo. L'oggetto misterioso emergeva dalla sproporzionata vastità delle terrazze e l'assurdità della sua struttura proteggeva goffamente l'abisso che le si spalancava dentro. Io mi affacciavo, incurante del respiro umido e freddo ansimato dalle viscere della terra, e lasciavo cadere qualche sasso per misurare la profondità del mistero.

Il maniero di famiglia mi accolse tranquillo, spoglio, ma non devastato; l'accanimento sul corpo di mio padre non si era esteso alla proprietà, di cui qualcuno aveva impedito il saccheggio. Dopo la san Bartolomeo molti francesi si erano sentiti colpevoli per non aver ostacolato la strage e si erano organizzati nel partito dei «politici» per porre un argine alle violenze. Alcuni si erano spesi presso la corte, offrendo il loro prestigio a garanzia di famiglie e patrimoni messi a rischio dal perdurare dei disordini. Più d'uno si era esposto in difesa delle nostre proprietà e il tempo mi avrebbe dato occasione di dimostrare, a ciascuno, la mia riconoscenza.

Avevo promesso a François di occuparmi di Châtillon fino al suo ritorno dalla Linguadoca. La pace era durata pochissimo perché le sue condizioni, per noi vantaggiose, avevano nuovamente esasperato i cattolici e inasprito il re. Il duca di Guisa aveva fondato da poco una Lega che, per conto di Dio, concludesse l'opera di eliminazione degli ugonotti. Il re, sempre più impotente per la penuria in cui versavano le casse reali, si era messo nelle sue mani.

Dopo la pace di Bergerac, che ridusse enormemente i benefici ottenuti pochi mesi prima, François tornò a casa. Mio fratello non si faceva illusioni.

– La guerra distrugge moralmente i soldati – diceva – perché il potere di dare la morte rende lecita ogni cosa. Non c'è limite all'abiezione e i miei soldati si dedicano, come gli altri, al saccheggio, spinti dalla disperazione e dalla fame.

La convinzione che non ci fosse alcuna scelta fra l'abiura e la guerra lo sosteneva, ma non gli era di conforto. Guardava con disincanto il suo futuro in armi e accusava il secolo in cui stavamo vivendo di aver sperperato invano le speranze di intere generazioni. Si augurava di riuscire a prender moglie, quando l'inverno avesse placato la guerra, ma non sapeva dove cercarla. Gli consigliai di frequentare la corte di Enrico di Navarra, al castello di Nérac, dove le belle donne non mancavano. Da quando Margot aveva raggiunto il marito, le feste si susseguivano, ricalcando i fasti di Blois. François si mise a ridere e mi raccontò che la regina andava predicando che un cavaliere senza amore era come un uomo senz'anima, scatenando una gara in cui il più valoroso aveva il diritto alla più bella.

La guerra degli amanti, sosteneva François, non era una vera guerra, sembrava piuttosto un'esercitazione utile a dimostrare l'abilità di Enrico di Navarra come capo dell'esercito e, un giorno, re di Francia. François lo ammirava e ne parlava come di un gran condottiero; sarebbe stato sempre al suo fianco perché da lui dipendeva la sorte del paese, della religione e di tutti noi. E poi era gioviale, di buon carattere e molto popolare, sembrava possedere due vite e si mormorava che avesse la capacità di trovarsi contemporaneamente in due luoghi diversi. Lui e Margot non si erano mai amati, ma avevano sviluppato una specie di solidarietà reciproca, sapevano comportarsi con disinvoltura e si assomigliavano un po', sembravano fratelli. Entrambi sarebbero passati alla storia per la quantità e varietà delle avventure amorose eppure, a modo loro, erano fedeli l'uno all'altra.

François parlava di queste cose con quel modo laconico che le faceva apparire distanti. Diceva di desiderare una moglie che lo aspettasse a Châtillon-sur-Loing dove faceva conto di stabilirsi tutte le volte che una pace, o almeno una tregua o un inverno rigido, gliel'avessero permesso.

Poi tornò alle campagne di Linguadoca e io mi avviai verso i nuovi possedimenti, con lo spirito di sacrificio che si conviene all'assenza di prospettive.

Lungo la strada che porta a Lierville-en-Beauce, pensavo e ripensavo al matrimonio, all'amore e alla difficoltà di conciliare le due cose con l'isolamento della campagna verso cui mi stavo dirigendo. La nuova residenza era lontana dal mondo conosciuto e già sapevo che avrei rimpianto l'esilio. Mi aspettava una nuova prova, diversa dalle precedenti perché incruenta e banale come può esserlo la vita solitaria di chi provvede, con mezzi insufficienti, a mantenere una residenza in mezzo ai campi, in piena decadenza, abituata a ben altri splendori.

Lierville non mi era familiare. Nel mio breve matrimonio, era stata piuttosto La Rochelle a unirci e, avvicinandomi a destinazione, notavo come il terreno ai nostri piedi andasse livellandosi fino a creare una superficie talmente rasa che niente poteva restare nascosto. Questa considerazione non mi piacque, mi sembrava togliere ogni sorpresa persino allo sguardo. Altri avrebbero potuto incantarsi di fronte a tanta piattezza, a me sembrava di scorgere la mia vita futura, tutta uguale, per sempre, fino all'orizzonte.

Naturalmente sbagliavo. Lierville sarebbe diventata bellissima, servivano denari e lavoro, molto lavoro, per fornirla di acqua e di legna, per muovere il bassopiano con boschi e colture, per ridare al castello l'orgoglio della sua naturale imponenza.

Vissi sei anni in quella sterminata pianura, ma per raccontarli non servono molte parole: non facevo che paragonarmi agli altri, cercavo di capire se la mia sfortuna facesse parte di una condizione umana diffusa o se invece qualche cosa in me non favorisse la stabilità e l'amore. Le donne intorno a me sembravano forti, appagate, soddisfatte dei figli, del marito, dei genitori. Le spiavo mentre con passo spedito attraversavano la strada e cercavo di carpire il segreto della felicità.

Furono gli anni dell'invidia, sentimento grottesco che cresce indipendentemente dall'esistenza di condizioni che la giustifichino. Cresce dentro come una malattia dello sguardo che rende piccolo chi osserva e ingigantisce il resto del mondo. Ero invidiosa della gente comune che tuttavia mi pareva sciocca, perché non si interrogava sulle disgrazie che si accanivano su di loro. Allora desideravo ardentemente la loro insipienza e la invocavo quasi fosse una filosofia di vita e mi chiedevo se per caso quegli stupidi felici che mi sembravano affollare la campagna, non fossero invece gli unici a mettere a profitto gli insegnamenti superiori di Calvino e dei miei maestri, riconoscenti com'erano di quel poco o tanto che era stato loro donato.

Passavo il tempo a osservare le scene di ordinaria vita familiare, le rubavo per strada, agli angoli delle case, nei prati, e niente di quel che notavo pareva paragonabile alla mia infelicità. Tutti sfoggiavano una scintilla che dava luce e movimento ai corpi, ai volti. Io sola ero spenta.

Fu allora che mi si incurvarono le spalle, operando nel mio corpo una trasformazione irreversibile che mi impediva di tener dritta la schiena senza uno sforzo di volontà. Portavo sulle spalle le sorti del mondo.

Presi a notare i primi cedimenti del corpo, ma più li spiavo più questi si moltiplicavano, fino a diventare un'amicizia molesta di cui non riuscivo a liberarmi. Indugiavo davanti allo specchio, scrutavo i sintomi dell'invecchiamento ma soprattutto chiedevo un responso, una divinazione, un oracolo.

La solitudine, giustificata dalle dolorose attività di inventario, si dissolveva come un fantasma al sole grazie alla comparsa di chicchessia, e questa considerazione mi insegnò a cercare gli altri, come una medicina.

I beni di mio marito, dopo la notte di san Bartolomeo, erano stati messi sotto sequestro, ma il re ne aveva accordato la revoca, temendo una reazione violenta di La Noue, capo dei politici e unico mediatore con i ribelli di La Rochelle. A lui mio padre ci aveva affidato all'indomani della morte di mia madre e a lui era stata data in custodia la tenuta dei Téligny, nell'attesa che io, come unica erede, ne potessi prendere possesso.

La Noue, più ancora di mio padre, sapeva conservare una assoluta dedizione al re pur lottando per difendere la libertà. Di lui il re si era servito nella difficile fase successiva ai massacri. Aveva sposato in prime nozze Marguerite de Téligny, sorella di Charles. In seguito, protetto dai Guisa, era riuscito a conservare una ammirevole neutralità politica, fino al massacro di Vassy. Quel giorno Guisa aveva fatto irruzione in un fienile dove mille fedeli seguivano il culto e, insieme ai suoi soldati, aveva giocato al tiro al piccione colpendo nel mucchio uomini, donne, vecchi, bambini.

La proverbiale imparzialità di La Noue non aveva retto allo scempio e il suo ingresso a La Rochelle aveva reso pubblica la sua scelta di campo. Qualche tempo dopo perse un braccio nella sventurata battaglia di Fontenay e, dopo una lunga malattia, gli fu innestata una protesi che gli valse il nome di Braccio di ferro. Con il grado di consigliere aveva negoziato l'unione fra Enrico e Margot ed era sfuggito alla san Bartolomeo perché si trovava a sostenere una rivolta nel nord della Francia, contro gli spagnoli. Per le sue doti di abile negoziatore aveva fatto opera di intermediazione fra il re e gli abitanti di La Rochelle, occupandosi, fra l'altro, di difendere i miei possedimenti e di conservarli fino al mio ritorno. Lui viveva allora nel suo castello di Montreuil-Bonnin, voluto molto tempo addietro dalla generosa Melusina, la fata dalla coda di sirena. Nonostante le nostre proprietà non fossero molto distanti, non potei contare sulla sua vicinanza perché presto si spostò nel nord della Francia. Intendeva cercare l'alleanza dei Paesi bassi riprendendo le trattative interrotte dalla morte improvvisa di mio padre.

Frattanto anche Legresle mi aveva abbandonata per raggiungere François, nella sua dimora di Châtillon-sur-Loing. Merlin aveva seguito il conte di Laval per il servizio del culto domestico e mi aveva consigliato di trattenere presso di me il pastore Udde, suo caro amico.

Non tutti i ministri hanno la virtù di favorire la vita spirituale dei loro fedeli e Udde era uno di questi. Mi annoiava. Il profluvio di frasi sempre uguali anestetizzava i sensi e la mia attenzione si spostava sulla prima idea che mi si affacciava alla mente. La ripetizione, con la stessa enfasi, degli stessi concetti, degli stessi aggettivi, degli stessi esempi suonava alle mie orecchie come i rintocchi di una campana fessa e alternavo fasi di sopore a uno stato di irritazione che mi indispettiva.

Nella vita spirituale, come in quella materiale, non sempre ci si accorda e nonostante siamo portati a pensare ai predicatori dell'evangelo come a esseri superiori, dobbiamo ammettere che questo non è affatto vero. Quando di Beza predicava si produceva una specie di magia: dopo la lettura di un brano della Bibbia che a tutta prima non presentava nulla di straordinario, grazie alla sua capacità di spiegare un termine, di mettere in luce un particolare, di porre l'accento su un concetto, ecco che il quadro si animava per assumere un significato nuovo, inaspettato e straordinariamente convincente. La fede ha bisogno di essere alimentata e di Beza era un magazzino di viveri, in grado di far fronte a grandi carestie.

Tutti gli episodi della Bibbia hanno una o più chiavi di lettura e persino il pastore Merlin almeno una la trovava sempre. Udde no, non ci riusciva, e avevo l'impressione che tentasse di adattare le parole del Vangelo a qualche idea fissa che lo tormentava, piuttosto di lasciarsi interrogare dal testo. A volte si rendeva conto di essersi perso, tornava sui suoi passi e finalmente inforcava la strada giusta, ma al primo bivio tornava a scegliere il sentiero sbagliato. I fedeli del castello seguivano le escursioni del suo pensiero, ignari della rotta e nell'attesa dell'amen. Udde, tuttavia, era di animo buono e di pietà sincera, il suo sguardo senza malizia mi costringeva a deporre le armi quando, alla fine del culto, avrei voluto dirgli con franchezza quel che pensavo.

La pace di Monsieur ci aveva convinti a lasciare la Svizzera, ma si era dimostrata pressoché inutile. La profonda indifferenza per il valore delle leggi accomunava i Guisa, la regina madre e tutti i Valois. Le leggi, gli accordi, i trattati venivano scritti con lo spirito con cui si organizza un gioco di società dove la posta consiste nell'infrangere il maggior numero di regole possibile. Chinai nuovamente il capo di fronte all'ingiustizia e ricominciai a istruire le pratiche necessarie alla riabilitazione della memoria di mio padre, consapevole che ogni richiesta, petizione, supplica, intermediazione si sarebbe infranta contro la forza d'inerzia del re e di sua madre. Il succedersi dei conflitti trasformava in carta straccia estenuanti trattati e ardite sentenze.

Nel 1580, a soli vent'anni, Odet morì in battaglia. Sulle dita della mia mano destra eravamo rimasti in tre e ciascuno di noi rimpianse, a modo suo, la vitalità e la simpatia del più allegro della famiglia. Data la profonda amicizia che legava i miei fratelli alla città di Nîmes, Odet venne sepolto all'interno delle mura di cinta. François ricevette da Enrico di Navarra una lettera di condoglianze piena di amicizia e di affetto, Charles ereditò dal fratello il titolo di marchese d'Andelot e io ripensai con rimpianto agli anni in Svizzera e a quella stupida fretta di tornare che ci stava spazzando via tutti.

Odet veniva ogni notte a sorridermi, come dopo una marachella, per non farmi soffrire la sua mancanza. Mi torturai inutilmente per non averlo trattenuto alle porte di Digione, per non averlo costretto a stare con me, infelice ma vivo. Tenni stretta fra le mani una piccola averla meccanica che mio padre gli aveva regalato di ritorno da un viaggio a Parigi. Odet la portava sempre con sé, ma partendo per la guerra me l'aveva affidata, forse per vergogna, forse perché mi facesse compagnia in sua assenza.

Odet era stato uno di quei ragazzi indifferenti al giudizio degli altri, presi a rincorrere le proprie fantasie, e quando ci eravamo detti addio era troppo giovane per nascondere i suoi sentimenti nei miei confronti. L'uccellino meccanico era quindi il segno del suo affetto e la semplicità di questo sentimento sbiadiva qualsiasi altro pensiero. Il contatto dei miei polpastrelli con le sue piume metalliche mi faceva rabbrividire e chiudevo le mie mani su quel piccolo corpo gelato nell'intento vano di riscaldarlo.

In Dio confido e non temerò. Nei giorni che seguirono la morte di Odet mi accorsi di ripetere questa frase incessantemente, come se ne andasse della mia vita. Mi accadeva spesso di attaccarmi a qualche parola, a qualche numero, ma soprattutto a qualche melodia che nidificava nel cervello portandomi all'esasperazione.

Quella volta la frase si fissava più insistente del solito e fui costretta a scriverla su un pezzetto di carta per provare a liberarmene. Le due frasette, attaccate insieme dal ricciolo della congiunzione, mi ipnotizzarono: la prima, composta di tre parole, aveva al centro *Dio*. Alla sua sinistra, una preposizione che pensavo come una piccola freccia indicatrice, era diretta verso di Lui, alla destra c'ero io, rappresentata dal *fidare*, dalla fiducia verso di Lui, e il *con* era un'altra freccia che da me andava verso il centro della prima frase. La seconda, *non temerò*, era strutturalmente diversa, con quel *non* che si alzava come una barriera, agitando l'indice a destra e a sinistra, verso l'ultima parola, quasi isolata. Temere mi faceva pensare alle tenebre, perché nelle tenebre si ha paura di tutto e quel che temerò non è specificato, perché il timore può avere qualsiasi oggetto che il più delle volte abita dentro di noi. Ma la parola più tenace di tutto l'insieme che con la sua forza mi riaprì la strada era quella piccola *e* consequenziale che stava fra le due frasi, una *e* mite e decisa, un legame indissolubile. Bastava dunque seguire le frecce e trovare la congiunzione, mentre le due parole negative, combattendosi, si eliminavano e aprivano uno spazio che quella *e*, cessato il timore, mi invitava a colmare.

Ogni versetto nasce da un contesto che talvolta ne modifica il significato e desiderai ritrovare immediatamente il capitolo che lo ospitava. Io non lo ricordavo anche se sapevo trattarsi di un salmo e inutilmente mi misi a sfogliarli freneticamente. Questa volta Udde fece il suo mestiere e mi indicò il salmo 56, della cui bellezza la mia frasetta non era che un'anticipazione. Poco oltre il salmista diceva: «Tu conti i passi della mia vita errante; raccogli le mie lacrime negli otri tuoi; non sono esse nel tuo registro?» Non c'era più alcun dubbio, quella persona ero veramente io e l'idea che qualcuno si prendesse la briga di contare i miei passi erranti mi ridiede fiato.

Fu allora che incominciai a scrivere le prime lettere, subito dopo aver annotato quel bigliettino che da allora fa compagnia alla lista di oggetti, compilata a Berna prima della partenza, in pagine diverse del libro dei salmi. Inviavo ad amici e parenti lontani lettere minuziose e un po' banali, formali e ingenue, ma attivarono una fitta comunicazione che mi fece uscire dallo stato di abbandono.

A volte cerco di ricordare com'ero in quegli anni, piatti e infelici, e rivedo Brantôme, ironico e complimentoso mentre gioca a fare da specchio a tutte le donne. Era stato amico di mio padre, di mio marito Charles e ancor più di La Noue. Tutti e tre apprezzavano la sua capacità di osservazione del genere umano, cui dedicava il suo tempo, quasi si trattasse di un lavoro. Le circostanze politiche e religiose li collocavano su sponde opposte eppure l'amicizia non si attenuò.

Era un uomo galante, prodigo di lusinghe apparentemente sincere. Quando lo incontrai, in un viaggio nel Poitou, mi blandì, dicendo che la Svizzera, così barbara e rude, mi aveva scoperto tali grazie e virtù che la Francia ne era rimasta stupefatta. Poi, come non bastasse, aggiunse come la Svizzera non avesse fatto che rendere evidenti le qualità ricevute in dono dalla Francia. Dette da lui, queste cose non andavano prese troppo sul serio, ma mi misero di buon umore e mi ridiedero un po' di quella vitalità riconquistata proprio in Svizzera.

In quel tempo andavano di moda le donne alte, bionde e procaci, io ero prosperosa, ma di bassa statura, con i capelli scuri e crespi.

La bocca, le mani e i piedi, erano piccoli, come si conveniva, ma non il naso. I canoni di bellezza prescrivevano sopracciglia sottili e io le depilavo in parte, ma le ciglia, che avevo lunghe, si sosteneva togliessero luce allo sguardo. Il pallore era considerato un segno di distinzione e io invece ero bianca e rossa come una contadina. Per conservare un chiaro incarnato fuggivo il sole e la luce, tuttavia evitavo di truccarmi per non deturpare il viso dopo averlo reso smagliante.

La questione dei cosmetici era stata sempre trattata con sufficienza dalla mia famiglia. Si riteneva che involgarissero la donna e nuocessero alla salute, mia madre mi ammoniva assicurando che il sublimato di mercurio aveva effetti corrosivi sulla pelle e portava lentamente alla morte. Uno dei tanti pastori sfollati a La Rochelle sosteneva che Dio non mi avrebbe riconosciuta, se mi fossi truccata, ma io non gli credevo. Mio padre non capiva il problema, lui mi trovava molto carina e ripeteva che Dio mi aveva fatta così e meglio non si poteva fare. Secondo François gli uomini detestavano le sorprese e temevano di trovare, sotto il belletto, una donna diversa da quella che avevano scelto.

Nel dubbio non mi truccavo, ma al ritorno in Francia mi procurai della biancheria intima di lino bianco, delle scarpe con il tacco e continuai a depilarmi le sopracciglia e l'attaccatura dei capelli per illuminare la fronte. La cipria era d'obbligo in società e quindi la usavo nelle occasioni speciali per non sentirmi diversa. Le attribuivo un potere speciale ma inefficace alla luce del giorno, mentre la sera, al lume delle candele i miei occhi neri contrastavano con la carnagione lattiginosa e mi sentivo, se non bella, graziosa.

L'anno successivo alla morte di Odet, François mi scrisse di aver deciso di prender moglie e di aver trovato la donna giusta per lui. Si trattava di Marguerite d'Ailly, figlia di Charles, signore di Péquigny, vicedomino di Amiens, e di Françoise de Warty, dama d'onore della regina di Navarra. La madre era stata amata e protetta da Margherita di Francia, duchessa di Savoia, che, alla morte del marito, aveva scritto al cancelliere de l'Hospital, affinché si prendesse cura della famiglia. Fu una fortuna perché la notte di san Bartolomeo scivolò sopra di loro senza toccarli. Il re, consapevole delle volontà della zia Margherita, si premurò di proteggere le loro proprietà e ordinò che nessun soldato ne oltrepassasse i confini.

Fu così che partii, nel maggio del 1581, alla volta del castello di Warty, in Piccardia, dove si sarebbero celebrate le nozze e dove speravo di incontrare Charles, il minore dei miei fratelli, che non rivedevo da quasi dieci anni.

Nel salire verso il nord mi fermai a Parigi per rinnovare, a corte, le richieste di riabilitazione della memoria di mio padre. Dopo la fuga non ero più ritornata in città e fui impressionata dal rumore che invadeva le strade fino a tarda sera. I parigini parlavano molto e si intrattenevano ai bordi delle strade, nelle bettole, sulle porte delle case. Commentavano a voce alta i loro fatti privati e soltanto il rumore dei carri riusciva a coprirne le voci. Urla e schiamazzi creavano un'atmosfera oppressiva che ricordava l'agosto di dieci anni prima. Faceva già molto caldo e la ressa ricreava il clima soffocante di allora. Il vestito si stringeva sul petto accorciandomi il fiato, la folla mi veniva incontro con malevolenza e tutti sembravano accorgersi di me. Non riuscivo a muovermi con naturalezza, i visi mi parevano irati, le mani strette nel pugno, gli arnesi picche appuntite. Il fiume vociante cresceva e io battei in ritirata mettendomi al riparo in rue Saint-Thomas, fintanto che il battito del cuore non fosse tornato normale.

Non mi fu possibile incontrare né il re né la regina; la vaghezza degli appuntamenti, gli impegni disattesi mi dissuasero dall'insistere nel far valere i diritti della nostra famiglia. Fino a quando avessero regnato i Valois non avrei avuto giustizia, e cercai di distrarmi osservando l'abbigliamento e le complicate acconciature delle parigine. Notai l'ampliarsi delle scollature, lo spessore dei belletti, l'attorcigliarsi delle pettinature intorno a complesse strutture metalliche, la comparsa di campanellini d'argento a ornare i capelli, le orecchie, il collo. Se mi fossi presentata a Udde in quello stato di certo non mi avrebbe dato la comunione. Raccolsi quindi le carte, le camiciole di lino, il vestito per il matrimonio e mi accinsi a salire in Piccardia.

La famiglia della sposa, molto più numerosa della nostra, mi accolse con affabilità e cortesia. François era felice. Mi raccontò di aver conosciuto Marguerite e la madre alla corte di Nérac e ci tenne a dirmi che si trattava di un matrimonio d'amore. Il fatto di non essere stato precipitoso nella ricerca di una moglie aveva dato i suoi frutti e indicava la fidanzata, ripetutamente, come se non l'avessi osservata abbastanza. Sembrava un bambino, estasiato per un regalo inatteso. Guarda che occhi meravigliosi, ripeteva, così verdi e allungati non li ha mai visti nessuno. Effettivamente quegli occhi non erano banali, e l'insieme chiaro della figura rimaneva impresso nella mente.

La fisionomia di Marguerite era inconfondibile e attraente nella sua evanescenza. Accanto a mio fratello creava un piacevole contrasto, dal punto di vista estetico si potevano dire una coppia ben assortita, per tutto quanto il resto, il tempo avrebbe espresso il suo giudizio. François mi prese in giro più di una volta per la mia zittellaggine, poiché lui era riuscito nel suo intento mentre io non avevo fortuna. Gli chiesi seriamente se lui pensasse che io non possedessi le doti giuste per trovare marito. Lui rispose che non esiste donna, per quanto bella, che alla lunga non diventi indifferente per l'uomo, le bruttine, invece, con il tempo diventano tollerabili. Trovai la risposta offensiva e di cattivo gusto. Per un giorno intero non gli rivolsi parola.

Charles arrivò poco prima delle nozze. Quasi non lo riconobbi, se non per quell'andatura dinoccolata che aveva già da bambino. Faceva fatica a guardarmi negli occhi e mi tenne a distanza. Parlammo di tutto e di niente, ero in imbarazzo nel conversare con lui, non ero né sorella né estranea. Era un ragazzo immobile, attendeva gli eventi, osservava in silenzio, non alzava la voce. Seguiva François che era, con evidenza, il suo unico punto di riferimento, non lo perdeva di vista, forse lo temeva.

Il 18 maggio, la mattina del matrimonio, dopo essermi abbondantemente lavata con un profumo acquistato a Parigi, mi incipriai meticolosamente e infilai il vestito più bello che avessi mai posseduto. Si trattava di un abito dalla stoffa ricca e pesante color paglierino che, al contatto con il corpo, frusciava come la seta. La scollatura, alta e allungata a toccare le spalle, si arricchiva di una triplice fascia dorata, in rilievo, ripresa sull'orlo e sui polsi e di nuovo, in verticale, a dividere la veste in quadranti ricamati con motivi floreali color muschio e smeraldo.

Mentre cantavamo «Dopo aver pazientemente atteso la volontà dell'Eterno, Egli si è voltato verso di me ed ha ascoltato il mio grido», mi accorsi di fissare le mani dell'organista, non molto distante. Due lunghissime mani forti, e al contempo lievi, nel muoversi sulla tastiera descrivevano la melodia che sembrava scaturire dai polpastrelli. Le larghe spalle e la nuca un poco flessa danzavano piano, vibrando come uno strumento e un breve scatto della testa, appena percettibile, segnava un tempo interiore. Se anche non si fosse voltato, avrei potuto sapere che il suo aspetto mi sarebbe piaciuto, almeno quanto le mani. Quando si alzò in piedi, alto nelle spalle estese, incontrai uno sguardo che ancora mi accompagna, lo sguardo armonico di chi coglie le consonanze nell'atmosfera circostante e sente ancor prima di vedere. Se il tempo si fosse fermato avrei potuto, per l'eternità, fondermi in quell'occhiata e conoscere il paradiso, ma arrivò François a dirmi quant'ero graziosa e persi, per sempre, la possibilità di innamorarmi.

Nelle settimane seguenti, pian piano, ciascuno tornò alle sue faccende e quando Charles e François si accinsero a ripartire per la Linguadoca, io feci ritorno a Lierville.

Dei due anni che seguirono non conservo ricordi speciali, se non che ripresi con metodo a studiare la musica, nella forma del canto, accompagnandomi con l'organo che mi teneva in contatto spirituale con l'uomo dei sogni.

Ghiotta di burro e di panna conservavo le mie morbide fattezze, pregavo con Udde e con gli abitanti del castello, mi occupavo del loro benessere materiale e spirituale economizzando il più possibile perché il denaro scarseggiava.

Quando infine mi convinsi che lo stato di vedovanza mi avrebbe accompagnata fino alla fine dei giorni, fui chiesta in sposa dal principe, fondatore della repubblica delle Province unite dei Paesi bassi, Guglielmo di Nassau.

5.
Guglielmo

Guglielmo era un vecchio soldato di cinquant'anni, pragmatico e visionario al tempo stesso, esuberante e vigoroso, colto e versatile. A dispetto del suo soprannome, il Taciturno, parlava correntemente nove lingue, era un calvinista convinto, ma anche un buon bevitore, per nulla fanatico. Conoscevo la sua storia perché mio padre ne parlava spesso con ammirazione. Negli scontri e negli incontri in cui si erano fronteggiati, era stato colpito dalla sua capacità di tener fede, attitudine che – a suo dire – non andava confusa con la lealtà, perché presupponeva un sistema di convinzioni, profondamente radicate, tipico degli uomini riflessivi. Mio padre diceva inoltre che l'espressione tener fede non andava messa in relazione con le risonanze religiose che sembrava sottintendere. In Guglielmo si riferiva soprattutto alle idee originali che lui e la sua famiglia erano avvezzi a coltivare.

Riconoscevo l'importanza di quel tratto che avrebbe potuto dare al nostro matrimonio la solidità di cui aveva bisogno, per sostenere il patto fra due estranei e per aiutarmi a fronteggiare le circostanze ignote e imprevedibili che si addensavano intorno a un uomo schiacciato dall'odio degli occupanti e dalle pressioni dei conterranei.

I Paesi bassi si erano infilati in una strettoia da cui difficilmente sarebbero potuti tornare indietro. La forza dei suoi abitanti si fondava sulla certezza che era la Spagna ad aver bisogno di loro e non l'inverso. Gli olandesi erano alla ricerca di qualche nuova formula che sistemasse i loro conti con la chiesa e con il re, ai quali, per secoli, erano stati destinati i migliori profitti. Il paese voleva un governo e una religione che li liberasse dalla servitù e per far questo occorrevano denari, armi, soldati e qualche alleato sincero.

Il motto di Guglielmo, «Non c'è bisogno di sperare per intraprendere né di riuscire per perseverare», mi era già familiare ed ero disposta a condividerne la responsabilità. Intuivo dietro quelle parole una carica di ottimismo che a me faceva difetto e che, invano, cercavo di sostituire con la mia intermittente vivacità. Gli avrei portato in dono la massima *Adveniat regnum tuum* che mi rappresentava perfettamente; nel suo significato risiedeva il principio della mia speranza e della mia unica forza. Non avevo ancora compiuto i trent'anni, ma avevo capito quale errore avessero commesso i miei simili nel riporre troppa fiducia in questo regno terreno, io non avrei fatto altrettanto. Avrei combattuto tenacemente per la pace e per la giustizia pur sapendo che l'uomo è bellicoso e parziale, per questo aspettavo il Suo regno. A questo proposito contavo sulla comprensione di Guglielmo e speravo di sposare il mio motto con il suo.

All'età di undici anni Guglielmo aveva ereditato i beni e il titolo di principe d'Orange, diventando il più ricco signore dei Paesi bassi, i cui diritti si estendevano fino a Ginevra. Carlo V l'aveva poi voluto con sé, convincendolo ad abbandonare il luteranesimo e l'aveva mandato a combattere i francesi fra i quali, allora, si distingueva mio padre. Era la metà del secolo, poco prima della mia nascita.

Qualche tempo dopo, mentre era in missione a Parigi, il re Enrico II l'aveva informato di un piano per sterminare i nemici della fede, in Francia e nei Paesi bassi. Guglielmo aveva ascoltato in silenzio, com'era sua abitudine quando il riflettere gli pareva più opportuno del parlare. Il discorso del re rappresentava una di quelle occasioni che la vita ci serve per aprirci gli occhi e Guglielmo l'aveva afferrata al volo. Tornando a casa con le idee più chiare non oppose resistenza alle richieste dei ribelli e accettò la nomina di governatore delle province di Zelanda, di Utrecht e di Olanda: le vie del mare.

Forse Guglielmo aveva sperato di ricevere, dal re di Spagna, la reggenza del paese. Questa decisione avrebbe evitato molte sciagure, ma il sovrano, prudente, non si fidava di lui e la scelta era caduta sulla sorella naturale del *rey*, Margherita di Parma.

È possibile che l'Asburgo nutrisse, già allora, qualche risentimento nei confronti di Guglielmo. Chi li conobbe entrambi sosteneva l'impossibilità di un incontro fra caratteri così contrapposti. Filippo II era un mistico, dalla castità tormentata e crudele. Guglielmo era un uomo pratico e fisico, gli si riconosceva una franca sensualità e una bontà d'animo priva di ossessioni. Secondo La Noue, Filippo era un intellettuale poco intelligente, mentre Guglielmo era intelligente ma per nulla intellettuale. Li accomunava un'invincibile e perseverante ostinazione che avrebbero rivolto l'uno contro l'altro, contribuendo ad affermare due visioni del mondo antitetiche.

Nei Paesi bassi, il luteranesimo, attecchito per primo, non era durato a lungo, presto scalzato dal rigore di Calvino. Il calvinismo era più adatto alla gente di mare, abituata a combattere, in solitudine, la furia degli elementi. Così come aveva fatto fortuna fra i montanari svizzeri, induriti a loro volta da una terra poco ospitale. A sostegno di questa tesi si raccontava un episodio accaduto, nel corso di una trattativa, presso la corte di Bruxelles. Mentre i rappresentanti della nobiltà si lamentavano delle persecuzioni religiose e la reggente Margherita stava per cedere alle loro richieste, un cortigiano aveva esclamato:

– Vostra Altezza ha timore di questi pezzenti!

Quella piccola frase, gonfia di disprezzo, era rimbalzata nelle stanze del palazzo e da Bruxelles aveva attraversato tutto il paese, simile a una miccia che corre crepitando verso le cariche di esplosivo. L'insulto aveva fatto sentire tutti fratelli e la scodella, che ogni pezzente portava con sé, era diventata il simbolo della rivolta. Venne impressa su abiti e argenteria, bardature e orecchini, si fusero scodelle in miniatura esibite in forma di tintinnanti amuleti.

Il popolo, chiamato in causa, diede inizio all'insurrezione e, ripulendo le chiese da immagini e statue, assaporò una boccata di libertà. I nobili, colpiti a loro volta nell'orgoglio, stentavano a unirsi a quella ribellione spontanea e, mentre ancora cercavano una forma di rivolta adeguata al rango, il duca d'Alba istituì il «tribunale di sangue» che avrebbe riportato i sopravvissuti al cattolicesimo e all'obbedienza.

La ferocia non conobbe limiti e gli spagnoli si diedero al saccheggio e alla rapina. Tagliarono la gola ai nobili sospetti, ai benestanti senza protezione, ai popolani ribelli. Le Fiandre subirono l'affronto che gli spagnoli riservavano alle terre di conquista dell'altro emisfero e si persero di nuovo i confini fra le questioni religiose, politiche, economiche.

Guglielmo, fuggito nei suoi possedimenti in Germania, si preparava all'azione. Poteva contare su venticinquemila uomini che non sarebbero bastati ad arginare l'offensiva spagnola, si era quindi rivolto a mio padre che giocò le sue ultime carte per convincere il re a scendere in campo contro Filippo II. L'intesa che nacque fra i due non era solo politica: l'Ammiraglio aveva un debito personale con Guglielmo per il contributo offerto alla nostra causa dal fratello, Luigi di Nassau, che aveva combattuto per noi fino alla battaglia di Jarnac.

Nell'attesa di poter muovere l'esercito francese, mio padre aveva suggerito al Taciturno di ricorrere a una tattica di guerriglia che logorasse il traffico marittimo, biscaglino e gallego, autorizzando i corsari olandesi a depredare le navi, massima fonte di rifornimento delle truppe spagnole.

Anche gli olandesi ebbero così i loro pirati che controllavano le coste atlantiche, dall'Inghilterra al Portogallo. Su quelle imprese la stessa regina Elisabetta chiudeva volentieri un occhio e vendeva loro i cannoni a caro prezzo, per armare le navi, finché essi stessi non impararono a costruirseli.

Mentre gli esuli fiamminghi e francesi chiedevano asilo all'Olanda, offrendole in cambio lavoro e fedeltà, le province cattoliche del sud si ribellarono con maggior coraggio e ottennero, con la pace di Gand, l'allontanamento degli invasori, il ripristino delle tradizioni e la tolleranza religiosa. Il sogno anacronistico di Guglielmo sembrava realizzarsi e tutte le province acclamarono il salvatore.

Poi, dopo soli tre anni, il sud si riconciliò con la Spagna e Filippo II promise venticinquemila scudi, il titolo nobiliare e un posto in paradiso a chi l'avesse liberato dal Taciturno, i cui fratelli erano stati uccisi in combattimento e il cui figlio maggiore era prigioniero a Madrid.

Guglielmo era rimasto solo, i primi sicari cominciavano a intrufolarsi alla spicciolata nelle terre di settentrione, resi arditi dall'enormità del compenso, ma proprio allora le Province unite del nord proclamarono l'indipendenza e gli offrirono il comando.

In Francia si parlava molto del coraggio dei Nassau e si discuteva delle idee straordinarie che ne guidavano le azioni. Dall'osservatorio atlantico di La Rochelle ci sentivamo più vicini ai fratelli batavi che al resto del paese. Si cominciava a pensare che i sovrani fossero uomini come gli altri; se un re abusava ingiustamente della propria autorità non poteva più godere della fiducia dei suoi sudditi. Fra di noi non si parlava d'altro e mio padre era affascinato da queste teorie, ma anche un po' perplesso. Per lui il sovrano, anche se non Dio, era molto più di un uomo.

La sua morte troncò ogni possibilità di alleanza e Guglielmo si arroccò in Olanda e in Zelanda. Fece pubblica professione di fede calvinista rimanendo, in cuor suo, figlio di Erasmo. Prese a destreggiarsi come un giocoliere, nel tentativo di ottenere qualche aiuto dai paesi vicini senza cedere in cambio neanche un pezzo di territorio. Poi, ridotto alle strette, si alleò con il duca d'Alençon, l'ultimo dei Valois, offrendogli il principato di Fiandra, ma questa mossa non piacque a nessuno. Stizzì Elisabetta, che di là dal mare osservava con sospetto i movimenti francesi, e accanì gli spagnoli, convinti di essere i proprietari di Anversa. Esasperò i nuovi sudditi che, dovendo scegliere fra i Valois e gli Asburgo, avrebbero preferito questi ultimi perché la pressione del nemico francese era antica quanto il tracciato del primo confine.

Se la vita pubblica di Guglielmo appariva movimentata, quella privata non era da meno. A diciott'anni aveva sposato la bella e melanconica Anna di Egmont, figlia di un generale di Carlo V che, prima di morire, otto anni dopo le nozze, aveva ammesso di non conoscerlo più del primo giorno di matrimonio. Avevano avuto due figli: Filippo Guglielmo, prigioniero del duca d'Alba in terra spagnola, e Maria, di appena un anno più giovane di me. Dal rapporto extraconiugale con Eva Elinx – come avrei appreso in seguito – era nato Justin che viveva insieme a lui e a tutta la famiglia. Della seconda moglie, Anna di Saxe, si dice che fosse brutta, cattiva, bionda, rubizza, egoista e svergognata. Tutti ne parlavano male e l'accusavano di aver rovinato la vita di Guglielmo cui aveva dato tre figli: Maurizio, studente presso l'Università di Leida, Anna ed Emilia prima. Poi si era trasferita a Colonia e aveva preso come amante Jean Rubens, il padre del pittore.

Dopo il divorzio, finalmente la scelta era caduta sulla persona giusta: Carlotta di Borbone, figlia di Luigi, duca di Montpensier, donna forte e ardimentosa. I suoi genitori, ferventi cattolici, l'avevano messa in convento fin da piccola, nella speranza di farne una badessa, per il prestigio della famiglia e la salvezza delle loro anime. Carlotta aveva allora dodici anni e non era d'accordo. Resistette come poté, prese carta e penna e rilasciò una deposizione giurata, davanti a testimoni, in cui diceva della sua volontà di non accettare i voti. Nessuno le diede importanza, ma lei, chiusa in convento, non si rassegnò, non cambiò idea, si mise in attesa.

La cerimonia di consacrazione si era svolta fra pianti e rimostranze. Piangeva Carlotta e piangevano le consorelle che non volevano una superiora riluttante. Il vescovo non vi badò e Carlotta assunse il suo ruolo, con dignità e senza convinzione.

Trascorsero dodici anni privi di ripensamenti finché, una notte, la giovane badessa scappò a Sedan dove viveva la sorella che le consigliò di lasciare la Francia alla volta di Heidelberg per chiedere asilo all'elettore palatino Federico III, calvinista e lontano cugino del padre. L'elettore l'accolse con riguardo e si prestò a scrivere al duca nell'inutile tentativo di riappacificare padre e figlia. Poi Carlotta si convertì e scelse l'esilio, dedicando il suo tempo ai profughi meno fortunati di lei. Fu allora che Guglielmo la conobbe e le propose di sposarlo.

Carlotta era una donna attiva, la vita le aveva rubato gli anni ritenuti migliori e lei si apprestò a riscuotere i crediti. Sei gravidanze non le impedirono di occuparsi degli affari di stato e, in assenza di Guglielmo, gli Stati generali riferivano a lei. Poi Guglielmo rischiò di morire per la pallottola di un sicario che gli traversò il palato. Lei ignorò se stessa e il suo corpo stanco di maternità, per dedicarsi a lui vegliandolo giorno e notte.

Guglielmo si salvò, ma lei morì, per una pleurite da cui non ebbe più la forza di difendersi. Lasciava sei bambine, un marito sfregiato e un padre che la vecchiaia e la perdita della figlia avrebbe trasformato in un nonno amorevole e attento. Il terribile duca di Montpensier, nemico dichiarato degli ugonotti, crebbe la nipotina che gli fu affidata, nel rispetto della fede materna, offrendole quel che non aveva saputo dare alla figlia.

Carlotta aveva partorito sei femmine in sette anni: Luisa Giuliana, Elisabetta, Caterina Belgia, Fiandrina, Carlotta Brabantina ed Emilia seconda, detta Antverpiana, per non confonderla con la prima, figlia del secondo matrimonio. I nomi erano stati scelti in omaggio alle province, a testimonianza del legame che la madre aveva voluto stabilire con il paese.

Gli olandesi avevano amato Carlotta per il coraggio e la generosità, perché aveva rinunciato al suo passato e sposando Guglielmo aveva sposato l'Olanda tutta intera. Il sacrificio della vita l'aveva resa una figura eroica e le origini francesi non avevano più alcuna importanza. Io non sarei stata all'altezza di tanto esempio e cercai di non farmi sopraffare dal pensiero delle molte qualità di Carlotta e delle molte vite di Guglielmo che, sulla bilancia delle opportunità, pesavano a mio sfavore. Ma il re aveva acconsentito alle nozze e niente poteva più ostacolare la partenza.

Nell'istante in cui capii di dover abbandonare i miei luoghi, Lierville mi apparve bellissima e presi ad aggirarmi per le stanze del pian terreno, passando dall'una all'altra, toccando con lo sguardo ogni oggetto. Sfiorai i prati e gli alberi che apparivano e scomparivano, scivolando di finestra in finestra, in un abbraccio circolare che avvolgesse ogni cosa per portarla con me. Nessuna nostalgia è così struggente come quella che anticipa congiunture sconosciute. A tempo debito altri movimenti dell'animo mi avrebbero segnalato il senso di mancanza, delimitandolo con circostanze concrete e con la necessità di combatterlo.

Mi era intollerabile lasciare la Francia senza rivedere François perché lui era la mia famiglia, il fratello di sangue che, sotto superficialissime conversazioni, coltivava la tenacia del sentimento fraterno. Quel che ci legava non erano i ricordi dell'infanzia, ma la consapevolezza reciproca, cresciuta nelle lunghissime intimità puerili, rivelatrici di indole e personalità, inclinazioni e sfumature del carattere. Volevo dirgli di non stare in pena per me, perché il futuro mi avrebbe tolto dall'inedia dello spirito che, come lui sapeva, era il mio peggior tiranno.

Ci salutammo a Châtillon in un addio voluto alla dimora paterna: adesso il castello poteva appartenergli, senza rimpianti, né suoi, né miei. Lo autorizzavo a sentirsi primo erede; io avevo fatto una scelta che, attraversando il mare, mi portava in un'altra storia. François mi regalò per l'occasione un po' del suo tempo, anche a scusarsi dell'impossibilità di prendere parte al matrimonio.

Nel freddo della fine dell'inverno passeggiammo lungo il Loing, arrossato dal riflesso dei rami di salice che da bambini usavamo come fruste, incantati dall'esile potenza di quell'arma e dai segni scarlatti e brucianti che lasciava sul corpo dell'offeso. Ma i ragazzi erano cresciuti e ancora mi si appanna lo sguardo nel ricordo di quelle ore che dicevano di tutto il rimpianto e di tutta la speranza che ciascuno portava per l'altro e della fatica a sostenere il pensiero di una possibile perdita. Riparammo nelle raccomandazioni e negli scherzi, lui nella boria del soldato, io nelle vesti della viaggiatrice spavalda, felici e inquieti al tempo stesso.

Convenimmo che avrei potuto prendere un disegno a penna di Dürer che ritraeva il porto di Anversa sulla Schelda. Volevo regalarlo a Guglielmo. Si trattava di un quadretto senza monogramma, ma con scritta autografa, *1520 Antorff*, che mio padre aveva acquistato da un mercante di Gand, insieme a uno studio alla punta d'argento che rappresentava l'immagine di un cane. François teneva a quel ritratto, sosteneva che la pazienza trasmessa dal corpo dell'animale lo invitava alla concentrazione, attitudine che gli faceva difetto. Il cane, ritratto di profilo, sembrava in attesa: il corpo rilassato contrastava con la testa discretamente eretta e con lo sguardo perso in avanti, forse verso un uscio momentaneamente chiuso.

Che il disegno del porto di Anversa fosse un auspicio era fuori di dubbio, ma ero certa che Guglielmo l'avrebbe apprezzato. Che provenisse da mio padre ne avrebbe accresciuto il valore. Lo scalo, visto dall'occhio dell'artista, mostra ancor oggi – è qui davanti a me – una linea obliqua che separa il mare dalla terraferma. Sulla destra la spianata si conclude con solide costruzioni dai tetti a forma di cono e piramide, guarniti di microscopici abbaini e di qualche pennone. Sulla linea di demarcazione le barche si affollano a spina di pesce mentre un omino, carico di sacchi pesanti, avanza verso il molo con falcate smisurate. In lontananza, alcune imbarcazioni vanno e vengono.

Nella serenità di quel luogo raccoglievo fausti presagi e incartai il disegno sotto lo sguardo attento di François. Con il suo solito gusto per la diversione si burlava di me, dicendo che impacchettavo vasi da portare a Samo e che avrei dovuto regalare piuttosto un pastello di Clouet o qualche oggetto di gusto francese. Non c'era il tempo per arrabbiarsi e apprezzai la tattica di alleggerimento che tanto mi sarebbe mancata e che avrei provato a fare mia nelle avversità.

Il sentimento che provavo per lui era ricambiato e fui felice di ricevere, più di quindici anni dopo, la quarta edizione del libro di Jean de Léry sul Brasile, nella cui dedica dell'autore si leggeva: «L'ultima volta che ho avuto il piacere di vedervi, a Chastillon, poco dopo le nozze del signor conte di Coligny, vostro ottimo fratello, lui, nel parlarmi di voi, si espresse nei termini di una amicizia davvero fraterna che univa entrambi».

Se la gente sapesse quanto sono ben spese le notazioni positive, mai scontate, che si van facendo gli uni verso gli altri, non sarebbe così avara di parole generose. In fondo, spesso si tratta di dire soltanto quel che si pensa, ma non per piaggeria, soltanto per amore.

François corse via sul suo cavallo, e pur nel galoppo si voltava indietro. Io lo seguii finché la vista me lo consentì, ma nel fondo del pozzo della mia pupilla è ancora là che saluta.

Tornai a Lierville per organizzare il viaggio. Era febbraio e quel 1583 mi stava portando fuori dal torpore, ero entusiasta di imbarcarmi a La Rochelle e di rivedere i luoghi di un passato già leggendario, di una storia speciale che aveva accolto in uno dei posti più appartati del paese, uomini e donne straordinari, uniti dalla volontà di non lasciare mai più il loro destino in altrui mani. La mia formazione si era compiuta grazie a quelle persone. Dopo la morte di mia madre e nonostante le lunghe assenze di mio padre, con loro non mi ero mai sentita né sola né in pericolo.

La sera prima della partenza, un vento secco e pungente mi riportò la voce di Charles. Il suo timbro morbido e luminoso mi invitava a cantare con lui prima di partire e io chiusi gli occhi per udirlo meglio. La sua voce si era conservata purissima nel tempo mentre scandiva: «Egli m'ha tratto fuori da una fossa di perdizione, dal pantano fangoso; ha fatto posare i miei piedi sulla roccia, e ha stabilito i miei passi».

La Rochelle era quella roccia e la voce di Charles mi incoraggiava a prendere la strada. Di lì mi sarei imbarcata con gli ambasciatori di Guglielmo e, scavalcata la Bretagna, oltrepassata la Normandia, sfiorato l'Artois, avrei visto per la prima volta, sulla mia destra, le

Fiandre, per sbarcare a Flessinga, sull'arcipelago zelandese che nasconde Anversa.

Il bagaglio era monumentale, prevaleva in me un senso di apprensione per gli usi e i costumi che si attribuivano ai nordici. Ogni oggetto sembrava indispensabile alla vita futura e mai premonizione fu più veritiera. Le cose conservano la memoria meglio degli esseri viventi, perché assorbono tutte le vibrazioni che i nostri sentimenti hanno emesso in loro presenza e non le cedono più, per nessun motivo.

A distanza di anni l'averla meccanica di Odet raccoglie dentro di sé tutto il tempo intercorso fra il gesto della mano di mio padre che l'offriva a suo figlio, fino al tempo in cui la mano di Odet sfiorava la mia nel porgermi quel passero dal becco forte e ricurvo. L'averla meccanica, la Bibbia del mio matrimonio, il salterio con i segnalibri, il quadretto di Dürer per Guglielmo, costituivano il nucleo del tesoro. Seguiva la biancheria francese e stoviglie di ogni genere. Il primo a essere imballato fu un servizio di lievissima porcellana con pesanti dorature: il contrasto mi affascinava. Ecco, avevo imparato da Renata l'importanza del dettaglio o forse semplicemente Renata aveva tirato fuori di me qualche cosa che già c'era e che né mia madre né mio padre avevano avuto il tempo di notare.

La partenza, quasi un trasloco, si svolse a cavallo fra il mese di marzo e quello di aprile e, per prepararmi spiritualmente, avevo deciso di fermarmi qualche tempo a La Rochelle. Attraversai la Loira come un'esule felice, recitando i versi nuovissimi di Du Bellay, vissuto qualche miglio più in là:

> E io, quando vedrò fumare quel camino
> Del mio piccol borgo, in quale mai stagione
> Vedrò l'orto di casa? È umile, ma il nome
> Vale da solo un regno all'esule in cammino.

Ma il mio non era un lamento, bensì il rimpianto di qualcosa che non c'era più, da tanto tempo: né borgo, né orto, né camino. Salutavo i luoghi della mia infanzia.

La lunga pianura che, pur sempre uguale, sembra digradare dal Poitou verso la Saintonge dissimula, fino all'ultimo, la presenza della città. Inutilmente, nel mio primo viaggio, giovanissima, avevo scrutato l'orizzonte per cogliere l'anticipazione di un promontorio, di una rocca, di qualche segno che giustificasse il nome verticale. La città mi era apparsa, allora come in seguito, come un'immensa zattera calcomarnosa, pronta a staccare gli ormeggi per scivolare sull'Atlantico. I sedimenti pietrosi che la sollevavano e la salvavano dalle paludi circostanti, attribuivano alla città fortificata la leggerezza di un villaggio di palafitte.

Ero vissuta nel porto di mare dal 1568 al 1572; La Rochelle era diventata la nostra città-rifugio perché, da sempre, prospera, indipendente e ben decentrata rispetto a Parigi. La sua adesione compatta alla Riforma non l'aveva indebolita, favorita com'era dalla posizione geografica, dai privilegi politici, fiscali e doganali. Era la nostra capitale, al suo interno si era riversato un gran numero di famiglie in fuga. Nel lungo corso delle guerre avevamo raggiunto la cifra di sessantamila profughi di cui cinquantaquattro pastori riformati.

Quella che era una città di ricchi commercianti e lavoratori del mare si era trasformata, in breve tempo, in un centro intellettuale e religioso dove, nel sinodo del 1571, si era messa per scritto la confessione di fede delle chiese riformate di Francia, composta di quaranta articoli. Al sinodo, presieduto da Teodoro di Beza, avevano partecipato i massimi esponenti del mondo ugonotto: Giovanna d'Albret, regina di Navarra, suo figlio Enrico, mio padre, mio marito, Condè, Luigi di Nassau, fratello di Guglielmo.

Poi la lunga onda mortale della san Bartolomeo era arrivata fin lì. La Rochelle era stata presa d'assalto da mare e da terra e il duca d'Angiò, fratello del re, ne aveva diretto l'assedio dopo aver ordinato di resecare i canali che la rifornivano d'acqua.

Per sette mesi tutti si erano fatti soldati. In difesa dei bastioni La Noue aveva organizzato dei lavori di riempimento, per circondare le mura con una spessa coltre di terra, capace di attutire i colpi delle artiglierie. Furono le donne a trasportare tutto il materiale utile al rincalzo e, grazie a loro, nel corso degli scontri non si aprì neanche una breccia.

Arrampicate sui «bastioni all'ugonotta» avevano imparato a lanciare il turibolo, scaraventando sugli assalitori pece bollente. Erano passati poco più di cent'anni da quando Costantinopoli si era difesa con il fuoco liquido che mio padre chiamava fuoco greco.

Da che arrivai in città gli amici mi raccontarono queste e altre storie che sempre si concludevano con la loro riconoscenza ai polacchi i cui ambasciatori, giunti in Francia per omaggiare il duca d'Angiò, da poco eletto re di Polonia, avevano denunciato la bestialità dell'assedio. La loro disapprovazione per le stragi dell'anno precedente era cresciuta nel constatare di persona l'insistenza della persecuzione e avevano chiesto conto dei fatti al nuovo sovrano. Il duca non aveva risposto, ma aveva tolto l'assedio affrettandosi a raggiungere il suo, seppur lontano e un poco ostile, regno di Polonia.

La Rochelle portava ancora i segni della guerra e, dalla lentezza dei lavori di ricostruzione, si capiva che le finanze erano state prosciugate dalle necessità legate alla sopravvivenza.

I lavori del Grande Tempio procedevano a rilento e mi limitai a osservare i progetti di Delorme che promettevano una magnifica costruzione. Fu portata a termine all'inizio del secolo successivo e quando la vidi compiuta mi piacque quell'ottagono allungato che faceva da base a un edificio dagli spigoli smussati con bianche lesene, protetto da spioventi a scaglie di piombo. Il campanile, abbracciato nel fianco, non superava il colmo del tetto.

Nell'insieme la città non era cambiata, magnificamente difesa nel suo golfo dalle isole di Ré e di Oléron che, come due porte, sembravano pronte a chiudersi alla prima occasione.

Il precettore Legresle, quando ci insegnava il latino, era solito usare, per la prima declinazione, il termine *rupella* che, a dir suo, era il nome originario della città, piccolo villaggio innalzato prima del mille in cima a una rupe, al di sopra delle paludi. La sera, prima di dormire, accadeva che ci raccontasse delle leggende tremende e piene di passione, mentre il nostro cuore di ragazzi batteva per quella gentaglia che abitava le scogliere e minacciava la sicurezza delle navi. Facevano parte dell'epopea marina, così come le violente soperchierie che i re di Spagna, di Francia e d'Inghilterra andavano scambiandosi, da secoli, nell'oceano di fronte a casa.

A causa di Legresle e delle sue storie, i giochi dei miei fratelli e dei loro amici consistevano in noiosissime rappresentazioni di battaglie navali e di feroci combattimenti, tutti davvero accaduti e ricchi di nomenclature altisonanti. Odet, aveva allora dieci anni, nonostante non fosse il più grande, assegnava i ruoli e dirigeva le azioni, poi si eccitava moltissimo ed entrava nel suo personaggio preferito.

La battaglia più combattuta era quella di Zucca di legno, deformazione del nome della rada in cui si era svolto un conflitto un paio di secoli prima. Odet schierava da una parte la sterminata flotta spagnola, comandata dagli ammiragli Boccanegra, Cabeza de Vaca e Ruy Diaz de Roja e dall'altra l'odiato conte di Pembroke, armato di una flotta un po' più piccola ma combattiva. In gioco era la cacciata degli inglesi dall'Aquitania, ma questo non era chiaro agli attori che si accontentavano di rumorose simulazioni, culminanti nell'incendio delle navi inglesi, i cui equipaggi, disorientati, non si accorgevano che spagnoli e francesi arpionavano i loro vascelli, costringendoli al corpo a corpo finale. Questa fase durava molto a lungo, fino a quando uno stanchissimo Cabeza de Vaca accettava con orgoglio la spada di Pembroke, costretto a invocare la fine della carneficina. Quando la banda di ragazzi era sufficientemente numerosa, la scena si spostava sulla terraferma e il governatore inglese Harpedanne faceva la sua comparsa, nel corso della battaglia, per supplicare i rochellesi affinché si unissero a loro, ma i terricoli facevano marameo e lo scontro ritornava sul mare.

Quei giorni passarono in un lampo e il tempo scivolò all'indietro. Furono giorni senza presente. Scendevo al porto e lì, persa a scrutare la densità torbida dell'acqua e l'affannarsi dei facchini, cercavo l'odore del passato, come quello che il vento portava dalla *concha putrida* e che noi ragazzi e bambini andavamo annusando con voluttà. Il puzzo fetido delle alghe in decomposizione mi piacque come allora, mi fece sentire sempre la stessa, assennata, ma con pochi pregiudizi.

Non sarebbero stati quattro ruvidi olandesi a intimorirmi e per il loro capo Guglielmo era in arrivo la figlia di un ammiraglio, la sorella di un soldato, l'esploratrice impavida che si adatta all'imprevisto. La partenza mi rendeva ardita.

Feci scorta di prodotti locali, pane compreso, quasi che in Olanda non lo conoscessero. Non ne acquistai solo per il viaggio, ma in previsione di una lunga vita di carestia feci incetta di erbe disseccate, di gallette al burro, di tutti i profumi e le sostanze che avrebbero reso più forte me e più vicina la mia terra. Qualche specialità perigordina e parecchi vini di qualità completarono le salmerie e rafforzarono la mia fiducia alimentare.

Una volta tanto non mi sentii in colpa. Dio avrebbe avuto pietà della mia ingordigia perché nulla sarebbe andato sprecato, avrei consumato fino all'ultima briciola dei frutti della terra e li avrei offerti agli ospiti, per aiutarli a conoscermi meglio.

Non avevo esperienza di navigazione, ero salita sulle navi solo da ferme per tutte le volte che mio padre ci aveva accompagnati a vedere, nell'interno, quel che da riva neanche si immagina. Non avevo dimenticato la sensazione inquietante di instabilità, presto assorbita dal fascino per l'universo concluso che un'imbarcazione rappresenta. Si stava per compiere l'apoteosi del viaggio: meglio ancora della carrozza, il veliero si faceva strumento eccellente della sospensione temporale. La traversata, dentro il legno, si sarebbe svolta in un tempo non breve, in compagnia di estranei con cui trascorrere, senza il peso della reciproca conoscenza, una lunga pausa nell'attesa del futuro.

Presi il mare in un limpido giorno di marzo. Guardando verso terra si vedevano ancora i segni della terribile esplosione che più di trent'anni prima aveva distrutto un carico di polveri e di munizioni appena scaricato da una caracca genovese, uccidendo cento persone e cancellando un lungo tratto di mura fortificate.

Il vento non era abbastanza forte da portarmi l'odore delle alghe dalla *concha putrida*, ma io lo sentivo lo stesso, accompagnato da un piacere un po' primitivo, che il contatto con il mare regala ai suoi naviganti.

6.
Sulla nave

Una luna matrona appoggiata sopra il castello di poppa attirò la mia attenzione in quella prima notte trascorsa in mare. La nave e tutti gli elementi le correvano incontro, come stregati, per bagnarsi nella sua luce resa ancora più fredda dal vento che spingeva, con mano pesante, le vele nel buio. La perdita di colori, fatta eccezione per il bianco e il nero, conferiva al paesaggio un rigore ascetico, esaltato dall'ammutolirsi delle parole e dal crescere dei suoni intermittenti e mai finiti dei legni contro l'acqua, dei drappi torturati dal vento, dei gemiti del fasciame stremato dalla pressione dell'oceano. L'allontanarsi delle terre sicure sollecitava uno stato di allerta che combatteva la nausea e impediva di procedere nelle inevitabili e un po' inutili contabilità di fine giornata.

L'arte navale era stata l'argomento usato a pretesto per rompere il ghiaccio dai gentili olandesi che facevano gli onori di casa. Fra di loro Justin, figlio naturale di Guglielmo, si faceva notare per la sua intraprendenza e assennatezza. Di poco più giovane di me pareva un Odet redivivo, con tutto l'entusiasmo e la generosità di chi possiede un'intelligenza attiva.

Alle mie domande precise e ricorrenti sulla situazione politica degli Stati rispondeva, forse istruito dal padre, in maniera da ricondurre ogni singola difficoltà – per usare un termine improprio – a un piano più generale, all'interno del quale non si poteva che intravedere la fine di ogni ingiustizia. Eppure di cose doveva saperne parecchie perché, in quel tempo, Guglielmo l'aveva messo alle costole del duca d'Angiò, per controllarne lo scorrazzare nelle province del sud, come un padrone di casa illegittimo e sleale.

Nulla di tutto questo trapelò nel viaggio per nave e, dato che una natura versatile lo portava a intendersi di navigazione e astronomia, cercò di intrattenermi su vele e sestanti.

Orgogliosi della moderazione ornamentale esibita dalle architetture di poppa, gli olandesi si erano addentrati in complesse teorie sulla schiettezza organica che avrebbe dovuto ispirare il progetto di qualsivoglia imbarcazione. Le ragioni che animavano i miei ospiti vertevano su una questione essenziale, da cui si dipartivano infinite considerazioni, per così dire applicative. Il futuro della navigazione era nelle mani della scienza navale che non poteva più accontentarsi delle pur nobili arti dei maestri di bottega, nonostante avessero dettato, fino allora, le leggi artigianali dell'andar per mare.

Su questo punto centrale erano tutti d'accordo e io mi dichiarai, fin dal primo giorno, favorevole al primato della sicurezza, garantita dai principi tecnici e dalla necessità di superare gli impacci dei galeoni. Presto le questioni si affinarono e non fui più in grado di prendere una posizione sulle priorità necessarie che offrissero alla nave le garanzie di tenuta, nella sfida della velocità. Alcuni invocavano la produzione di scafi snelli e asciutti e quindi più adatti a solcare l'oceano, altri riproponevano invece l'importanza del pescaggio e, con una mano infilata in mezzo alle dita dell'altra, mostravano come il crescere della proporzione, fra parte immersa e non, a favore della prima, garantisse una stabilità senza precedenti.

Fra casseri e barze, bompressi e petriere, rischiavo di perdere la mia linea di galleggiamento. Rassicurai gli affabili olandesi della mia raggiunta autonomia d'orientamento nei meandri della nave e li lasciai, sollevati dal baliatico, ai loro progetti di abbassamento dei castelli, allungamento di speroni e puntali, rafforzamento della chiglia. Non mi erano venuti a noia gli argomenti e, in un altro momento della vita, mi sarei sentita onorata di assorbire tanta conoscenza, ma dalle loro mani avevo ricevuto una lunga lettera di Guglielmo che avevo bisogno di compitare più volte per dare forma e contenuto alla mia avventura.

La osservavo, sgualcita dalla stretta della mano, ansiosa di conoscere l'uomo e il futuro. Scriveva in francese. Con tono quasi confidenziale diceva il suo dispiacere imbarazzato per non essere venuto a prendermi, di persona, a La Rochelle. E il suo disappunto cresceva perché neanche a Flessinga sarebbe stato lì, pronto a ricevermi. Cercava di farmi capire le difficoltà del momento e della sua posizione descrivendo, nel dettaglio, la decisione degli Stati generali che gli imponeva di attendermi ad Anversa. Il principe di Chimay, il barone di Mérode, i signori Schoonhoven, Comveghen, Meganck, Westreenem, Fayaert, Durenvoorde, Nyevelt, Pauli, Marck, Reggersborch e Kamminga, nella seduta del 17 marzo, avevano sottoscritto la volontà di trattenerlo in Anversa, ove sarebbero state celebrate le nozze, in considerazione degli affari importanti del momento. Tutti quei nomi erano stati disposti sulla carta quasi a mostrarmi la complessità degli sbarramenti che lo circondavano e mi parve di capire che Guglielmo ritenesse possibile quel che gli Stati generali, invece, sconsigliavano, e il parere degli Stati mi apparve tutt'altro che lasco.

I primi scogli affioravano dunque nel porto di Anversa e fra le righe leggevo il desiderio del mio futuro sposo di farmi sapere che la sua vita aveva contorni definiti. Apprezzavo, nel procedere spedito delle frasi, una totale assenza di galanteria, notavo il rispetto, la curiosità, le buone maniere e tutto pareva ispirato dalla certezza che, data l'età e l'esperienza, la scelta, caduta su di me, non avrebbe potuto fallire. Aveva raccolto, intorno alla mia persona, una quantità di informazioni comprensive di futili inezie e non mi sarei stupita se avesse rimediato anche un mio ritratto. Pur non essendo Diana di Poitiers, qualche pittore non mi aveva fatto dei torti.

La lettera si presentava, con tono vivace, come un invito a scoprirlo con garanzia di successo e senza ombra di presunzione. Si può scegliere una moglie senza vederla, ma conoscendola per interposta persona, per sentito dire, seppur da osservatori scrupolosi? Guglielmo sì, poteva. Dalla sua esperienza pareva aveva tratto regole e conclusioni e ora, come uno scienziato del sentimento, mi offriva «una salda unione senza ombre». Chiosare le sue parole mi dava un piacere nuovo che dissolveva la preoccupazione di essere una fra tante. Guglielmo aveva scelto me, confidando nella mia volontà di rispondere al suo invito.

Avrebbe avuto qualche sorpresa, ma mi accorsi, con piacere, che le aveva già messe in conto, le aveva auspicate. Le sorprese che si attendeva erano un tributo alle abilità alchemiche femminili e questo solleticava il mio amor proprio, gonfiandomi il petto e drizzandomi la schiena. «Vorrei avervi vicina per tutto il tempo che ci sarà concesso». Gli fui grata per questa banalità perché il desiderio di qualcuno al mio fianco mi aveva torturato in quel decennio di solitudine e il ricordo di Charles era svanito, usurato dal tempo.

Nessuna campagna militare aveva avuto la forza dello sguardo di mia madre sul corpo di mio padre. Nell'accoglierlo interamente lei lo allontanava d'imperio dalla disperazione e dalla paura che a volte restavano impigliate nello sguardo impostato del guerriero. Mio padre andava verso di lei e insieme entravano in un mondo ricomposto. La guerra, la violenza, le insidie della politica, lo stesso ardore della lotta lo avrebbero sopraffatto, se in fondo al suo punto di fuga non ci fosse stata lei, per sempre.

Desideravo anch'io un uomo fatto di roccia e capace di notare quelle parti di me che mi rendevano unica e speciale. Io, da parte mia, sapevo osservare, mi sarei accorta anche della sua più lieve ruga d'affanno. Non temevo la fatica né il lavoro di smeriglio che affina i legami, ma lo speravo interessato alla sfida, a vivere insieme guidati dal movimento della reciproca conoscenza. Percepivo una sintonia nella lettera che tenevo in mano. «La mia attenzione per la vostra persona vi farà dimenticare di aver lasciato tutto per me», così si concludeva e la presi sul serio.

Ogni tanto, girovagando per la nave, mi capitava di ascoltare, non veduta, qualche conversazione degli ottimi olandesi. In mia assenza abbandonavano l'arte della navigazione e si infervoravano nell'enumerare le avversità che lastricavano la strada dell'indipendenza delle province. Gli spagnoli erano un nemico talmente forte che soltanto una grande alleanza avrebbe potuto ridimensionare, e gli aiuti misurati che provenivano dagli inglesi, dai francesi e dai tedeschi non erano sufficienti per sostenere la lotta contro l'impero più potente del mondo. Ma il problema più urgente era rappresentato – a dir loro – dagli aristocratici, dai gesuiti e dai calvinisti fanatici.

Gli aristocratici, sempre malcontenti, erano terrorizzati all'idea di perdere i loro privilegi. Il duca d'Alba, inviato dal re di Spagna, li disprezzava e aveva mandato sulla forca i più combattivi. Tuttavia il loro destino era di ricadere nelle mani degli spagnoli perché non sapevano immaginare un futuro per gli Stati, senza un re che garantisse la loro stessa ragion d'essere.

Più che dagli aristocratici Guglielmo doveva guardarsi dai gesuiti che coltivavano un'arte a lui sconosciuta: quella dell'inganno. Soffiavano sopra il fuoco delle differenze religiose per trasformarlo in un incendio che con il suo fumo nascondesse il grande e unico disegno di consegnare alla Spagna, viva o morta, l'intera cristianità. I calvinisti settari invece – e qui i gentili olandesi sospiravano a turno – erano considerati una spina nel fianco. Afflitti da una fede intransigente, non erano disposti a collaborare con Guglielmo nel lungo e paziente lavoro di mediazione che prevedeva un tavolo unico, intorno al quale cattolici e protestanti si sarebbero dovuti sedere, guardandosi in faccia, per decidere le sorti del loro paese. Ma i calvinisti non si fidavano, avevano sempre in mente la lunga notte di san Bartolomeo e non riuscivano a prescinderne né a superarla.

Le chiacchiere degli olandesi, le loro conversazioni rubate, svelavano la solitudine di Guglielmo, ravvivando in me il desiderio di muovermi in difesa del difensore. Priva di senso delle proporzioni e del ridicolo, andavo verso di lui con nuovo vigore. Consapevole del mito che lo circondava cercavo di ritagliarmi uno spazio in uno scacchiere già enormemente affollato. Il pedone e la regina che albergavano in me erano pronti ad alternarsi per soccorrere il soccorritore, braccato come un fuorilegge.

La mia immaginazione si preparava al peggio e, pur con qualche difficoltà, il mio senso di giustizia si schierava dalla parte dei pezzenti, dei popolani iracondi e iconoclasti, dei calvinisti taccagni. Non riuscivo a provare simpatia per quell'aristocrazia che anteponeva il privilegio alla libertà e temevo i gesuiti ardenti di una fede ustoria, assoluta, indiscutibile.

Renata, sempre presente nei miei pensieri, mi suggeriva di guardare le cose con minor pregiudizio, fissando lo sguardo sui molti cattolici che ancora a Gand, a Bruxelles, si battevano insieme agli altri per la loro indipendenza. Dopo la strage di Anversa, l'Unione di Gand si era infranta e con essa la possibilità di tenere insieme tutte le province, ma nessun'altra strada poteva essere percorsa. Ero colpita dalla semplicità del ragionamento di quei borghesi: secondo loro la religione riguardava la coscienza di ciascuno, mentre la sorte di un paese rappresentava il bene di tutti. La religione quindi andava disgiunta dalla politica. Detto fatto. Semplice come il loro battere strisciato delle mani dall'alto verso il basso e dal basso verso l'alto.

Per interrompere il corso dei miei pensieri mi nascondevo spesso in un recesso della nave da cui potevo osservare la superficie del mare senza che nessuno venisse a distogliermi da quel diletto. I disegni formati dal fendersi dell'onda contro il legno rappresentavano qualche cosa di più di un passatempo, riconoscevo in loro le viscere che il mare mette in mostra se si rompe la sottile guaina liquida che le contiene. Viscere bianche e azzurrine attraversate da sottili venature scivolavano lontano, sospinte dal vigore pesante della chiglia, andando a ricomporsi più in là, riassorbite dal respiro di un mantice gigante.

Il sole primaverile non mi pareva diverso da quello invernale, se non per il carico di promesse che riversava sugli àuguri che affollavano il ponte. Ciascuno di noi riconosceva qualche segno del tempo in movimento, del tepore fertile e organico che aspettava il crollo della vecchia stagione.

La mia testa incappucciata nascondeva l'incrostazione di salsedine in cui si erano scolpiti i capelli, mentre il mio viso acceso si copriva di una finissima cipria, sapida e bianca, che si addensava sulla peluria del labbro, sull'arco delle sopracciglia, sulle ciglia disseccate. Confidavo nella possibilità di ripulirmi a fondo dopo lo sbarco a Flessinga perché Guglielmo non avesse a scambiarmi con la moglie di Lot.

I venti che avevano contrastato la risalita della nave verso nord si accomiatarono quando doppiammo il Finistère, dalla costa aspra e tagliente, ricca di trappole e di insidie, regno incontrastato dei saccheggiatori di relitti. Isole a pelo d'acqua, vortici infernali, fari ingannatori affollavano i racconti dei viaggiatori. Al calar del sole, per qualche impulso insano, chi conosceva una storia di mostri marini, o di sirene crudeli o di flutti voraci, si sentiva in dovere di farne partecipi i compagni di viaggio che sbarravano gli occhi scrutando, diffidenti, la profondità degli abissi. La scarsissima illuminazione proiettava per ogni dove immagini cariche di suggestioni che, emergendo dai precipizi, si fondevano con i timori che ciascuno coltivava dentro di sé.

Io stessa, seppur ipnotizzata dal movimento inarrestabile dei flutti, stentavo a prendere sonno. Per cacciare l'inquietudine chiudevo gli occhi e ripensavo a Châtillon, mi immaginavo mentre uscivo dalla porta secondaria e svoltavo per imboccare il sentiero che costeggiava il bosco di pioppi. La memoria metteva a fuoco ogni dettaglio: il muro di pietre rugginose, la siepe di biancospini, il vischio aggrovigliato su in alto, la biforcazione che conduceva al villaggio. Camminavo verso la riva del Loing, ma il sonno improvviso mi impediva di unirmi ai fratelli che lanciavano i sassi nell'acqua.

Il viaggio si stava dimostrando lungo quanto avevo sperato e, pur con il vento a favore, due settimane non sarebbero bastate per arrivare a destinazione. Era previsto uno scalo a Calais dove si sarebbe imbarcato un piccolo gruppo di francesi provenienti da Parigi fra cui Marie, seconda moglie di François de La Noue, cui gli Stati avevano conferito la carica di maresciallo, per il valore dimostrato nel battersi al fianco delle Fiandre in rivolta contro Giovanni d'Austria. Poi gli spagnoli l'avevano catturato e rinchiuso nella fortezza di Limburgo, non lontano da Liegi, e lei faceva la spola fra Francia e Paesi bassi, nel tentativo di liberarlo. Marie sarebbe stata l'unica amica ad accompagnarmi a quel matrimonio lontano.

Arrivammo a Calais in capo alla seconda settimana. Con il vento a favore saremmo giunti a Flessinga in pochi giorni, così mi aveva scritto Guglielmo, accennandomi al viaggio compiuto in senso inverso dalla sua figliola Luisa Giuliana quando, nel settembre dell'anno precedente, aveva preso il mare per recarsi dal nonno, duca di Montpensier.

Lì, a un passo dalle Fiandre, mi raggiunse Marie, ormai di casa nelle terre che trattenevano prigioniero il marito. Nonostante la sua magrezza, Marie era bella come una principessa zingara: i suoi occhi scurissimi con venature di corniola riflettevano la tonalità più chiara dei capelli, forti e ribelli, che si arricciolavano a ogni movimento. La carnagione ambrata conferiva un'aria di salute al corpo asciutto e mascolino, in grande contrasto con le movenze femminili e seduttive.

Marie era l'armonia dei gesti, degli abiti, dei colori, degli sguardi, del suo essere improvvisamente presente quando le circostanze lo consentivano. Il mio matrimonio era una di queste e io le ero riconoscente per quella decisione repentina che la portava a deviare dalla frenesia dei suoi spostamenti per starmi accanto, per aiutarmi nella difficile prova di lasciarsi tutto alle spalle.

Già ostaggio degli inglesi, poi sposa di François da tre anni sepolto nella fortezza di Limburgo, Marie aveva maturato una risolutezza perentoria che il suo sguardo anticipava nel fissarsi diretto negli occhi dell'altro. Era decisa a liberare La Noue dal carcere, così come era determinata nell'accompagnarmi all'altare: presa la decisione niente poteva fermarla. «Bella come la luna, pura come il sole, tremenda come un esercito a bandiere spiegate», così avrebbe detto di lei re Salomone.

La riconobbi mentre ancora si aggirava fra i facchini, per la tonalità del blu che aveva scelto per il mantello. Si trattava di un colore che può trovare soltanto chi lo cerca e lei, a differenza mia, sapeva far parlare i suoi desideri. Questo non valeva soltanto per gli oggetti. Dopo l'assassinio del suo primo marito, nei tre anni di esilio inglese, lei aveva già in mente François. La sua attrazione per lui sconfinava in un'approvazione più generale, lo capiva, lo seguiva da lontano, lo ammirava. Tornata in Francia al tempo della san Bartolomeo, si era salvata travestendosi da contadina e per lungo tempo si era difesa dalle proposte di matrimonio di un nobile cattolico, assiduo e ostinato. Ma lei aspettava François che, trovato finalmente il tempo per occuparsi di lei, l'aveva chiesta in moglie.

Salita sul ponte ci abbracciammo senza effusioni, le parole erano il nostro strumento e le cose da raccontare erano molte. Marie mi disse di François, della prigionia resa terribile dall'attenzione che Filippo II dedicava, seppur da lontano, ai suoi prigionieri. François, caratterialmente portato a ridimensionare gli opposti, era benvoluto dai nemici che gli riservavano qualche riguardo e il duca di Parma aveva tentato invano di rendere meno dura la cattività disumana imposta dal *rey*. La torre di Limburgo, in cui era carcerato, era priva di copertura e l'acqua, il vento e il gelo vi erano penetrati fino a coprire il pavimento della cella di uno strato fangoso e maleodorante, dove lui viveva in compagnia di rospi e pidocchi.

Mentre Marie parlava non potevo fare a meno di osservare il ricco scialle blu polvere, intonato con il mantello che le ornava le spalle, acconciato come un giacchetto senza maniche, reso prezioso da alcuni nastri color aragosta, identici a quello che luccicava, appoggiato al suo chignon. Luminosa come una maiolica policroma, Marie diceva della sua preoccupazione per François, ma anche del suo orgoglio per aver sposato un uomo allenato a resistere. Nonostante la malattia agli occhi contratta in prigione, lui leggeva Plutarco, Plinio, Cesare e Guicciardini, si improvvisava saggista e scriveva i *Di-*

scorsi politici e militari. François era grande e grosso, la pelle bianchissima risaltava come una nudità infantile e il celeste degli occhi confermava quell'aria da putto guerriero. Conosceva bene l'Italia e la lingua italiana e quel Guicciardini, di cui non sapevo nulla, lo interessava supremamente. Apprezzava la moderazione ostinata con cui lo storico aveva pensato di temperare il potere del tiranno con il controllo dei rappresentanti del popolo; era stato conquistato dalla sua capacità di descrivere la storia come un fatto complesso, gli sarebbe piaciuto saper fare altrettanto.

Marie raccontava di François e di Guicciardini come di cosa propria e io osservavo, stupita, quel suo impicciarsi senza pudore e sentenziare come una regina. Nonostante non fosse dotata di particolare oratoria, la sua intelligenza vivace la portava a farsi delle idee circostanziate e poco o nulla sfuggiva alla sua lente.

Sperava che uno scambio di prigionieri eccellenti le avrebbe restituito il marito e sosteneva, fatto che poi avvenne, il baratto con il conte di Egmont, nella mani di Enrico di Navarra. E poi, diceva, appena François fosse uscito dal carcere, avrebbe fatto alleare francesi e spagnoli per annientare i turchi e finalmente la guerra civile sarebbe finita.

– Che orrore – ripeteva citando il marito – vedere coloro i quali adorano lo stesso Dio battersi con il ferro e con il fuoco come bestie selvagge, lasciando campo libero agli abominevoli maomettani che minacciano la pace e spogliano i nostri poveri cristiani orientali.

Io non ero d'accordo e le dissi che preferivo la vecchia idea secondo la quale i francesi, tutti uniti, decidessero di farla finita con l'arroganza degli spagnoli. Loro erano, e sarebbero stati per molto tempo ancora, il nostro pericolo, la nostra minaccia. Loro, il braccio armato della chiesa cattolica. Marie voleva l'ultima parola e sostenne che non era importante chi si andava a combattere, quel che contava era interrompere le guerre civili. Qui trovammo un'intesa.

Gli ultimi giorni di navigazione evidenziarono la diversità dei nostri temperamenti. Lei, molto più irrequieta di me, misurava in lungo e in largo la nave, oppressa dalla finitezza dello spazio e dalla penuria di distrazioni. Nella sua abitazione di Plessis-les-Tournelles aveva una spinetta, me la descrisse a cominciare dal coperchio decorato con un paesaggio di alberi di arance e cespugli di rose, dai frutti e fiori fiammeggianti, nel verde scuro della vegetazione. Il pittore aveva voluto rubare qualche particolare alle battaglie di Paolo Uccello che aveva apprezzato in un suo viaggio a Firenze. Aveva infine fatto scrivere, sull'altra faccia del coperchio, *Musica laborum dulce levamen* e così l'argomento della musica come dolce sollievo dalle pene ci portò su un terreno comune. Tirai fuori il mio salterio e insieme trovammo il conforto promesso dal motto latino.

Non conosco situazioni capaci di offrire al genere umano l'intesa piena e totale che offre la musica d'insieme. La fusione sonora si serve dei corpi come strumento, indifferente alla bellezza o all'intelligenza dei proprietari. L'arcano annullarsi, in un unico organismo, delle differenze, dei conflitti e delle tensioni, apre la strada all'indicibile, trascinando verso l'alto l'espressione di tutti. La vergogna che proviamo per l'intensità dei nostri sentimenti si trasforma, grazie alle note, nella forma più pura della capacità di dire. Quando ero molto piccola pensavo con preoccupazione al paradiso, perché nessuno mi spiegava che cosa avremmo fatto, tutti insieme, per quel tempo definito come eternità. Ora penso che quando la nostra carne non ci sarà più, forse resterà solo la voce. In cielo canteremo tutti perché nessuno avrà più vergogna né paura. Ritroveremo la nostra voce dell'origine, quella del primo giorno di vita, quella dal timbro d'angelo che neanche il flauto sa imitare. E il brivido della perfetta intesa scioglierà i dolori e le gioie, per far posto a un grande respiro. E nessuno si annoierà perché celebreremo la scomparsa del tempo.

Mentre si avvicinava la fine del viaggio ecco riaffiorare, inesorabile, la preoccupazione di dover rientrare nell'ordine delle cose. Nei sogni dell'ultima notte venne a trovarmi Renata, per portarmi i saluti della mia famiglia che si scusava per l'assenza dovuta a un'improvvisa passeggiata nei campi. Mi mandavano un mazzo di fiori, non troppo freschi, che mi affrettavo a sistemare in un vaso di vetro trasparente. L'occhio luccicante di Renata e le sue lunghe mani nocchiute mi descrivevano argomenti astrusi, cervellotici, e il risveglio mi trovò incerta e innervosita con la mia famiglia, costretta a servirsi di un intermediario per farmi avere il suo affetto.

La mattina dell'8 aprile del 1583 giungemmo nel porto fortificato di Flessinga, in Zelanda. Nel grigio madreperlaceo dell'alba, dal ponte della nave in manovra, la gentile scorta olandese mi mostrava la città. Seppur giovane e minuscola, già aveva ospitato la partenza di Carlo V dopo l'abdicazione e, soprattutto, quella di Filippo II che non sarebbe mai più tornato. Le parole d'orgoglio dei compagni di viaggio narravano di Flessinga che, come Veere un poco più a nord, era stata fra le prime città neerlandesi a liberarsi dagli spagnoli, impadronendosi delle navi destinate ad Anversa e contribuendo ad arricchire le casse della città di frontiera. Questo avveniva nel 1572, l'anno della morte e della vita, della fine e dell'inizio.

Justin mi mostrò, alla sua sinistra, la Gevangentoren, la torre dei prigionieri, che, costruita vent'anni prima, dominava il lungomare. Non mi parve di buon auspicio sbarcare presso un carcere monumentale, ma lui intuì i miei pensieri e spiegò che, per gli zelandesi, quella torre sarebbe diventata il simbolo del tempo in cui erano prigionieri in patria.

Mettere i piedi a terra fu l'esperienza più sgradevole del viaggio: il porto ondeggiava e, chinandomi in avanti, facevo fatica ad afferrare gli oggetti, a stringere le mani delle persone. Il senso di vertigine e di nausea erano rafforzati da una puzza diffusa e persistente che affluiva dalle vie adiacenti. Si trattava dell'effetto della pesca e della lavorazione delle aringhe che avevano arricchito la città. Marie si premeva il naso con un fazzoletto, incurante delle regole di buona creanza.

I nostri ospiti, come a scusarsi, ci spiegavano che la situazione era di molto migliorata da quando Wilelm Benkelzoor, verso la fine del 1300, aveva escogitato il sistema di pulire e salare le aringhe sul peschereccio stesso, riducendo le fasi della lavorazione, i costi della manodopera e aumentando le possibilità di conservazione. Fummo edotte sulle diverse tipologie di trattamento: le aringhe parzialmente salate e affumicate si chiamavano *bouffies*, *saure* le affumicate e *bianche* quelle soltanto salate. Spiegai che da noi l'aringa era meno comune del merluzzo, pescato in enormi quantità dai velieri in partenza dal porto di Olonne, accanto a La Rochelle, dove si stivavano i pesci del grande banco di Terranova.

Lo straniamento causato dal contatto con la terra e con la piccola folla che era venuta a salutarci non mi fece rimpiangere l'assenza di Guglielmo. La giornata scorreva in operazioni di sbarco e appresi che avemmo trascorso la notte in una dimora patrizia, dove avremmo avuto modo di riconfortarci in attesa di riprendere il mare, l'indomani stesso, alla volta di Anversa.

I nostri ospiti vivevano in un edificio di pietra di cui andavano fieri. Accanto alla loro si allineavano abitazioni in mattone, ma la maggioranza era ancora in legno. Il largo uso di pece e catrame, per l'illuminazione di strade e canali, rendeva quel materiale particolarmente pericoloso nell'edilizia pubblica e privata e i nostri padroni di casa dicevano di sentirsi al sicuro dalla minaccia dei frequenti incendi.

Cenammo in una magnifica stanza dal pavimento a scacchi bianchi e neri. I riquadri chiari imitavano il marmo, con screziature d'indaco; il battiscopa, composto di piccole mattonelle, illustrava i mestieri dell'uomo, cosicché le figurine, correndo lungo il perimetro della sala, parevano orgogliose del proprio lavoro. Mi complimentai con la padrona di casa che mi diede parecchi consigli in materia di arredamento e si mise a mia disposizione per eventuali necessità.

Si parlò degli Stati per dare a noi stranieri qualche orientamento informale. L'argomento prevalente, non soltanto quella sera, ma per il resto della mia vita lassù, riguardava il quesito se fosse più pericoloso il mare o il permanere degli spagnoli. Si propendeva per il primo corno del dilemma, dato che d'inverno nessuno sarebbe mai stato in grado di fugare le acque, mentre gli spagnoli, prima o poi sarebbero scappati e, si diceva, sarebbero state proprio le lunghe onde gelide ad annegarli tutti quanti. Il mare, invece, sarebbe rimasto per sempre, rompendo le dighe nella stagione fredda e costringendo gli abitanti a occupare la maggior parte del tempo di lavoro in opere di rafforzamento degli argini, paralizzando le attività di aratura, di semina e di raccolta.

Mi mostrarono a questo proposito, poco sopra un magnifico virginale, la tavola di un pittore del secolo precedente che illustrava un labirinto di acque, isolotti abitati da chiese e casali e in fondo, una brutta onda, causata dallo scoppio della diga che seminava il terrore fra le donne, gli uomini e gli animali. Tutti si affannavano a trovare posto in piccole imbarcazioni già stipate di viveri, utensili e mobili. Erano passati cento anni, dicevano gli ospiti, ma la paura era sempre la stessa.

La giovialità dei padroni di casa non riusciva a dissipare un sottile senso di apprensione che leggevo nei loro sguardi puntati su di me. Non ero in grado di capire se questo sentimento fosse positivo o negativo, se cioè rispondesse a una preoccupazione per la mia incolumità o piuttosto a quella secca ostilità che i francesi suscitavano nel senso comune.

Un portentoso prosciutto di Westfalia, affumicato per sette anni, ci levò dall'imbarazzo e il vino che portavo in dono fu apprezzato e commentato. Ma il piatto forte ci lasciò di stucco: veniva chiamato *olipotrigo* ed era di origine spagnola. Qualcuno fece una battuta sulla colonizzazione culinaria, ma nessuno dei presenti si scompose, ci spiegarono che la popolazione era perfettamente in grado di distinguere le cose buone da quelle cattive e questa era un'ottima pietanza. Ci dissero anche della loro curiosità per tutto quel che veniva da lontano, e che quello stare così dentro l'acqua li rendeva più vicini a tutte le terre che si specchiavano sullo stesso mare. Parlavano dell'oceano come di un cortile, elencando i paesi che vi si affacciavano, giungendo così fino in Oriente. Come se i cinesi abitassero in fondo alla via.

Io intanto annotavo la complicata ricetta della leccornia che occupava l'intero centrotavola. Si trattava del piatto più elaborato della cucina olandese, normalmente spiccia e parca, come avrei appreso in seguito. Cappone, agnello, vitello, bue, salsiccia, piedi e testa di porco e di montone dovevano bollire con cespi di indivia, mazzi di carciofi e tante spezie. In capo a tre-quattr'ore si raccoglieva il sugo e lo si filtrava, mescolandolo a cinque tuorli d'uovo battuti con agresto e burro fuso, da far consumare lentamente. Davanti a noi, su un enorme piatto da portata, erano state disposte le varie carni; alcune salsiere, sistemate a raggiera, contenevano la salsa fumante con cui condire il lesso monumentale e il contorno di castagne stufate.

Con calma affrontai il cimento di assaggiare di tutto e guardavo con simpatia quegli ospiti pratici e curiosi, capaci di apprezzare il cibo del nemico mantenendo inalterato l'odio per l'invasore.

Il calore della casa e del vino mi infuocarono il volto inaridito dal vento e dal gelo dell'oceano. Alla fine del pasto i commensali si alzarono in piedi ed eseguirono in mio onore il *Wilhelmus*, una canzone dedicata al Taciturno che il popolo cantava con lo sguardo rivolto alla bandiera e che qualcuno di loro mi tradusse sommariamente. Ascoltai un po' inebetita l'omaggio canoro; tuttavia superai l'imbarazzo pensando che quelle strofe, un poco enfatiche, fossero l'espressione della grande speranza riposta in Guglielmo, ma che in realtà ciascuno dei presenti sapeva di dover trovare in se stesso, perché quello era il prezzo della vittoria del popolo che sfida il suo re. Avrei, in seguito, avuto modo di ascoltare più e più volte, e di imparare a memoria quell'aria le cui parole dicevano:

Di Nassau senza macchia
alla patria fedele
sarò fino alla morte.
Son principe d'Orange
schietto e senza paura
al re di Spagna ho offerto
una vita d'onore.
Mio scudo e mia difesa
sei Tu, o mio Signore
sei Tu la mia speranza.
Guidami in questo luogo
che al Tuo servizio sempre
io rimanga fedele
e scacci via il peccato
da ogni empia incostanza.
Addio mie pecorelle
non state a sonnecchiare
se vi sentite perse
c'è Chi vi veglierà.
Seguite dunque in tutto
Gesù Cristo il perfetto
che a ogni nostra pena
darà la libertà.

Al termine della canzone fui guardata con affetto e capii che il loro attaccamento a Guglielmo si estendeva anche alla mia persona. Emozionati dal canto e dai vini di Graves, smisero di nascondere le loro preoccupazioni dichiarandosi contrari alla mia partenza per Anversa. Sostenevano che Guglielmo doveva ritirarsi al più presto da quella trappola, stabilendosi a ovest o a nord-ovest. Dissero con franchezza che l'alleanza con il duca d'Angiò era stata tanto inevitabile quanto nefasta, ma Anversa aveva smascherato il suo piano che consisteva nell'impossessarsi, un pezzo dopo l'altro, di tutti i Paesi bassi, con la scusa di difenderli dagli spagnoli. A gennaio, migliaia di francesi e mercenari svizzeri in armi avevano attaccato la città, con diciassette squadroni di cavalleria, centinaia di lancieri e una possente fanteria. Gli abitanti di Anversa si erano battuti come leoni e chiunque possedesse un fucile ne aveva fatto uso. L'artiglieria aveva fermato lo scellerato d'Angiò, e ogni uomo o donna in grado di reggersi sulle sue gambe aveva fatto muro contro di lui. Il duca, falso come Giuda, aveva finto di essere lì per caso e la madre Caterina si era premurata di scrivere a Guglielmo insistendo che venisse accolta la buona fede del figlio, in cambio dell'appoggio contro gli spagnoli.

Questa volta il Taciturno era in un vicolo cieco. Secondo i commensali avrebbe dovuto accettare il titolo di conte d'Olanda per rafforzarsi e ottenere un riconoscimento ufficiale. Guglielmo invece tentennava, temeva di dare buoni motivi agli spagnoli e di irritare Caterina il cui figlio sarebbe venuto a trovarsi in posizione subalterna alla sua. E poi, nonostante l'indiscussa autorità che gli era riconosciuta da tutti, dentro e fuori il paese, non aveva potere. Su questa parola chiave il cerchio si richiudeva.

Ascoltavo perplessa quel fiume di argomenti, almanaccavo fra me e me per mettere a fuoco la differenza fra autorità e potere. Il mio arrivo cadeva in un momento più tragico di quanto avessi supposto e compresi l'angoscia dei fiamminghi, la disperazione degli anversesi, le grida di allarme di zelandesi e olandesi. Capii la lacerazione di un paese straordinario, dove le lotte di religione rallentavano, invece di favorire, il cammino verso la libertà. Intuii l'isolamento di Guglielmo. Lui, insistevano i miei ospiti, a dispetto delle voci dei suoi detrattori, non voleva il potere per sé, voleva servire gli Stati senza esserne schiavo. Era un uomo speciale, fatto a modo suo.

Seppi da loro quanto amasse vivere e godere la vita, nonostante la coda di avversità in attesa davanti alla sua porta. Dicevano, certo per rassicurarmi, che Guglielmo aspettava una moglie per sé prima ancora che una madre per i suoi figli, perché era «un uomo che combatteva i nemici grazie alla sua capacità di apprezzare le gioie domestiche».

Questa interferenza nella mia vita privata mi punse nell'orgoglio, ma diedi la colpa al bere e, alla prima occasione, spostai la conversazione su quei vini di Graves che avevano così abbondantemente gradito. Spiegai dei progetti di bonifica dell'area del Médoc, quella vicina a Bordeaux, che a loro sarebbe tanto piaciuta per via delle paludi che regnavano sul territorio e che lo rendevano simile all'Olanda. Dissi che molti ingegneri olandesi giravano da quelle parti per prosciugarle dall'acqua e che era una gran cosa che almeno la tecnica riunisse i popoli, laddove non regnavano che divisioni. Ribatterono che, più ancora della tecnica, era il commercio a ricongiungere le genti, perché implicava uno scambio, un contatto, un incontro.

La mia diversione non ebbe lunga presa e, prima di congedarsi, ritennero opportuno informarmi dell'indebitamento di Guglielmo, causato dalle guerre mai finite in cui il loro salvatore aveva investito gli averi suoi e della ricca famiglia. Mi abbracciarono diverse volte, prima di lasciarmi sulla soglia della camera. Mi parve, quello, un costume diffuso: piuttosto che baciarsi o darsi la mano, preferivano stringersi l'un l'altro, frequentemente. Forse a causa del freddo.

Affrontai la mia prima notte zelandese con una sorta di stoicismo, prodotto dall'eccesso di sollecitazioni. Conservo un vago ricordo di un quadro posto di fronte al letto, in cui un abbacinante sole invernale riverberava su un gruppo di cacciatori accompagnati da alcuni cani dalle ossa a fior di pelle. Gli uomini affondavano i passi nella neve mentre, sullo sfondo, luccicavano bluastri i campi inondati e coperti di ghiaccio. Il dipinto trasmise al mio sonno una corrente di rassegnazione, di resa, di abbandono.

La mattina seguente trovai, sul tavolo della mia stanza, un regalo prezioso: un copribusto, giallo oro, foderato di ermellino. Non avevo mai ricevuto un capo d'abbigliamento così sontuoso, tanto meno da sconosciuti. Marie me l'avrebbe invidiato e io ne sarei andata fiera e felice di indossarlo per andare incontro a Guglielmo.

Trascorsi il tempo rimasto a ringraziare i magnifici ospiti che mi scortarono fino al porto. Strada facendo ripresero in coro gli argomenti della sera precedente ed ebbi la certezza che i legami famigliari non sono necessariamente i più forti a stringere gli uomini fra di loro. Guglielmo, insistettero, considera Anversa la sua città, non si deciderà mai ad abbandonarla: quando questo avverrà, speriamo non sia troppo tardi. I miei buoni profeti, inconsapevoli dell'angoscia che trasmettevano, parlavano sempre al plurale. Li abbracciai lungamente e li benedissi.

7.
Anversa

L'arcipelago zelandese si presentava come un complesso gioco di anticamere, costruite a tutela del corpo principale della casa che aveva il suo cuore in Anversa. La Schelda, la Mosa, ma soprattutto il Reno, trasportavano, dalle parti più interne del continente, frammenti di tessuto organico che andavano a depositarsi laddove il mare, a sua volta, spingeva gli effetti del suo gran strusciare.

Dalla nave Justin indicava le superfici di recente formazione e le terre nuove si distinguevano dalle acque soltanto per il colore. Qualcuno vaticinava di profonde trasformazioni che avrebbero collegato, nei secoli, le basse isole zelandesi alle alte frisone, in un unico, immenso territorio. Il lavoro degli uomini avrebbe finalmente messo ordine in quel liquido andirivieni che scombussolava le già precarie speranze di vita.

Soltanto un paio di secoli prima, poco più a nord, là dove la Mosa e il Reno univano le loro foci, un'inondazione fuori misura aveva spazzato via centomila persone e numerosi villaggi. Questo non doveva più accadere: dighe, chiuse e mulini, nella loro duplice azione di argine e pompaggio, avrebbero avuto ragione dell'aspro contenzioso.

Di fronte a noi la terraferma nascondeva un lungo corridoio che imboccammo, risalendo la Schelda. Improvvisamente il ritmo placido della navigazione fu interrotto da un fitto viavai di imbarcazioni di varie dimensioni e provenienze. La via delle Indie, compatibilmente con l'andamento dei conflitti, passava ancora in parte di lì e le spezie facevano il loro ingresso in Europa dalla porta di Anversa, insieme ai panni di lana che l'Inghilterra spingeva verso il continente. L'Hansa aveva fatto di questa città il punto di congiunzione fra il Baltico e l'Occidente europeo. Questi argomenti, snocciolati dall'impeccabile Justin, illuminavano la scena dove si stava per consumare una tragedia causata dall'impossibilità per l'impero di privarsi di un giro di affari strabiliante, come quello ideato dagli anversesi.

L'immagine del porto di Dürer che conservavo nei miei occhi, non trovò riscontro nelle forme che dalla terra scorrevano verso il mare. Dove erano finite le placide imbarcazioni che stazionavano ordinate lungo le banchine? Sessant'anni erano sufficienti per sconvolgere un disegno a penna e trasformarlo in un nervoso scarabocchio? Desideravo ardentemente disfare i bagagli, per cercare quei pochi centimetri di carta incorniciata, con la chiara scritta in alto, centrale, *1520 Antorff*, per farla vedere a tutti quanti, per sentirmi dire che no, quello non poteva essere il porto di Anversa. Ma i bagagli erano nella stiva e le operazioni di ormeggio mi stavano spingendo verso luoghi ora davvero sconosciuti.

Contemplavo il disordine che invadeva il porto e confondeva i riferimenti; in tutti i gruppi di persone cercavo dei segni distintivi del mio futuro in attesa. Marie precisò che i nomi dei luoghi non sono mai scelti a caso e che «al cantiere» – questo il significato del fiammingo *aan't werp* – ben rappresentava quel guazzabuglio in movimento. Qualcuno accanto a noi si intromise dicendo che no, che il significato corretto era «le alluvioni» che non erano mai mancate. Altri sostenevano che l'origine stava nella leggenda del guerriero romano Silvius Brabo che aveva sfidato il gigante Druon Antigon, di professione razziatore di barche fluviali. Per renderlo inoffensivo gli aveva mozzato le mani e le aveva buttate nel fiume, il che ben spiegava la presenza di quelle due estremità tronche, accanto al castello Steen, sullo stemma della città. Accolsi le varie interpretazioni, ingoiai le rimostranze e mi spinsi in avanti.

Nell'appoggiarsi al parapetto il corpo di Marie mi si avvicinò, come a sostenermi. La sua salda magrezza, stretta alla mia opulenza, mi diede fiducia e guardai in basso, dove un gruppo di persone stazionava, in evidente attesa dei passeggeri. Al centro del capannello un'occhiata scivolò nella mia direzione, l'acchiappai al volo e lo strazio dell'attesa si sciolse nel calore di uno sguardo. Guglielmo era lì ad aspettarmi, contro ogni etichetta, mischiato a tanti estranei e io, lassù, avevo visto il lampo del riconoscimento. Chissà cosa intese in quell'attimo. Io non glielo chiesi, né allora, né mai.

Le manifestazioni del bene e del male, dell'amore e dell'odio, della felicità e del dolore, spesso stranamente coincidono. Forse il nostro corpo mortale non è in grado, oltre una certa misura, di fronteggiare emozioni eccessive e reagisce, allora, in maniera incontrollata, si direbbe che perda la testa. Un affanno torpido mi invase le membra che persero tono e vigore. In attesa di scendere mi appoggiai a Marie che mi pareva parlasse a vanvera e io, facendo altrettanto, provai ad assumere un atteggiamento di circostanza, adeguato alla situazione. La tensione ci portava a ridere scioccamente di chi inciampava in una gomena o di chi, come noi, si agitava per le operazioni di sbarco, profondendosi in gesti inutili e strilli acuti. Nessuno avrebbe potuto, in quegli istanti, garantire della nostra saldezza morale, culturale, intellettuale e mi augurai che nessuno notasse quel nostro comportamento da oche francesi.

Scendendo dalla nave l'emozione e la brevità del viaggio ci risparmiarono il mal di terra e mi ritrovai, inconsapevole, le mani strette fra quelle ampie e asciutte di Guglielmo. Quel secondo contatto mi attrasse e mi sostenne; guardavo il garbuglio delle dita, le mie fra le sue; le falangi maschili, ruvide e un poco pelose, meravigliate dalla dimensione e della consistenza dei palmi femminili. Notavo la tensione vivace e allegra che emanava dai polsi appena abbronzati, le vene salienti, il tocco curioso.

Intorno a me le voci mi costringevano a risalire, con gli occhi, le persone circostanti e a ricambiare le espressioni di benvenuto che sgorgavano a fiotti dai convenuti. Parecchi mi abbracciarono, tutti sorridevano e facevano del loro meglio per dimostrarsi felici del mio arrivo, parlavano un francese comprensibile e si interessavano al gradimento del viaggio. Nel rispondere il mio sguardo vagava dall'uno all'altro sfiorando Guglielmo, lo sbirciavo appena come si fa con il sole, riportando ogni volta un elemento in più, nel tentativo di ricomporre, non vista, l'intero.

Percepivo la vitalità dell'uomo al mio fianco, il riverbero atteso di protezione e sicurezza che diffondeva equilibrio e mi scortava verso una sfera di sentimenti ancora sconosciuta. Alto e vigoroso, si muoveva con scioltezza, cedendo il passo, facendo strada, attento al contesto, sicuro nei gesti. Intorno a lui scivolavano, con discrezione, le guardie del corpo, alcune vicine, alcune disposte al controllo del porto, a impedire l'avvicinarsi di estranei. Di nuovo mi prese per mano, per farmi salire in carrozza e, seduto di fronte, mormorò: benvenuta.

L'intimità del mezzo mi parve improvvisa e inopportuna, ma nessuno se ne curava e accettai, con imbarazzo, il silenzio di chi osserva. Nella penombra il volto di Guglielmo spiccava sulla gorgiera bianchissima; il respiro, lento e regolare sollevava di poco le fitte arricciature del tessuto, solleticato da una corta barba bruna, morbida allo sguardo. I baffi che coprivano il labbro superiore lasciavano in bella vista quello inferiore, pieno, spiccato. La barba risaliva intorno alle orecchie ricongiungendosi ai capelli cortissimi che chiudevano il contorno del volto e quindi della fronte, larga e distesa verso le sopracciglia inarcate. Gli zigomi, alti e asciutti, raccoglievano uno sguardo irresistibile, vigile, ironico, allegro. Lo osservavo e mi lasciavo osservare, assorbendo l'energia serena che il suo corpo comunicava al mio. Marie, accanto a me, giocherellava con le frange del corsetto, incerta se aprir bocca o tacere. Scelse il silenzio e ci abbandonò ai nostri esami.

Mentre il mio sguardo cercava lo sfregio, sulla guancia nascosta, Guglielmo sollevò la mano e sfiorò la cicatrice con riguardo, come a scusarsi per la sua brutta apparenza. Ma gli occhi ridevano, stirati verso le tempie, in un atteggiamento che avrei imparato a riconoscere come piega naturale di espressione.

Fui improvvisamente felice di essere lì, felice di aver affrontato l'oceano per contemplare il suo vigore. Notai le rughe, le ciocche brevissime e bianche, la fatica, l'età che pure c'era; ricambiai con gli occhi ogni promessa e, con il consenso non richiesto di Marie, Guglielmo si chinò in avanti, prese le mie mani fra le sue e vi appoggiò il volto, come in una culla.

Oggi ancora – son passati quarant'anni – sento sul palmo delle mie mani l'impronta del viso, aderente come un calco, la punta fredda del naso, il tepore delle labbra, il delicato solletico dei peli della barba sulla punta dei miei polpastrelli. Restò così a lungo, in posizione di riposo, ma anche di resa, di abbandono, forse di scusa. Colsi lo smarrimento che sorprende l'uomo, interrotta ogni azione, e promisi a me stessa di non approfittarne; gli ultimi dieci anni, finalmente trascorsi, mi avevano insegnato a distinguere, anche nel corpo degli altri, i segni dei mali subiti. L'uomo, piegato davanti a me, conosceva tuttavia le mille vie dell'azione. Quelle che, con uno schiocco delle dita, mettono in moto gli eserciti e scacciano i fantasmi. Volevo tenerlo in grande conto e mi aspettavo altrettanto da lui.

C'era, nei gesti di Guglielmo, qualcosa di più del naturale esporsi dentro un contatto privato, percepivo, nella circospezione dello sconosciuto, il tentativo di trovare le parole per spiegare una questione difficile, imbarazzante. Ruppi l'attesa chiedendogli ragione del silenzio, avanzai l'ipotesi che ci fosse qualcosa che dovevo sapere, prima di entrare ufficialmente nel nuovo paese. Lo pregai di informarmi delle convenzioni diffuse, delle usanze profonde, dei sentimenti che involontariamente avrei potuto offendere. Ma non si trattava di questo.

Guglielmo, raddrizzando il busto, disse di avere urgenza di parlarmi del pericolo che da quel momento minacciava me e tutta la sua famiglia. Mi spiegò con semplicità e chiarezza che il suo attaccamento per la città di Anversa non sarebbe stato sufficiente a salvare né lei né lui. Parlava della città come di una donna e raccontò, con passione, dei giorni successivi al sacco, quando gli spagnoli sfiniti e senza paga – era il 1576 – avevano ucciso settemila persone. Dopo quei fatti e grazie a un lavoro durato due anni, di tessitura di accordi per il ritiro delle truppe e la riconciliazione delle due religioni, aveva sottoposto all'attenzione del paese la *Religionsfrid*, grazie alla quale entrambi i culti avrebbero goduto degli stessi diritti. La maggioranza cattolica del sud avrebbe dovuto accettare la richiesta di almeno cento famiglie per l'autorizzazione del culto riformato e altrettanto avrebbe dovuto fare la maggioranza calvinista del nord, nel rispetto della minoranza cattolica.

Non ero preparata a quel parlar di politica, senza preamboli né convenevoli, ero incerta se offendermi o esserne fiera. Intanto lui mi fissava e mi mostrava la passione che aveva dedicato a quel progetto. Ci aveva creduto e ci credeva ancora e non sarebbero state le disfatte a fargli cambiare idea, ma poi, di colpo, si era reso conto che la sua scelta non era forse la mia e che avrei potuto non essere consapevole delle conseguenze della mia decisione. Perorando la sua causa me la offriva come parte di sé, come sua carne e suoi nervi e mi invitava a guardarlo nel suo essere intero.

Non risposi alle domande implicite, gli chiesi piuttosto le ragioni del fallimento del suo disegno. Lentamente riportò la mano alla guancia, sfiorò la cicatrice dall'alto verso il basso, in una carezza sospesa, disse delle complesse ragioni della storia e negò il fallimento. Non gli piaceva quella parola, non credeva nella vittoria e neanche nella sconfitta, sosteneva che il metro per misurare il tempo non era la vita di una persona, tanto meno la sua. Le idee avevano una loro forza che si faceva beffe delle picche dei lanzi. Capivo, gli parlai di Renata e mi seppe con lui.

Poggiai i piedi sul suo terreno. Gli chiesi dei fatti, volevo sapere la storia, quella che mette gli eventi uno accanto all'altro e mostra le direzioni. Come consigliava l'appena orecchiato Guicciardini. Mi raccontò allora dei signori di Rijove e d'Hembyze, due estremisti che sei anni prima avevano fondato a Gand una repubblica calvinista e che non era stato possibile coinvolgere nel progetto di pace. Invano i suoi più stretti collaboratori, Marnix e Duplessis-Mornay, avevano fatto la spola per convincerli dell'importanza, per le sorti del paese, di un atteggiamento meno ostile.

Purtroppo le notizie dei massacri dell'Artois avevano irrigidito, ancora di più, gli abitanti di Gand che, chiamato in aiuto Giovanni Casimiro il Palatino, si erano mossi in armi contro la città di Lilla. Lì, secondo Guglielmo, era naufragata l'ultima occasione di libertà per tutti gli Stati. All'arroccamento del nord si era contrapposto quello dei paesi del sud che erano tornati, lentamente, a scivolare verso la Spagna. Per questa ragione Anversa non era sicura e presto sarebbe caduta: gli anversesi non avevano più fiducia in lui. L'avevano a lungo acclamato, ma ora lo pensavano venduto ai francesi e, indicandomi con il mento, sorrise. L'amore per la città non era più contraccambiato.

Disse di tenermi pronta, di non disfare i bagagli, di prendere gli oggetti di stretta utilità. Il tempo della fuga si stava avvicinando e non voleva farmi correre il rischio della vita. Non lo preoccupava l'esercito spagnolo, ma la rabbia degli abitanti, offesi dai francesi e incapaci di comprendere le ragioni delle alleanze, e poi temeva i sicari. Le taglie sopra la sua testa non si contavano, ma quella voluta da Filippo II le superava tutte: era il prezzo fissato per i fuorilegge.

Nell'usare quel termine, Guglielmo rovesciò il capo all'indietro e si produsse in una risata sonora che saliva dal profondo del torace e risuonava nella carrozzetta. Marie si voltò verso di lui, stupita che trovasse da ridere su tante disgrazie, ma, colpite dal contagio, ci unimmo all'ilarità del principe tedesco.

Non si trattava di una risata nervosa, lo divertiva l'idea che un mediatore come lui, un difensore della libertà di coscienza, lui che aveva chiesto clemenza per l'ultimo dei suoi attentatori, fosse considerato un bandito. Rideva perché aveva il senso del ridicolo, rideva dell'ottusità generale, della taccagneria culturale e religiosa, del fatto di essere troppo amato e troppo incompreso. Si prendeva gioco di chi dava eccessiva importanza alla vita mortale, di chi si sentiva investito da Dio nel rendersi arbitro dell'esistenza altrui. Lo guardavo incredula, resa diffidente dai contenuti arditi, dalla crepitante franchezza delle parole nuove. Poi prevalse un'attrazione, irragionevole e assoluta, che mi impediva di pensare e mi imponeva di non giudicare.

Gli chiesi dei figli, delle tante figlie. Rispose che le avrei incontrate l'indomani. Quel che restava della sera l'avremmo trascorso insieme perché il tempo a nostra disposizione era poco. Mancavano tre giorni al matrimonio. Le bambine mi aspettavano e sarei loro piaciuta, erano abituate ad affrontare i cambiamenti e abbastanza piccole per crescere insieme a me. La madre era stata importante, per loro come per lui. Carlotta gli aveva dato, per la prima volta, il senso dell'unione che l'invadenza dei figli e il tempo strappato alla guerra non avevano scalfito, ma era stata sopraffatta dalla fatica e quindi dalla malattia. La sofferenza per la sua morte rimaneva viva dentro di lui.

Parlava di lei senza sminuire, per piaggeria, la sostanza della loro intesa. Di nuovo apprezzai la schiettezza di chi considera il passato come parte integrante di sé, come fonte del proprio presente. Parlando di Carlotta mi guardava e il suo occhio diceva: «Non temere, quella che vedo, sei tu». Poi chiacchierò con Marie. Le chiese di La Noue e le offrì di aiutarla nei giorni seguenti.

La vettura si era fermata davanti a un castello affacciato sul fiume, rimesso a nuovo, quasi una fortezza. Ancora, scendendo, la mia mano si appoggiò alla sua, superando l'incontro formale. La pelle rispose, sollecitata da un sistema complesso di percezioni diverse, costringendomi a dissimulare un turbamento diffuso. Un'attrazione dinamica impediva di abbandonare il contatto, poi, nel ritrarre la mano, sfiorai il suo busto e, stanchissima, mi avviai verso il portone. L'edificio che mi avrebbe ospitata, insieme al fiume, al porto e alla torre, costituì, nei tre mesi in cui rimasi ad Anversa, la mia intera conoscenza della città.

Le stanze erano accoglienti, linde e ordinate, quasi come a Flessinga, ma le proporzioni degli ambienti e la severità della costruzione ricordavano più un carcere di lusso che una casa d'abitazione. Magnifici arazzi di Arras, di Tournai e di Bruxelles ricoprivano i muri e rompevano l'atmosfera rigida, affollando le stanze di personaggi biblici ed eroici, avviluppati da rigogliose vegetazioni, smarriti in abiti sontuosi e dettagli superbi. La varietà di stoffe e colori che arredavano letti, tavoli, finestre, completavano lo sforzo di travestimento della dimora millenaria abitata da Carlo V. Non mi colpì la ricchezza, quanto l'assortimento di materiali e lavorazioni ignote. Su un tavolo, destinatomi a mo' di benvenuto, stava appoggiato un vassoio d'argento, pieno di zucchero: candito, grezzo, bianco, raffinato, in bastoncini, a pezzi, di marzapane. A completare la dolce confezione, pezzi di canna vegetale, autentica e primigenia, testimoniavano dell'origine di tante ghiottonerie. Accanto al palato, l'olfatto si saziava grazie alla fragranza di un cesto di spezie che già aveva saturato l'immenso spazio della stanza con la sua presenza invisibile.

La sera mi presentai a tavola con il giacchetto foderato di ermellino, Guglielmo lo colse con lo sguardo e mi fece accomodare accanto a lui. Degli ospiti di quella sera ricordo sua sorella, contessa di Schwartzenburg, giunta da poco per il matrimonio, forte, energica, allampanata, affezionata al fratello, ma con giudizio. Alla mia destra sedeva Marnix de Sainte-Aldegonde, amico fedele e consigliere eccellente che Guglielmo mi presentò come il più gioviale e collerico dei suoi amici, ma soprattutto come il massimo polemista fiammingo. Aveva pubblicato, quindici anni prima, *L'alveare della Santa Chiesa romana*: un libello in olandese popolare, tradotto successivamente in francese. Le copie, in continua ristampa, andavano a ruba e i vescovi non facevano a tempo a confiscarle. Me lo descrisse come un manuale biblico di autodifesa ironica, contro l'insolenza della chiesa. Me ne avrebbe fatto avere una copia per impratichirmi con la lingua e per ridere un po'.

Era curioso del mio viaggio in Savoia che si fece raccontare nel dettaglio, interrogandomi sulle tappe che lungo il Rodano mi avevano portato a Ginevra. Lui era originario di un villaggio, anzi, di una frazione del Bugey, da cui traeva origine il suo nome in -ix. Nella zona se ne contavano parecchi di luoghi con quella stessa desinenza e mi snocciolò un elenco che andava da Ambutrix a Saint-Genix, da Malix ad Armix, per spostarsi verso Alix e scendere dalle parti di Chamonix. Gli dissi di essere a conoscenza dell'esistenza dell'ultima località, ma che, quanto al resto, non ne sapevo nulla, se non che mi pareva che laggiù, oltre alla x, piacesse molto anche la z.

Approfittai della sua esuberanza linguistica per chiedergli spiegazione della provenienza di una quantità di beni di consumo, a me sconosciuti, che notavo, lì ad Anversa, d'uso corrente. Marnix disse che niente di quanto vedevo era paragonabile alla quantità e alla varietà delle merci che solo un decennio prima transitavano ancora sulla Schelda. Il commercio britannico stava abbandonando la città per fissarsi a Middelburg e ad Amburgo. Le Fiandre erano capitolate. L'esercito di Alessandro Farnese marciava verso il nord. Maëstricht, Coevorden, Groninga, Breda, Eindhoven, Cambrai, Bruges erano perdute e in quel momento le truppe erano già sull'Yssel e tenevano sotto tiro la Gheldria. Questo non era profittevole per i mercanti anversesi, stanchi di guerre e tradimenti che impedivano i loro affari. Temevano lo spostamento definitivo della zona d'influenza mercantile più a nord e, quindi, quel che vedevo non era che una traccia del buon tempo passato.

Guglielmo non era in animo di querimonie e versò da bere nelle immense coppe di vetro che troneggiavano davanti ai piatti. Disse di non stupirmi, lì tutti bevevano molto, uomini e donne, e non era ammesso che l'ospite fosse da meno del padrone di casa, sarebbe stato un segno di inciviltà. Non mi feci pregare, si trattava di un vino del Reno, ma se ne avessi preferito uno francese, dell'Angiò o bordolese, avrei potuto scegliere. I portoghesi procuravano un'ottima malvasia da Creta e qualche vino spagnolo cui non si attribuiva molta importanza.

L'usanza di famiglia consigliava di bere soltanto a tavola, ma normalmente, nel paese, capitava che anche le donne cominciassero fin dal primo mattino, soprattutto nella cattiva stagione. Più si saliva verso il nord, più gli effetti dell'alcol – termine che Marnix attribuiva a Paracelso – erano meno evidenti, a causa del clima aspro che non poteva prescindere dal suo consumo, rendendolo necessario, addirittura consigliabile.

Raccontai dell'ospitalità di Flessinga, degli amici affettuosi che, in onore di Guglielmo, mi avevano cantato appassionatamente il *Wilhelmus*, dell'ansia premurosa per la sua persona. Lui ridacchiava, osservava Marnix e gli attribuiva la paternità del testo. Era stato lui a scriverlo e niente gli toglieva dalla mente che tutte quelle belle parole potevano anche essere lette, nella parte che lo riguardava, come una solenne presa in giro. Ma lui non se ne dava pensiero, anzi, ringraziava Marnix dei suoi perfidi *memento mori*.

Marnix andò in collera, appoggiò con violenza i palmi sul tavolo e si drizzò girandosi verso Guglielmo. Il suo volto venne così a trovarsi vicinissimo al mio e potevo contare il battito del suo cuore attraverso il pulsare del sangue sotto le tempie. Gli occhi arrossati minacciavano Guglielmo e il volume della voce divenne intollerabile quando disse:

– Sei un ingrato, forse preferisci le sirene dei retori, quelle che parlano di te come sintesi sublime della compassione di Davide, della prudenza di Salomone, della memoria di Ciro, dell'eloquenza di Tullio, della fermezza di Regolo, dell'integrità di Probo. Invece il *Wilhelmus* è tutto vero, ma non l'ho scritto per te, l'ho scritto per il popolo che ti ama come io ti amo.

Guglielmo impallidì e smise di ridere. Io osservavo di fronte a me la contessa di Schwartzenburg che, ricambiando lo sguardo, inarcò il sottilissimo sopracciglio come a dire, «È tutto normale, loro sono fatti così».

Marnix si sedette con fracasso, Guglielmo si voltò verso di me, si scusò per gli scherzi e parlò di loro, di quelli che cercavano di accrescere la sua importanza per trovare la forza di resistere.

Dipingeva un mondo semplice e ordinato che, per conservarsi tale, si era infilato in un cunicolo angusto che non prevedeva ritorno. Per dimostrarmi la tenacia e la serietà del popolo raccontò la storia di un gruppo di olandesi che, cacciati gli spagnoli dal loro territorio, avevano preso possesso di un monastero abbandonato dai monaci. Desiderosi di appropriarsi dell'edificio per trasformarlo in orfanotrofio a uso della cittadinanza, avevano deciso di armare una barca e di recarsi, via mare, fin da Guglielmo, per ottenere il permesso all'esproprio. Oltrepassata Leida erano stati depredati da una banda di pirati che venuti a conoscenza della missione – a dir loro inverosimile – avevano restituito il legno affinché portassero a termine un incarico tanto originale.

Quando Guglielmo li aveva visti arrivare, sporchi e affamati, al sentire la loro storia si era stupito, come i pirati. Ma poi, riflettendo, aveva pensato ai decenni di guerre, saccheggi, divisioni, ingiustizie e aveva guardato a quegli uomini come alla semenza sana e buona che cade nella terra grassa e dà frutto e li aveva abbracciati. Quel pugno di straccioni, spinti dalla necessità di ricominciare a vivere, conformemente a una regola nuova, convenuta, stabilita, riconosciuta, inalienabile, rappresentavano la speranza del futuro del paese.

Sostenni che forse l'abitudine all'autorità sovrana impediva loro di decidere da soli, ma Guglielmo ribatté che non si trattava solo di questo, quanto piuttosto del bisogno di ricostruire una comunità ampia, in cui i principi fossero rinnovati e sanciti. La rigidità dei raggruppamenti calvinisti del nord era intollerabile, ma la forza sorprendente che trovavano dentro di sé – come avrei avuto modo di constatare – li rendeva pronti a tutto, pur di conservare la libertà, scaturita dalla scoperta di un'autorità interiore.

Marnix sosteneva che stavamo assistendo a una trasformazione radicale da cui sarebbe uscito un mondo nuovo. Ci voleva del tempo e le prove da superare non erano finite. Gli olandesi erano come i metalli quando devono essere temprati. Forse, disse Guglielmo, il popolo delle province del nord era il più adatto a sperimentare le forme di potere meno accentrato, perché abituato a fare conto solo su di sé. Nella solitudine del vasto arcipelago nessun rappresentante del potere civile si avventurava a cuor leggero. L'organizzazione delle chiese della nuova religione, spostando l'autorità di Dio sulla comunità dei credenti, creava un organismo di rappresentanze incompatibile con il sistema delle investiture. Era la comunità a decidere per se stessa.

La sorella di Guglielmo, Caterina, si comportava con discrezione da padrona di casa e si capiva che, dopo la morte di Carlotta, era stata lei a prendersi cura delle nipoti. Le tre maggiori, Maria, Anna ed Emilia, trascorrevano la maggior parte del loro tempo presso il conte Giovanni di Nassau, unico fratello vivente, rimasto nei possedimenti di famiglia di Dillenburg, in Germania. Si spostava di rado, ma sosteneva Guglielmo con tutta la sua influenza e condivideva il suo piano di liberazione dei Paesi bassi. Gli altri tre fratelli, Luigi, Enrico e Adolfo, erano morti per la stessa causa, il primo nella battaglia di Heiligerlee, gli altri due a Mookerheide.

Caterina aveva sposato Gunther, conte sovrano di Schwartzenburg, ed essendo madrina della piccola Caterina Belgia, la portava spesso con sé. Fiandrina invece era ormai in Francia, affidata ai parenti della madre. Rimanevano in casa Luisa Giuliana di sette anni, Elisabetta di sei, Carlotta Brabantina di tre ed Emilia Antverpiana di due. Il maggiore di tutti, Filippo Guglielmo, di ormai quasi trent'anni, dal giugno del 1567 era prigioniero in Spagna, mentre Maurizio, all'età di sedici, studiava all'università di Leida. Parlammo delle bambine, del fatto che l'indomani la avrei incontrate, delle difficoltà per loro di capire il significato del mio arrivo, ma anche dell'abitudine a conoscere persone nuove.

Poi Marie prese congedo e Guglielmo mi accompagnò verso le mie stanze. Attraversammo un lungo corridoio dove gli arazzi si alternavano a lunghi specchi, cui erano fissati candelieri in ferro battuto, ardenti di innumerevoli fiammelle. I cavalieri con i loro cavalli, le dame e i palafrenieri, gli apostoli e i peccatori si inchinavano, dall'alto dei loro tessuti, al nostro passaggio, con impercettibili movimenti suggeriti dal tremolio delle luci. Si stava celebrando la cerimonia privata della nostra promessa e i passi rallentavano sull'infinito tappeto, in contrasto con il ritmo accorciato dei respiri. Accolti nei colori sanguigni della notte, ascoltammo per la prima volta il pulsare accelerato dei battiti, per un tempo finalmente franco. Sull'uscio delle stanze Guglielmo mi riconsegnò il gusto per la notte e mi avviai incerta, verso la breve solitudine del letto.

Insistetti caparbiamente nelle preghiere di ringraziamento intrappolate dal corpo. Gli sforzi di concentrazione si infrangevano contro una moltitudine di immagini che scorrevano all'impazzata dentro la mente. Alle mani sbiadite di Charles, a quelle offese di mio padre, a quelle sensibili dell'organista di Piccardia si sovrapponevano, d'imperio, quelle vigorose di Guglielmo, forti della comunicazione sensoriale che mi aveva stregata. Rinunciai alle esigenze dello spirito e di botto mi addormentai, di un sonno senza sogni.

Le massicce mura della fortezza favorivano un isolamento acustico che contribuì a prolungare il riposo ben oltre le prime luci del mattino. Mi svegliò l'impegno preso con le cinque bambine che immaginavo pronte a conoscermi. Avevo scelto, nel mio ultimo viaggio a Parigi, cinque bambole di media taglia, leggermente diverse fra di loro, ciascuna provvista di ricambi d'abito e di accessori. Mi ero premurata di controllare che fossero di fattura francese, pur sapendo di non poter competere con le splendide bambole tedesche, di cui erano state sicuramente provviste da zii e zie.

Guglielmo, nel presentarmi, tenne una mano appoggiata alla mia vita, come a dir loro del legame che d'ora in poi ci avrebbe uniti, poi, piegando le gambe, si sedette sui talloni e rispose, da una posizione di maggior parità, alle loro domande.

Guglielmo pareva trovarsi a suo agio in quel gineceo di donne minuscole, in gara per sedurlo. La più piccola, Emilia Antverpiana di soli due anni, mi sfidò con lo sguardo e soltanto la maggiore, Luisa Giuliana, ebbe gesti solidali, forse grazie all'omonimia, forse decisa a portare il confronto su un piano più elevato. Mostrò la sua abilità nel leggere e nello scrivere, in francese e in tedesco, indicandomi la corrispondenza che intratteneva con lo zio materno, Francesco di Borbone, giustappunto in attesa di una lettera che lo informasse della nuova madre in arrivo.

Il suo tedesco era migliore del mio e le chiesi di aiutarmi a perfezionarlo, lei accettò con entusiasmo offrendomi la sua stima per gli anni a venire. A dimostrazione della sua fiducia mi confidò di aver controllato, sulla carta geografica, il viaggio che avevo appena compiuto fin lì. La carta si trovava su un atlante, fresco di stampa, che Guglielmo aveva acquistato dai Plantin e ora stava aperto su un tavolo del suo studio. Se gli avessimo chiesto il permesso, lui l'avrebbe di certo mostrato. Era intitolato *Theatrum Orbis Terrarum*, dell'illustre geografo Abraham Ortelius, e quando lei, Luisa Giuliana, fosse stata grande abbastanza, il libro sarebbe stato suo.

Raccontò con orgoglio della tipografia del signor Plantin, descrivendola come la più efficiente del mondo; lì stampavano libri che piacevano anche ai bambini perché ricchi di figure colorate. Guglielmo tentò di sottrarmi alla sua scienza, promettendole che nei giorni a venire avremmo sfogliato insieme l'intero atlante, a patto che ci lasciasse il tempo di preparare il matrimonio.

Le bambole ebbero successo, anche se leggermente sproporzionate rispetto ai mobili in miniatura che lo zio di Dillenburg faceva fabbricare, apposta per loro, da un artigiano nativo dell'Hunsrück. Ma le bambine non vi diedero importanza e ci lasciarono volentieri alle nostre occupazioni, impegnate a vestire e svestire le cinque pupattole.

Il giorno precedente la cerimonia, arrivò a sorpresa, dai suoi possedimenti in Bretagna, mio cugino Guy Paul de Laval che non vedevo dai tempi dell'esilio a Berna. Mio fratello François l'aveva convinto a partire al posto suo, in rappresentanza della famiglia, data la relativa vicinanza e l'impossibilità per François di lasciare l'esercito. Non avevo mai neanche sperato di poterlo avere accanto alle mie nozze, ma fu, quello, l'unico motivo di sconforto. Interpretavo la sua assenza come il segno che prepara l'abbandono e pensai seriamente che non l'avrei più rivisto. La presenza attenta di Guglielmo mi impedì di pensarlo e Guy Paul ci intrattenne minuziosamente sullo stato dell'economia francese.

Da sette anni tasse e gabelle non facevano che aumentare e la ricchezza pubblica era in declino. Il re aveva favorito le tasse d'importazione, ma questo aveva favorito l'esodo delle manifatture da cui l'Inghilterra aveva tratto enorme profitto. Occupato a dilapidare le finanze, Enrico III aveva ottenuto dalla chiesa, a titolo gratuito, un milione e trecentomila tornesi, trasformati poi in tributo annuale e così facendo si era fatto ostaggio del clero.

I Guisa tramavano, senza fantasia, con gli spagnoli, e si temeva un nuovo giro di vite per le comunità protestanti di Francia. Tutte le speranze si concentravano sul rafforzamento di Enrico di Navarra e di Condé che, come disperati, cercavano aiuto ovunque: in Inghilterra, in Germania, in Danimarca, e François era con loro.

Il matrimonio si svolse in due tempi. La mattina del 12 aprile, nella sala dei ricevimenti del castello, avvenne la ratifica delle convenzioni civili, alla presenza del borgomastro, del viceborgomastro e del cancelliere della città di Anversa. Testimoni e garanti furono per noi il conte di Laval, il signore di Cormont, il signore di Vaufin, la contessa di Schwartzenburg e Marie, signora de La Noue.

La sera dello stesso giorno furono celebrate le nozze, propriamente intese, nella cappella del palazzo, alla presenza dei membri degli Stati generali e della cerchia di amici che Guglielmo aveva voluto con sé. Si fecero sentire le scariche di artiglieria e lo scampanio di rito, ma l'atmosfera, dentro la città, rimase fredda.

Il cappellano di famiglia, il pastore francese Loyseleur de Villiers, ebbe per noi parole di sincera simpatia e predicò sulla prima parte del secondo capitolo dell'epistola ai Filippesi. Là dove dice: «Se dunque v'è qualche consolazione in Cristo, se v'è qualche conforto d'amore, se v'è qualche comunione di Spirito, se v'è qualche tenerezza d'affetto e qualche compassione, rendete perfetta la mia allegrezza, avendo un medesimo sentimento, un medesimo amore, essendo d'un animo, di un unico sentire; non facendo nulla per spirito di parte o per vanagloria, ma ciascun di voi, con umiltà, stimando altrui da più di se stesso, avendo ciascun di voi riguardo non alle cose proprie, ma anche a quelle degli altri».

Ricordò che la chiave del matrimonio risiedeva nella capacità reciproca di riconoscere l'altro e che il gioco incrociato dell'attendere all'altro prima che a sé ci avrebbe dato la forza di sopportarci nelle parti meno nobili del nostro carattere. Si raccomandò di non dimenticare la regola principale: che si doveva giocare in due, pena la squalifica.

Guglielmo, a capo chino, ascoltava sorridendo con atteggiamento da ragazzo volenteroso, io lo sbirciavo rendendomi conto, di colpo, di non conoscerlo. Lo vedevo diverso, segnato dai suoi quattro matrimoni legali e da almeno un'unione illegale, e mi sentii tradita, vittima dei miei entusiasmi. Lì, in piedi davanti a tutti, percepivo soltanto una sua certa abilità nell'infilarmi l'anello, e qualche lacrima di rabbia, del tutto irragionevole, fu interpretata come l'attesa reazione femminile al coronamento dei sogni. Invano le esortazioni del pastore fioccavano dal pulpito e i canti di lode colmavano lo spazio, mi sentivo raggirata e confusa e il buonumore di Guglielmo andava a conferma della mia nuova certezza. Incapace di interrompere il filo negativo dei pensieri interpretai, per tutta la durata del banchetto, il ruolo della martire in terra straniera, ma per fortuna, di questa mia commedia, fui l'unica spettatrice.

Il matrimonio notturno era ritenuto, a ragione, di grande effetto. La luce delle torce, delle lanterne, delle candele e delle fiaccole, creava un'atmosfera calda che il cibo e il vino contribuivano a completare. La penombra favorevole e la cipria lattiginosa facevano risaltare i miei occhi nerissimi. Consapevole di essere al meglio della mia forma fisica temperavo la sensazione di camminare lungo un precipizio.

Forse Guglielmo notò qualcosa, forse si fece guardingo. Non mi perdeva di vista, e si adoperava per proteggermi da quella convivialità greve che colpisce certi uomini e si accentua con l'età. Gentiluomini rubizzi e sguaiati festeggiavano disfatti il trionfo dei sensi, attaccati ai corpi femminili come d'inverno il vischio sui rami. Poco distante un gruppo di invitati sghignazzava ai danni di una donna colpevole di «aver messo il mantello azzurro sulle spalle del marito». Non capivo che cosa ci fosse da ridere e nessuno rispose alle mie richieste di spiegazione, finché Marnix disse con semplicità che la signora in questione aveva tradito il suo sposo. Non conosceva la storia del mantello azzurro, ma si sarebbe informato, era un curioso modo di dire e mi avrebbe tenuta al corrente.

Nel colmo della notte Guglielmo mi sottrasse all'allegra compagnia: la maggior parte degli invitati era tornata alle proprie case o stanze e chi rimaneva non sarebbe stato in grado di notare la nostra assenza. Stringendomi forte la mano si scusò dei crapuloni e chiese ragione del mio sguardo insolito. Parlava con flemma e seriamente. Riconobbi l'equivoco, raccontai del timore di non riconoscerlo anzi, di non conoscerlo affatto, della paura di trovarmi al fianco un estraneo, una persona sbagliata, una creazione del desiderio, un'invenzione fantastica.

La stanza nuziale era tutta un arazzo e il letto un damasco. I passi, attutiti da un tappeto illustrato da labirinti intricati, frusciavano brevi. Guglielmo ascoltava, guardava, annuiva. Nel parlare non riuscivo a evitare i suoi occhi, scurissimi, incollati al mio volto, seri e tranquilli. E lui osservò:

– Sono tutte parole e con le sole parole non andremo lontano.

8.
Delft

Il 4 maggio Luisa Giuliana scriveva allo zio materno: «Caro Signore, il mio desiderio di conservare l'onore che mi fate di rimanere nelle vostre grazie, mi spinge a pensarvi e a inviarvi questa mia. Dato poi, che il signor di Vaufin, sul punto di partire, dopo le nozze, dice che vi vedrà, l'ho pregato di darvi questa mia e consegnarvi le ultime notizie circa il Signore mio padre e la Signora che ci ha fatto l'onore di amarci tutte quante, prendendosi gran cura di tutte noi. Insieme alle mie sorelle vi baciamo umilmente le mani, pregando Dio di darvi una buona salute e una vita lunga e felice. La vostra umile e obbedientissima nipote, serva vostra, Luisa Giuliana di Nassau e d'Orange, da Anversa, il 4 maggio».

La piccola mi chiese di leggere la paginetta prima di consegnarla al suo messaggero, per avere un giudizio formale, ma soprattutto per farmi sapere, a nome suo e delle sorelle, che il periodo di prova era stato superato con successo.

Dal canto mio scrivevo al fratello di Guglielmo, affidando la lettera al suo segretario in partenza per Dillenburg. Era la mia prima missiva, gentile e formale, cui molte sarebbero seguite, dirette al gentiluomo solitario che chissà quando avrei conosciuto.

Dal fondo della Francia Enrico di Navarra, informato dall'indefesso Vaufin, trovava il tempo di congratularsi con Guglielmo affidandomi al suo riguardo, augurandoci una vita di prosperità e di grazia, confidando che il nostro matrimonio potesse contribuire a rafforzare l'intesa dei due paesi.

Sul tavolo da lavoro di Guglielmo, accanto alla corrispondenza, stava appoggiato il mio regalo di nozze, il disegno a penna di Dürer, già di mio padre. Guglielmo mi aveva dato ragione, il porto era molto cambiato in quel mezzo secolo, così come la città e i suoi abitanti. Le armi avevano soffocato nella culla la città ideale, figlia del benessere e della civiltà, sottraendole la possibilità di perfezionare un modello che le congiunture della storia fanno scaturire, con parsimonia, nel corso del tempo.

Guglielmo, prima che fosse troppo tardi, voleva mostrarmela tutta insieme e, in una giornata resa limpida dal vento, mi portò a salire sulla torre altissima della città, alta quattrocentoventi piedi, costruita all'inizio del secolo. Ne parlava come se l'avesse progettata lui, toccava con la mano le pietre lavorate e voleva che ne cogliessi anch'io la consistenza.

La fatica dell'ascesa fu ricambiata dal lucore della visione aerea, ma la paura del vuoto mi fece arretrare, incerta fra meraviglia e vertigine. Cercai allora di tenere lo sguardo alzato, appoggiandolo al braccio di Guglielmo che, teso in avanti, disegnava, come un raggio, un cerchio infinito. Sulla linea dell'orizzonte comparvero, evocate dal dito indicatore, prima Gand, poi Bruxelles, Lovanio e più vicina, Malines. Case, villaggi, giardini galleggiavano nello spazio come pesci impigliati nella rete dei sentieri e delle strade. Il corpo di Guglielmo ruotava su se stesso e quando stava per chiudere il cerchio apparve, a portata di mano, l'estuario della Schelda poi, risalendo le acque, la lieve Zelanda, incollata a metà fra il cielo e la terra. Scherzai con Guglielmo sulla natura anfibia dei batavi, gente di terra e di mare in eguale misura, costretti a passare da un elemento all'altro, alla ricerca di un equilibrio impossibile, ma il richiamo del vuoto prevaleva su ogni diversione e volli scendere. Guglielmo faceva dello spirito sul mio colorito terreo e sul suo desiderio, contrapposto e impossibile, di poter volare.

Marie era frattanto partita, insieme al signor Vaufin, convinta a perseguire la strada dello scambio di reclusi per riappropriarsi di La Noue. Reputava la prigionia del marito una questione personale, si riteneva danneggiata e offesa dagli spagnoli che considerava come un popolo primitivo, dedito alla rapina. Con loro non serviva sprecare parole, occorreva trovare interessanti contropartite che sedassero la loro cupidigia. Ne aveva in mente parecchie e si accingeva a esperirle tutte.

Sapeva del mio interesse per la sua cappa blu e me la lasciò, insieme allo scialletto. Diceva che mi attendevano tempi difficili sul piano del guardaroba e che la monotonia della moda locale non mi avrebbe aiutata ad affinare il gusto. Le espressi riconoscenza per le attenzioni sollecite e per il mantello che avevo davvero desiderato per la sua bellezza, ma anche perché gli abiti conservano in sé le tracce dei loro padroni. Lei rise e ribatté che, più del manto, avevo bisogno di Guglielmo, l'unico che valesse davvero la pena in quella gigantesca palude.

Scrissi per ultimo a mio fratello François, che Vaufin avrebbe raggiunto nel sud della Francia. Non potendo comunicargli quel che davvero pensavo, misi per iscritto quel che lui avrebbe desiderato leggere. Non dissi che l'avrei voluto al mio fianco in occasione del mio matrimonio, per sottrarlo anche un solo giorno alla schiavitù della guerra. Non dissi della speranza che lui e Guglielmo potessero conoscersi, per incrociare gli sguardi in quel modo un po' forte, come fanno gli uomini. Non dissi che, se fosse morto, non l'avrei più rivisto nonostante io avessi bisogno di vederlo ancora una volta.

Gli raccontai invece di tutte le meraviglie che quella natura liquida offriva ai miei occhi, del coraggio e dell'intraprendenza degli ospiti, del carattere giusto di Guglielmo, del senso di pienezza offerto da una famiglia numerosa. Gli chiesi di Charles e lo scongiurai di tenermi informata, con affetto e sollecitudine.

Gli spagnoli, agli ordini del generale Farnese, si avvicinavano di ora in ora e il tempo imponeva una scelta: se rimanere accanto alla città, distante e rassegnata a piegarsi al nemico, o dare ascolto alle province del nord, impazienti di fare quadrato e contare i fedeli. La lentezza di Guglielmo era esasperante: il soldato voleva restare, ma il politico doveva partire, così il conflitto si protrasse fino all'estate, finché prevalse l'uomo di stato.

Gli spagnoli, guidati dal geniale italiano, persuadevano l'opinione pubblica, rassegnata e incostante, valendosi dell'opera sempre meno occulta dei gesuiti e dei loro partigiani. Una tenace tattica di logoramento ci spingeva a fuggire, per sottrarre ad Anversa il suo ultimo difensore.

Calunniatori e detrattori, impostori e fanatici scivolavano fuori dall'ombra e si moltiplicavano alimentando la violenza di chi non sa rispondere delle proprie azioni. Il popolo senza memoria, così attaccato al presente da ipotecare l'avvenire, si affrettava, bendato, a ripercorrere gli errori passati. Chi si era strappato le vesti dopo l'attentato a Guglielmo, vegliando e pregando per la sua guarigione, ora lo offriva agli spagnoli, al grido di traditore.

Guglielmo tuttavia li scusava, adirandosi invece con gli aristocratici, fragili e inquieti per il loro avvenire. – I nobili non servono più a niente – ripeteva – salvo quelli che sanno fare qualcosa, come il mio amico Egmont –. Con lui aveva sperato di difendere le province contro Filippo II. Egmont, generale vittorioso nella battaglia di San Quintino, era stato il maggior progettista di dighe e artefice di imprese di bonifica di vasti territori paludosi. Viveva, nel cuore dei frisoni e dei kennemerlandesi, come l'uomo dai grandi stivali che fa emergere dal mare le terre fertili.

Lui ed Egmont avevano rappresentato la sintesi straordinaria che intrecciava una nuova terra con un nuovo stato, finché Filippo II l'aveva chiamato a Madrid, colmandolo di attenzioni e di promesse, insistendo sul legame divino che vincola il nobile al sovrano. Mentre Egmont si lasciava incantare dalle atmosfere rarefatte dell'Escorial, a Bruxelles gli emissari del *rey* preparavano la resa dei conti.

Egmont, tornato in patria, si era accorto del raggiro e, per qualche tempo, si era riavvicinato a Guglielmo, convinto di voler resistere agli spagnoli. Poi un nuovo e ultimo cedimento fu coronato da un banchetto organizzato dal duca d'Alba per gli uomini di rango della regione. I poveri sciocchi capirono di essere caduti in un tranello soltanto quando constatarono che le porte del palazzo erano state chiuse dall'esterno. La rete si strinse su di loro e anche per Egmont non ci fu più speranza. L'inquisizione lo mandò al patibolo con ottantotto capi d'imputazione e la benedizione di Filippo II. Guglielmo non riuscì a giustificare il comportamento dell'amico e smise di sperare nei nobili e nella loro capacità di resistere. Io, ripeteva parlando di sé, senza Egmont sono rimasto zoppo.

Ora soltanto il nord avrebbe potuto opporsi alla riconquista, perché i ricchi mercanti, i commercianti, gli uomini di mare e il popolo costituivano una comunità, nutrivano lo stesso amore per il rischio, l'avversione per il servaggio e andavano pazzi per le storie di sciagure. Conti alla mano, sapevano che, senza la Spagna, sarebbero diventati più potenti e più ricchi. Per salvare il nord occorreva staccarsi dal sud, preparandosi ad affrontare, compatti, il nemico.

Una mattina d'estate una folla urlante si ammassò alle porte del castello. Uomini armati accusavano Guglielmo di nascondere truppe francesi all'interno della fortezza, intente a scavare trincee e costruire fortificazioni da usare contro la città stessa. Guglielmo li costrinse a controllare ogni stanza, ogni angolo, li scortò ovunque. Li mise in guardia dai raggiri, mostrò loro le imposture, neanche troppo nascoste, dei nemici di sempre, quegli stessi che pochi anni prima avevano mostrato alla popolazione inerme le raffinate crudeltà dei latini. Rifiutarono l'evidenza, con toni invasati raddoppiarono accuse, insulti e minacce. Giurarono che sarebbero ritornati, più numerosi e meglio armati.

La magistratura non rilevò la gravità del fatto, non volle o non ne ebbe il coraggio, e Guglielmo accettò il segnale della fine, anticipando la partenza alla volta della Zelanda, dove era atteso dagli Stati generali. Dedicò gli ultimi giorni a mettere per iscritto le istruzioni a riguardo del bene pubblico e le affidò a Marnix, designato borgomastro per l'anno a venire.

La mattina del 22 luglio mi svegliai all'alba, grazie alla magnifica luce riflessa dallo specchio della Schelda. Dalle lunghe e profonde finestre una lama splendente fendeva la nostra stanza, dritta verso il letto, mettendo in luce la testa di Guglielmo addormentato. Rimasi a guardarlo, come spesso accadeva la notte tardi o di primo mattino, per il piacere di scoprire qualche particolare nascosto e mandarlo a memoria. Controllavo la superficie diseguale del volto per trovare conferma della sua esistenza e per conservarne l'immagine, nel timore latente di una sua improvvisa scomparsa.

L'attesa del viaggio mi rendeva impaziente e ingannavo l'attesa osservando le linee della sua nuca, là dove i capelli si infittiscono per gradi. Giocavo a intercettare il movimento che il respiro riverbera dal centro alla periferia. Il caldo della fine di luglio aveva liberato i corpi dalle costrizioni invernali e la camicia, aperta sul collo, scopriva l'attaccatura delle spalle, la consistenza dei muscoli, la manciata di lentiggini sparsa sulla parte alta del dorso.

Guglielmo si stava svegliando, lo capivo dai movimenti che l'occhio nasconde sotto la palpebra. Si sentiva spiato e raccoglieva, tranquillo, la sfida a chi cede per primo. Resisteva all'esame e, alzando la posta, si girò dalla mia parte, simulando un sospiro lontano di sonno profondo, il mento alzato di chi non teme la prova. Fissavo i suoi occhi, stretti fra le palpebre e, convinta del potere dello sguardo avvicinai, pian piano, il mio viso al suo. Dalla mia posizione di forza contemplavo la maschera impietrita del volto che non lasciava trapelare alcun movimento. Giocai la mia ultima carta e usai, per provocarlo, il premio che avevo in serbo per consolarlo della sconfitta. Avvicinai lentissimamente la bocca al suo orecchio e bisbigliai:

– Aspetto un figlio.

Guglielmo spalancò gli occhi, afferrò la mia testa fra le mani e la serrò al petto. Soffocavo, ma non volevo perdere i segni dell'esultanza. Rimase così, finché notò il mio affanno. Solo allora allentò la presa, mi accolse nella sua spalla e si scusò per l'irruenza. Diceva che si doveva partire, che non dovevo soffrire il mal di mare, che avrebbe pensato a tutto, che quel figlio in arrivo era una benedizione inattesa, che ci avrebbe aiutato a considerare il futuro sotto una luce migliore, che sarei diventata ancora più bella e che ero la donna che aveva sempre desiderato. Era orgoglioso di me e ovviamente anche di sé, ma questo non lo disse.

Nel lasciare la stanza si avvicinò alla finestra, per indicarmi per l'ultima volta la grande muraglia e le torri che controllavano il passaggio delle navi. Mi disse di osservare bene tutto quanto perché quei magnifici volumi forse non li avrei più rivisti. Obbedii all'ordine così perfettamente che neppure una pietra si è persa, da allora, nelle immagini che conservo dentro la mente.

Mai Guglielmo aveva parlato tanto a lungo e mi stordì con le sue attenzioni. Occuparsi di me lo aiutava a scacciare i cattivi pensieri e a guardare in avanti. La partenza, quasi una fuga, si trasformò in viaggio propiziatorio, reso dalla mia gravidanza fertile di promesse.

Marnix ci accompagnò al porto, nel caldo mattino sonnolento. La città assisteva, muta, alla partenza del suo vecchio visconte, ingrata e assediata. Guglielmo rivolse al suo amico le raccomandazioni di un fratello e lo pregò di restare vigile e di non compromettere la sua vita, ché ormai erano rimasti in pochi e il soccombere era un lusso che nessuno si poteva permettere. Marnix rise di cuore e lo strinse forte secondo l'uso locale. Sulla spianata del porto, un francese e un tedesco si abbracciavano come i nativi, convinti entrambi di appartenere a quella terra.

Il porto ci permise di transitare senza ostilità, indifferente a questo sentimento. Le terre di passaggio conoscono le ragioni di tutti, assistono all'avvicendarsi delle pene e degli impeti, ma non ne trattengono gli umori. I porti non danno quel che promettono, ma rimettono in circolo quanto ricevono e capita che molti si sentano migliori, perché momentaneamente disponibili ad accogliere quel che respingerebbero altrove. La gente che parte dice di sé quel che non vorrebbe, forse per mettere a frutto il poco tempo rimasto, forse perché, dopo breve, nessun testimone sarà lì a ricordare.

Qualche anversese, devoto e intimo, alcuni cattolici indipendenti, molti protestanti disperati di dover, presto o tardi, a loro volta fuggire, ci accompagnarono afflitti. Chi ci tributò la propria stima, in quell'ora, seppe superare il malanimo figlio dell'abbandono, seppe fingere un arrivederci. Tutti sapevano ma nessuno avrebbe ammesso che quel 22 luglio, lì nel porto di Anversa, si compiva la fine di un'illusione.

Guglielmo osservava in silenzio, salutava con gli occhi, appoggiava la sua mano sulla spalla degli amici, sorreggeva i miopi con visioni lungimiranti; con passo accorto misurava il suo limite e, accettandolo, dichiarava la resa. Dentro di lui la volontà di battersi fino all'ultimo si fondeva con la certezza di essere uno strumento fragile e vulnerabile. In quella consapevolezza trovava pace e lasciava cadere dalle spalle il peso che non poteva più portare e che Dio, diceva, era pronto a raccogliere, perché era il più forte e il più generoso di tutti. La teologia elementare di Guglielmo non ammetteva repliche e chi la reputava superficiale commetteva lo stesso errore di chi disprezza il linguaggio dei semplici.

La piccola folla, disposta come una grande parentesi sulla spianata del porto, rimpiccioliva a vista d'occhio nel muoversi della nave verso nord-ovest. Guglielmo, dritto e rigido a poppa, le braccia conserte, aggrottava le sopracciglia per non sottrarre nulla alla vista della sua ultima Anversa, la magnifica Utopia che, cinquant'anni prima, già Moro aveva molto amato.

Scendendo l'estuario mi fece notare come, fino al secolo precedente, la direzione naturale del navigatore si sarebbe rivolta a est, verso il vecchio avamporto di Berg-op-Zoom. Ora invece il movimento positivo del mare e le tempeste avevano spostato l'ingresso ovest, nella direzione di Flessinga e Middelburg, verso l'isola di Walcheren. La nascita di questi avamporti era stata favorita dalla posizione, capace di accogliere navi di grande stazza, sottraendole ai bassi fondi alluvionali, al gioco delle correnti, all'alterno fluire di marea.

Le bambine, eccitate dal viaggio e rese più audaci dall'allentarsi della tensione, facevano la spola fra di noi e io assumevo l'apparenza ingannevole di giovane donna prolifica, un poco illanguidita dalla gravidanza incipiente. Questa nuova condizione mi saturava di energie e nessuna difficoltà mi parve, in quei mesi, eccessiva. Un senso di potenza diffusa completava la metamorfosi, resa evidente dalla luminosità della pelle, dalla vitalità dei capelli, dai movimenti elastici del corpo. Guglielmo mi osservava ringiovanire e si crucciava, a parole, di apparire troppo vecchio per tutte noi, ma i suoi occhi brillavano fieri.

Il mare di Flessinga ci accolse con quel riguardo che non aveva riservato a Filippo II in procinto di andarsene. Per tredici giorni il vento aveva gonfiato ondate gigantesche e aveva abbaiato, instancabile, affinché nel cuore del sovrano restasse impresso il segno del rancore batavo. Le forze degli abissi si erano unite alle sinistre correnti celesti per ammonirlo che sul mare si giocava la battaglia finale, per avvertirlo che l'oceano dichiarava la sua alleanza con il popolo anfibio.

Guglielmo era inquieto e volle raccontare di quando Flessinga, con un colpo di sprone, l'aveva costretto a uscire dalla lunga fase di resistenza passiva, nel pieno della rivolta dei pezzenti. A quel tempo credeva ancora che nessuna insurrezione sarebbe stata possibile senza l'appoggio dei nobili, colti, intelligenti, capaci e ben organizzati. In qualità di stathouder della Zelanda aveva impedito che la città desse riparo alle truppe dei rivoltosi che, costretti a far vela verso Austruweel, erano stati sconfitti e in millecinquecento erano morti. Sempre a Flessinga, quello stesso anno, gli spagnoli avevano imbarcato il suo primogenito, Filippo Guglielmo, dopo averlo rapito, tredicenne, mentre frequentava l'università di Lovanio.

I due episodi avevano colpito Guglielmo che si era percosso il petto per non aver accolto i rivoltosi e per non aver saputo prevenire il sequestro del figlio maggiore. La malattia, seguita alla disperazione, gli aveva offerto l'ultima occasione per riordinare le idee e mettere in moto la determinazione dei Nassau.

I quattro fratelli erano stati come un sol uomo fin dall'infanzia, trascorsa felice a Dillenburg, tra Francoforte e Colonia. Guglielmo parlava della madre Giuliana come di una timoniera esperta. Nel suo laboratorio, accanto al giardino botanico, pestava, disseccava, portava a fermentazione, distillava le piante officinali, trasformandole in medicamenti, polveri, pomate, liquori, infusi, impiastri, pillole, unguenti. La sua conoscenza del corpo umano si accresceva con l'esperienza e studiava le malattie, anche le più ributtanti, con l'atteggiamento di chi sfoglia un libro speciale. La lettura di piaghe, febbri, esantemi offriva al malato il conforto di una sicura farmacopea. Giuliana compilava i ricettari e raccoglieva le piante nelle ore più propizie della giornata e della stagione. Aveva istituito una scuola dove molti venivano da lontano per imparare tecniche e ricette.

Guglielmo parlava con entusiasmo di quella madre presente, ma al contempo occupata in mille esperimenti. La sua scienza applicata alla gastronomia era la più gradita ai figli che, ogni domenica, avevano diritto a un pane intrecciato e dorato come nessuno a ovest di Marburg. La contessa Giuliana, a detta del figlio, non conosceva gerarchie: tutto per lei era ugualmente importante, l'estetica come la morale, la religione come l'economia. Le sue gelatine di frutta erano trasparenti e colorate; i profumi che uscivano da armadi e cassetti avevano accompagnato i figli a crescere nel migliore dei mondi.

Quando Carlo V aveva voluto Guglielmo con sé, imponendogli il suo cattolicesimo, Giuliana, da convinta luterana, non aveva nascosto la sua disapprovazione, ma non si era opposta, certa che la strada dei figli non era la sua. Sosteneva che si trattava di una questione di tempo perché i buoni insegnamenti non vanno mai perduti. Seguiva i figli a distanza, li soccorreva nel momento del bisogno, li richiamava alla coerenza e all'onore, poi se ne andava verso i suoi alambicchi.

Nella parte più nascosta del parco aveva realizzato un labirinto di bosso dove i fratelli avevano giocato a smarrirsi, eccitati all'idea di sfidare le insidie di uno spazio mendace. Attratto dal dedalo vegetale, Guglielmo vi era entrato per primo, spinto dall'orgoglio di figlio maggiore. Sordo alle raccomandazioni materne si era infilato nel verde, per scoprire che l'enigma superava le sue possibilità poi, incapace di trovare l'uscita, si era rannicchiato per terra, esausto e infreddolito, ma fiducioso nell'arrivo di un salvatore.

All'imbrunire il suo cane, un bastardo di rottweiler, inquieto per la sua scomparsa, si era infilato nel fogliame, fedele all'olfatto. Guglielmo, nel riconoscerne il balzo, si era drizzato in piedi con dignità, ma il cane non si era fatto ingannare e aveva cominciato a leccarlo per riscaldare le membra intirizzite. Si erano così rotolati nell'amicizia primitiva, quella che non teme confronti, non calcola interessi e avevano posto le basi dell'intesa più forte che uomo ricordi.

Con le ultime parole del racconto svaniva negli occhi di Guglielmo l'immagine del cane e, con essa, l'eden di Dillenburg. Nessuno, su questa terra, poteva più salvarlo dal pericolo e il suo sguardo, fissandosi sull'oceano, ritrovò il disincanto della maturità. La figuretta nera che qualche attimo prima balzava ancora nell'iride era scomparsa, lasciando il posto al correre veloce dei banchi di nuvole.

Sbarcammo a Flessinga e ci affidammo alle cure degli amici già noti che non tardarono a complimentarsi con me per essere riuscita a convincere Guglielmo a tirarsi fuori dalla trappola di Anversa. Lui non obiettava, ma io sapevo che non gradiva il tentativo un po' ingenuo di dissimulare gli eventi. Nella tragedia, come nella noia, sceglieva il silenzio.

Io intanto imparavo a controllare la vivacità imprudente, gli entusiasmi irriflessivi, gli slanci dettati dall'impulso dei sentimenti. Guglielmo era, suo malgrado, un maestro e quando se ne rendeva conto faceva un gesto alto della mano, come per dire di non prenderlo troppo sul serio, e mi regalava dei fiori che gli abitanti delle province del nord coltivano su ogni pezzo di terra.

I fiori sono per gli zelandesi, ma ancor più per gli olandesi, un lusso che concedono a sé e alla terra su cui posano i piedi. Li seminano in ogni orto in ordine sparso; sono il simbolo della benedizione e della riconoscenza che devono al suolo rubato alle acque.

La breve vacanza di Flessinga preludeva ai mesi che ci aspettavano a Middelburg, dove stavano per riunirsi gli Stati generali e, dopo la segregazione di Anversa, approfittavo della bella stagione per camminare lungo i canali in compagnia delle bambine.

La gente del nord, in credito per i freddi inverni e ossessionata dalla pulizia della propria casa, preferisce sciamare all'esterno finché c'è luce. I mercati, le piazze, i canali mescolano suolo pubblico e attività private in una espansione ideale delle piccole e anguste abitazioni. I mestieri si svolgono sulla strada antistante la bottega, come propaggini intrecciate dove il lavoro si mescola alle chiacchiere affinché tutti siano informati di chi, durante la notte, è caduto in canale per il troppo bere o dell'obbligo impopolare di tenere accesi i lumi all'esterno, a proprie spese, al calar del buio.

Le donne strofinano la soglia di casa, così come l'interno, anche quando ogni traccia di sporco è ormai scomparsa. Inginocchiate a terra non sembrano massaie intente ai lavori domestici, ma sacerdotesse raccolte nell'adempimento di un rito che purifichi e scacci le tentazioni maligne.

Scivolare in incognito fra i costumi di gente tanto diversa mi metteva di buon umore e mi aiutava a non sentirmi straniera. I frammenti di vita raccolti ad Anversa, a Flessinga, a Middelburg, componevano un mosaico vivace e instabile che il buon senso mi consigliava di apprezzare, temperando il desiderio di raggiungere Delft come porto finale, stabile, sicuro.

Il tempo di Guglielmo era speso in incontri e trattative in vista degli Stati dove si sarebbe deciso, fra le tante cose, se continuare a trattenere le truppe francesi comandate dal maresciallo Biron. Guglielmo sosteneva l'importanza di non sguarnire il territorio, ma dovette cedere, per l'insofferenza degli olandesi nei confronti dell'esercito alleato.

Di nuovo Guglielmo fece atto di sottomissione, pur disapprovando l'ostinazione di quanti anteponevano la purezza dei loro ideali all'integrità fisica delle province. Inutilmente cercava di prospettare la grave disparità numerica delle forze e degli armamenti in campo. Altrettanto inutilmente raffreddava gli animi sugli ipotetici e sempre modesti rincalzi tedeschi e inglesi. Si innervosiva parlando dei calvinisti radicali che, a dir suo, preferivano combattere nudi piuttosto che farsi prestare un soldo da un luterano o da un ebreo, figuriamoci da un cattolico.

Le discussioni si protrassero per mesi, ma io non me ne accorsi, impegnata nell'attesa di un figlio e appagata dallo sguardo di Guglielmo posato su di me.

Lasciammo Middelburg nel mese di novembre per stabilirci a Delft. Data la sua posizione centrale rispetto al paese, sarebbe stato più semplice coordinare e tenere sotto controllo la situazione generale delle province, affinché non si facessero trovare impreparate dal nemico. Di lì Guglielmo avrebbe intensificato le relazioni con la regina d'Inghilterra, diffidente nei confronti di un paese ostile ai regimi monarchici. Considerava l'olandese un popolo di insubordinati, ma non le sarebbe dispiaciuto mettere un piede nella regione che cominciava a considerare di sua proprietà, da quando gli esuli delle province del sud avevano attraversato, a migliaia, il braccio di mare, per chiedere asilo alle coste inglesi. Esuli di tutto rispetto, ottimi commercianti e mercanti orgogliosi che con il loro lavoro e le loro relazioni onoravano il debito offrendo al mercato inglese un impulso importante.

La navigazione, gonfiata dai venti freddi del novembre avanzato, procedeva a rilento, costeggiando il fantastico garbuglio dell'arcipelago in emersione, minacciato dall'offensiva invernale. Le guance violacee delle bambine lampeggiavano qua e là, in forte contrasto con le cuffiette chiare e il bruno dei mantelli.

Nell'avvicinarci alla città di Delft le acque improvvisamente tranquille riflettevano le lunghe ombre dei palazzi offuscati da una prima linea di nubi, basse e minacciose, dietro le quali uno squarcio di cielo rischiarava gli edifici lontani, portando in risalto giochi di tetti rossi contornati di bianco. L'imbarcazione, entrando nella linea oscura, sfilava davanti a qualche battello luccicante di umidità, quella stessa che si arrampicava sulle fortificazioni retrostanti, muschiate dal tempo. Un'avamporta, fiancheggiata da garitte dai tetti aguzzi, scivolava a destra, indifferente al nostro passaggio, già protesa verso nuovi postulanti: una chiatta da alaggio senza vele, qualche gran barca dal fondo piatto, per il trasporto delle aringhe.

Delft esibiva una personalità schiacciante nella sua proporzione misurata. La scrutavo, attratta e interdetta dall'unitarietà del suo respiro, restia a entrare nelle tenebre dei suoi meandri, ma sorretta da quella luce là in fondo che, oltre gli alberi spogli, indicava nitidamente una meta. Guglielmo spiava qualche mia reazione con occhio fermo, senza batter di ciglia. Guardavo guardata e la sua mano, appoggiata sulla mia vita, irradiava calore invitandomi a osservare, con ritmo disteso, il paesaggio urbano che flottava sulla sua radice fluida. Immobili davanti a Delft, consumavamo con parsimonia i più lunghi minuti della nostra vita comune, rapiti dalla corsa delle nuvole sulle murate, riluttanti a muovere il passo verso la città così ben annunciata.

Dal 1572 Guglielmo aveva posto la sua dimora nel piano superiore del chiostro del convento di Sant'Agata, chiamata da allora Prinsenhof. Per l'esattezza si trattava della porzione nord-est, confinante con il canale e con il fossato di cinta. Tre porte ne garantivano l'accesso; quella nord era riservata ai nostri appartamenti che, al primo impatto mi parvero severi, silenziosi, defilati, del tutto inadeguati al ruolo ricoperto da Guglielmo in quel paese. Le mura spesse e imponenti ospitavano profondi corridoi in cui si infilava il vento di settentrione, vero padrone della dimora. Le cavernose oscurità dell'edificio venivano violate dalla magnifica vista che si godeva aprendo le finestre. Il canale, i viali alberati, il trascolorare delle stagioni fendevano il buio e invitavano ad approfittare dei brevi raggi di sole per uscire allo scoperto. Come tutti gli olandesi riprendemmo l'abitudine, inaugurata a Middelburg, di vivere all'esterno in qualsiasi stagione dell'anno.

Il regalo nuziale mi aspettava nel cortile del convento: una lussuosissima carrozza italiana, dotata di sospensioni capaci di attutire qualsiasi colpo o sobbalzo. Neanche in Francia avrei potuto desiderare di meglio e lasciavo volentieri le carrette locali alle ossa robuste delle signore olandesi. Consapevole della situazione disastrosa delle finanze di Guglielmo, nel ringraziarlo lo trattai da incauto e lui alzò le spalle ammettendo che l'entità dei suoi debiti era tale da non subire variazioni.

A più di sei mesi dal matrimonio mi fu finalmente possibile mettere mano al sontuoso bagaglio confezionato a Lierville, prima della partenza. Ero stata previdente e nulla fu di troppo: la spinetta fu sistemata nella stanza più luminosa, ai piedi delle lunghe finestre vestite di tende rosso fiammeggiante, che riscaldavano l'ambiente con riflessi di fuoco. Con la stessa stoffa feci rivestire il letto a baldacchino, nella speranza che quel colore ci proteggesse dal freddo e dall'umido da cui i nostri corpi non potevano difendersi.

Quell'anno arrivò alla fine in un'atmosfera di calma relativa: le truppe del Farnese, attestate sull'Yssel, minacciavano la Gheldria, indebolita dalle trattative che lo stathouder conte di Berg – e cognato di Guglielmo per aver sposato sua sorella Maria – aveva intrapreso con il nemico. Le truppe degli Stati, intervenute appena in tempo, avevano fatto incarcerare l'intera famiglia, figli compresi.

L'avvicinarsi del pericolo scopre le carte dei giocatori: amici insospettabili rispolverano invidie mai sopite e le buttano nel calderone dello scontro. Aspri avversari e fermi oppositori serrano invece il fianco e ripudiano i non detti con gesti di tregua.

Il Gran pensionario Barneveldt aveva messo a punto, nella vicina Rotterdam, uno stratagemma che conferisse a Guglielmo i poteri sul principato d'Olanda, svincolandolo definitivamente dall'antica soggezione feudale tedesca. Le Province unite avevano passato buona parte dell'anno a discutere se dotare Guglielmo dei pieni poteri e alla fine avevano scelto un sistema complesso ma efficace. Guglielmo non avrebbe prestato alcun giuramento di fedeltà, ma non avrebbe potuto né dichiarare guerra, né firmare la pace, né cambiare titolo o peso della moneta, né perseguire alcuno per questioni di fede o di coscienza. Il potere centrale aveva quindi dei limiti costituzionali. Il saggio Barneveldt, con uno scatto finale d'orgoglio, aveva infine ottenuto che la lingua ufficiale delle province non fosse più né lo spagnolo né il francese bensì l'olandese.

Quanto alla religione, pareva allora che gli olandesi fossero in grado di arginare i fanatici. Non era ancora arrivato il tempo in cui si sarebbe proibito anche il pane allo zenzero. A san Nicola tutti i bambini misero in fila i loro zoccoli davanti al camino nell'attesa dell'apparizione dei regali. La vigilia, i panettieri raccolsero intorno a sé i ragazzini del quartiere per decorare con carta d'argento i pani di spezie. Nella notte nessuno rinunciò alla birra doppia, al vino, all'acquavite e le autorità dovettero intervenire per sedare gli ebbri.

Nelle campagne le mucche furono accompagnate all'aperto e tutti ebbero latte zuccherato e biscotti. A Rhynsaterwoude i più giovani di quattordici e i più vecchi di settanta trovarono sull'argine del polder di Wassenaar secchi di latte e dolci d'ogni tipo. Tutti, ma soprattutto i poveri, avevano diritto, in quella notte, a qualche leccornia.

Grazie al coro femminile, appannaggio della nostra nuova famiglia, il convento di Sant'Agata ebbe la sua dose di carole e la cappella ci accolse con benevolenza. Il Signore tolse per qualche ora dalle spalle di Guglielmo il peso che soleva portare nell'esatta proporzione accordatagli e la luce delle candele, che tanto si confaceva ai nostri sguardi, brillò fino a tarda sera.

Guglielmo, prima del pasto serale, pregò con quel suo modo un po' semplice e schietto per ringraziare dei cibi, dei legami d'affetto, della buona salute, del soccorso nella prova. La sua grande cultura si umiliava, nelle preghiere serali, impostando un rapporto con Dio quasi infantile, elementare, ma forte di una dimensione arcaica, libera dalla necessità di definirlo.

La sera avevo fatto sì che dolci inconsueti fossero serviti alla nostra tavola. Da un commerciante francese avevo comprato un cestino di marron glacés e avevo preparato delle figure di marzapane, mettendo a bagno le mandorle per un giorno e una notte, pressandole per eliminare l'olio, aggiungendo pari quantità di zucchero e infine pestandole fino a ottenere una pasta ammorbidita dall'acqua di rose. Era il mio primo esperimento su ricetta olandese; non ero una gran cuoca, non mi piaceva cucinare, ma la golosità mi dotava di un talento naturale. Guglielmo scherzò sul fatto che i miei dolci, a forma di omini, in quanto immagini erano a rischio di furie iconoclaste, poi preparò l'*ypocras* mescolando, a caldo, vino del Reno zuccherato, appena allungato con l'acqua, cannella, chiodi di garofano, zenzero.

Le scarpette nel camino attesero fino all'alba quando, fra i vari regali, ciascuno ebbe un paio di pattini per affrontare il canale quando, fra breve, sarebbe gelato. La piccola Emilia, troppo giovane per pattinare, ricevette una poltroncina in legno munita di lame.

La mattina del primo dell'anno la famiglia al completo uscì per controllare il formarsi del ghiaccio sulle acque vicine. Chi ci incontrava diceva, con grandi sorrisi e un abbozzo di inchino, – Buon anno Guglielmo.

Lo chiamavano così, soltanto con il nome di battesimo, come se fosse uno di loro.

9.
1584

Il gelo scese velocemente su fiumi e canali, spingendosi fin verso la riva del mare. La gravidanza inoltrata mi impediva di uscire a godere dei piaceri dell'inverno che riunivano, nelle domeniche appena soleggiate, olandesi di ogni condizione sociale. Nei racconti di Guglielmo e delle bambine vedevo i pattinatori scivolare zigzagando fra le barche intrappolate dal ghiaccio e i genitori affannarsi a tenere i figli lontani dalle fenditure, dove qualche sfortunato si dibatteva, in attesa che si trovasse una scala per trarlo in salvo.

Padre e figlie ridevano di una ragazza cui, nel cadere, si erano sollevate tutte le vesti, e di un signore vecchissimo che si trascinava su una slitta troppo piccola per lui, spingendosi con due corti bastoni. Guglielmo cercava di spiegarmi il funzionamento di un ponte a bascula, reso temporaneamente inutile dallo strato di gelo che ricopriva il canale, e si divertiva a descrivere un tale che si faceva trainare, aggrappato al mantello del compare.

Le bambine avevano imparato a sfilare allacciate l'una all'altra, piegando il corpo ora a destra, ora a sinistra, come un grosso bruco ubriaco. Si erano rifiutate di indossare mantelli e pellicce perché, da vere pattinatrici, preferivano sovrapporre gli abiti domestici foderati di lana, per non intralciare i movimenti. Affinché io potessi comprendere lo sforzo di concentrazione richiesto da tanta abilità, mi mostravano ripetutamente le mosse necessarie a tenersi in equilibrio e scintillavano d'orgoglio per essere riuscite a evitare un giovane contadino che sfilava tranquillo con un gran cesto di uova.

Rivivevano così, anche in casa, le emozioni provate e la loro esuberanza scompigliava l'immobile austerità della dimora.

Gli olandesi autentici, confermava Guglielmo, si distinguevano dal resto del mondo proprio perché non usavano il mantello e vestivano a strati, fino a sette gilet e nove paia di calzoni, cosicché le anche cominciavano, di fatto, sotto le ascelle. Le donne, dal canto loro, per ogni calzone del marito infilavano una sottogonna.

Maurizio, il figlio di Guglielmo universitario a Leida, era venuto a trovarci per le vacanze e raccontava di un celebre pattinatore che impiegava, con un buon ghiaccio, soltanto un'ora e un quarto a coprire il tragitto Amsterdam-Leida e della modernità dell'Aia dove, di notte, si danzava sui canali alla luce delle fiaccole. Luisa Giuliana sognava di diventare una grande campionessa, come quella Judith che si era distinta nelle competizioni cittadine.

Il giorno precedente la partenza del figlio, Guglielmo portò i più grandi a fare un giro su una slitta colorata, trainata da un cavallo ingualdrappato con pennacchi e sonagliere e, nella memoria di tutti loro, quello diventò il ricordo più evocato.

Maurizio avrebbe compiuto a settembre il suo diciassettesimo compleanno. Lo sbirciavo al fianco del padre e notavo una differenza profonda che nel carattere si faceva assoluta. Brusco, rozzo, attivo, materiale, con una abilità particolare nel prendere le decisioni, era infastidito dalla riflessività paterna che considerava un limite, un segno di angusta pavidità. Non li univa una grande intesa e qualche rancore lampeggiava nell'occhio del giovane. L'affetto di Guglielmo si segnalava, invece, attraverso una considerazione e una stima palese. Parlando della prossima caduta di Anversa Maurizio esibiva tutta la carica di un giovane condottiero, già si immaginava protagonista di azioni vittoriose e spiegava al padre le debolezze tattiche dell'esercito spagnolo. Reputava il Farnese un nemico apprezzabile, temibile e astuto, ma sosteneva che l'essere servo della Spagna l'avrebbe indebolito, privo com'era della necessaria libertà d'azione. Su questo, padre e figlio concordavano e confidavano nei limiti della smisurata, ma mercenaria, potenza spagnola.

Maurizio mordeva il freno. Guglielmo, viceversa, lo guardava con compiacimento, come si osserva chi è molto diverso da noi, ma da cui, per qualità a noi precluse, ci attendiamo molto. C'era da parte del padre un'anticipazione del passaggio di consegne che mi fece rabbrividire, quel mettere il futuro nelle mani del figlio mi indispose nei confronti del giovane. Imbarazzata dai miei stessi pensieri, ricambiai la gentilezza formale tenendomi ai margini della loro relazione e raccolsi le mie osservazioni a futura memoria, nella speranza di non dovermi trovare mai in disaccordo con lui.

Il mese di gennaio, l'ultimo prima della nascita, mi vide occupata nell'organizzazione del tempo del parto. Dei travagli di mia madre avevo scarsa memoria e, fra i ricordi fantastici dell'infanzia, non conservavo alcun argomento pratico. La nascita dei miei fratelli generava un gran movimento nelle stanze dei genitori. Lì veniva assorbito tutto il calore e le energie dei parenti e dei domestici che, nella loro frenesia, creavano un'atmosfera di festa e di allegra tensione.

In quelle ore non desiderai mia madre né figure familiari, cercai piuttosto una guida cui affidarmi su un terreno sconosciuto, una guida esperta e risoluta, libera dalle indulgenze degli affetti.

Cornelia, la levatrice di famiglia, era una donna di mezza età, capelli corvini, sguardo diretto e maniche rimboccate sugli avambracci paffuti. Esercitava il suo dominio con fare pratico e deciso, pressoché autoritario, e io ubbidivo, come mai prima di allora. Leggevo sulle sue labbra scampoli di scienza medica, applicata a centinaia di donne prima di me, e seguivo le prescrizioni alla lettera, convinta di far bene. Digiunavo nei tempi stabiliti, sorbivo infusi vegetali, osservavo, distesa nel letto coniugale, il crescere degli arredi necessari alla circostanza.

Cornelia considerava il vimine più pratico e maneggevole del legno e furono quindi di giunco la culla, i paraventi, lo scaldabiancheria, le grandi ceste dove si accumulava un guardaroba in miniatura. I medici di Delft la stimavano e la trattavano con deferenza, quasi come una di loro. Poteva capitare che qualche paziente la chiamasse anche in caso di malattia. Aveva prestato giuramento presso la municipalità e adesso godeva di uno stipendio, di un'abitazione e dell'esonero dalle tasse sulle bevande alcoliche.

Cornelia si rivolgeva al mio corpo materno con la semplicità di una contadina e, nell'avvicinarsi del momento del parto, cresceva fra di noi una tensione simpatetica ed esclusiva che trasformava i luoghi privati e femminili nel centro dell'universo.

Guglielmo trascorreva parte della sua giornata nell'ala opposta della Prinsenhof, laddove si erano stabiliti gli Stati generali, la Corte d'Olanda e la Corte dei conti. Il chiostro di Sant'Agata era stato, parecchi anni addietro, sede del priore cattolico Musius, uomo dal carattere amabile e dalla mente aperta. Guglielmo si era spesso intrattenuto volentieri con lui; l'abate lo faceva accomodare sulla sedia vescovile e avviavano, loro due soli, lunghe discussioni sulla libertà di coscienza.

Poi il conte di La Marck, capo dei Pezzenti del mare, alleato di Guglielmo ed eroe di Brielle, aveva attirato il vecchio Musius in un tranello e l'aveva ammazzato con l'intolleranza crudele che lo contraddistingueva. Guglielmo non aveva simpatia per La Marck, ma era consapevole della forza dirompente e selvaggia dell'alleato, capace, più di ogni altro, di contrastare in regime di terrore anche le truppe del duca d'Alba. Tuttavia il rimpianto e il rispetto per Musius restavano in lui, insieme alla convinzione che, a volte, una perdita in campo avverso può recare danno maggiore di tanti lutti nelle proprie fila. Guglielmo non riusciva a provare assuefazione nei confronti della guerra, anche se era evidente a tutti che soltanto il sangue e la violenza avrebbero risolto la contesa. Credeva nella mediazione e anteponeva le parole alle armi, ma il tempo breve, sempre in agguato, gli era ostile e lo teneva in scacco.

Un giorno, mentre camminava in corridoio, rasente la parete, urtò inavvertitamente il ritratto di un notabile appeso al muro e, inconsapevole dell'equivoco, si scusò con lui. L'aneddoto divenne di dominio pubblico e ne ridemmo a lungo insieme al medico di famiglia che, pur magnificando l'ottima salute dell'Orange, lo metteva in guardia dai pericoli causati dagli eccessi del pensiero. Lo immaginava travolto da una carrozza, annegato in un canale, disperso nelle nebbie invernali. Guglielmo tuttavia sapeva tenere il cervello a posto e, al termine delle lunghe giornate di consultazione, mentre faceva il giro del palazzo ed entrava in casa, la sua mente si svuotava, senza farsi prendere da tutto quel che c'era prima e da quanto sarebbe potuto accadere.

– Chi vive nel timore del pericolo – affermava – perde il gusto per la vita e quindi è già morto.

Si sedeva sul letto, misurava con lo sguardo la circonferenza dei miei fianchi e controllava che tutto fosse in ordine. Si informava, con puntigliosa competenza, su quel che si preparava per cena, così da scegliere i vini. A tavola distribuiva il suo fascino a uomini di stato, nobili e ambasciatori, distruggendo il mito del fuorilegge senza Dio che cresceva appena oltre i confini delle province. Chi avesse bevuto con lui, almeno una volta, di certo sarebbe ritornato, se non altro per condividere l'atmosfera di benessere che sapeva creare per i suoi commensali.

L'innervosiva che la levatrice mi impedisse di mangiare secondo il mio piacere e si dichiarò esperto in diete per gravide. Provò a discuterne con Cornelia, ma lei, fissandolo negli occhi, antepose la mia salute al suo parere.

La notte del parto arrivò puntuale, come da previsione, e in un baleno la stanza si trasformò in cantiere. Tazze, barattoli, pentole fumanti, catinelle e lenzuola, asciugamani, profumi di spezie e legna bruciata diedero il via alla danza del corpo, al contrappunto del fiato e alla vigilanza dei sensi. Cornelia, affiancata da una giovane apprendista, mi asciugava il sudore e mi inumidiva le labbra. Dritta, sul fianco di una sedia sdraio voluta da lei per facilitare il travaglio, dirigeva le operazioni, mi insegnava a riconoscere i segnali, a favorire le spinte positive, a inibire quelle negative. Premiava la disciplina impartendo secchi ordini in franco-fiammingo che raggiungevano la parte obbediente del cervello. A braccia conserte si faceva interprete fra me e il bambino, con la pervicacia di un ufficiale di collegamento nel colmo di un conflitto.

Considerò giovevole l'apparire dei primi capelli, e lo sgusciar della testa un fatto compiuto. Le mani si muovevano su di me come quelle del fornaio sulla pasta del pane, in una urgente intimità. Simile all'animale sospinto da istinti sconosciuti, affondavo nel dolore della carne senza pudore, assimilata, nel muoversi della materia, all'uguale sentire che non distingue i viventi. L'eccezionalità dell'esperienza trasformava il dolore in onda attiva e generatrice, sostenendo con lena lo strappo del corpo.

D'improvviso tutto si placò e il mondo percettibile tornò ad affacciarsi alla vista e i sensi corsero verso la guancia di seta che Cornelia offriva al mio fianco. Il primo contatto con mio figlio fissò nella mente un punto sublime dell'esperienza tattile, l'incontro di potenza e fragilità congiunti dentro due palmi di mano. L'urlo atteso richiamò il padre che emerse, rallentato, dal vano della porta. Il primo sguardo a rassicurarsi del mio stato scese sul piccolo maschio, improvvisamente suo.

Guglielmo s'intendeva di bambini, tanti ne aveva avuti e i suoi lineamenti tradirono un senso di compimento nel prendere in braccio l'ultimo nato. Lo sorreggeva disinvolto, con ostentazione, forse con fierezza, e osservava il viso minuscolo e acceso dandogli il benvenuto, prima in francese poi in tedesco e infine in olandese. Cornelia approvava e disponeva al riordino lo spazio sconvolto scivolando fra di noi senza fiatare, seguendo una direttiva che non ammetteva deroghe finché anche il lume si spense e mi addormentai.

Gli Stati generali avevano scelto, come padrini del nascituro, Enrico re di Navarra e Federico re di Danimarca; per questa ragione nostro figlio si chiamò Frédéric-Henri. Guglielmo scrisse anche a Condè e al fratello Giovanni, per informarli e invitarli al battesimo, stabilito dagli Stati per il 12 giugno.

Nelle settimane che seguirono la mia attenzione si attardò sul neonato, assorbita dalla potenza del legame di sangue. Guglielmo usciva spesso, passeggiava sui canali, chiacchierava con artigiani e operai incontrati per strada, avvolto in un vecchio abito consunto perché, diceva, eravamo diventati poveri e non bisognava averne vergogna. Discuteva, insieme al birraio, del rialzo dei prezzi che aveva intaccato il benessere raggiunto dalle province nei primi due terzi del secolo. I Torbidi, l'embargo ciclico di terra e di mare, avevano ridotto il vigore del commercio e dei mercati, incapace di controbilanciare le annate di carestia. La prosperità, ormai alle spalle, aveva nutrito per alcuni decenni persino i più indigenti e non già soltanto con orzo, segale e formaggio, ma con frumento, burro, uova e carne. La guerra li riportava alla segale e il birraio accusava, sopra ogni altra cosa, l'aumento dell'orzo. Ragionavano dell'impossibilità, per un'economia già internazionale, di rientrare in ambito regionale, prova ne era l'aumento della mortalità e la diminuzione delle nascite. L'aspettativa di vita è figlia del mercuriale di borsa, diceva Guglielmo, il birraio gli dava ragione e aggiungeva che neanche si potevano costruire le abitazioni, per quanto costavano la calce e i mattoni.

Troppo presa dalle attività di cura non mi avvidi della preoccupazione di Guglielmo finché mi accadde di leggere una lettera diretta al fratello che diceva pressappoco così:

Voi mi dite che c'è della gente così presuntuosa da toccare la mia coscienza e il mio onore, cosa che troverei stravagante se non avessi imparato a conoscere l'ingratitudine degli uomini e il loro desiderio sfrenato di parlar male. Quanto al mio onore, giacché devo difenderlo, mi sarà concesso, parlando a mio fratello, di esprimermi con maggior ardimento che se parlassi con un estraneo. C'è forse qualcuno che possa gloriarsi (sapendo che la gloria spetta soltanto a Dio) di aver lavorato, sofferto, perduto, più di me, per fondare, far crescere, difendere le chiese? Se ne abbiamo perdute, che Dio mi aveva dato la grazia di conservare, è perché non hanno voluto seguire i miei consigli, tutte le chiese che mi hanno obbedito, sono salve.
Vi prego, fratello mio, di rispondere per me e di dire a chi si conviene di voler fare meglio di me e se così sarà lo seguirò e conserverò il suo onore. Vi prego di venirmi a trovare, soprattutto perché, finché questa guerra durerà, avrò bisogno dei vostri consigli e di quanto potrete offrire alla causa buona e giusta che perseguirò fino alla fine dei miei giorni.
Non cercherò l'accordo con lo Spagnolo, sarebbe la rovina delle chiese, di questo e di altri paesi, una tirannia generale su tutti gli uomini e la distruzione delle nostre abitazioni. Ci sono state date dai nostri antenati e io mi impegno, finché ne avrò il potere, di conservarle per i posteri.

Il tono grave della lettera, mi obbligò a guardare il precipizio che si apriva davanti a noi. Mi ero illusa che il peggio fosse ormai alle spalle e che Delft, ancorché severa, fosse un luogo sicuro. Ma la percezione di aver toccato il fondo è soltanto uno stratagemma che la mente umana elabora per tirare il fiato, mentre la volontà di resistenza cede al logoramento dello spirito e anche i migliori dubitano di se stessi. Qualcuno accusava Guglielmo di non aver fatto il possibile, forse di non aver osato abbastanza, qualche altro spingeva per un accordo con gli spagnoli.

Spiavo i suoi sguardi e lo vidi in difficoltà. Gli dissi della lettera, pregandolo di non nascondermi il peggio, il sapere mi avrebbe reso più forte, non certo il contrario. Con occhio feroce mi comunicò il suo disappunto per le attenzioni non richieste, voleva essere libero di irritarsi senza allarmarmi, sosteneva che parlare dei problemi non faceva che moltiplicarli. Mi avrebbe informato, ma controvoglia, perché mi riteneva in grado di capire senza dover cedere ai dettagli. Difendeva il diritto a conservare, il più possibile, qualche spazio di naturale quotidianità che rifiutava di sacrificare alla voracità della guerra.

Si offese quando gli parlai del suo umor nero, e affermò che, con tutta la mia competenza in fatto di sentimenti, non ero neanche in grado di distinguere un rovello della ragione da un moto dell'animo. Troppo grande era il piacere che la vita ancora gli riservava per sciuparlo con emozioni avare di speranza.

Non riuscivo a capirlo, attribuivamo un significato molto diverso ai fatti. Lui li usava per avvalorare le sue tesi, io li registravo, trovando in ciascuno qualche elemento di suggestione. La mente di Guglielmo trasformava meccanicamente le informazioni, la mia tendeva a conservarle con maggior rispetto. Nell'economia dei temperamenti, lui risultava più positivo, ma io più vivace, lui vedeva lontano, io vicino, e se l'inciampo era a un palmo dal naso ero io la prima a rendermene conto. Mi disse che ci eravamo sposati per questo, scegliendo un ottimo argomento di tregua.

Guglielmo non credeva alle premonizioni, ma si sentiva braccato; da Marnix gli erano arrivate conferme dell'uragano di calunnie che soffiava da sud verso nord e l'aveva pregato di voler partecipare al battesimo di nostro figlio, cogliendo così l'occasione di parlargli a quattr'occhi. La presa di Anversa avrebbe accorciato le distanze dal nemico e quella manciata di terra, strappata alla Spagna, centimetro dopo centimetro, avrebbe rischiato di cedere.

L'apprensione si appuntava sull'ambasciata partita alla volta della Francia per invocare, in accordo con gli Stati, un estremo soccorso prima dell'attacco finale. La regina Elisabetta teneva la contabilità dei suoi forzieri e i tedeschi erano lenti, pesanti e impegnati nei loro conflitti interni. Le province apparivano più che mai uno straccetto in balia dell'impero.

La pupilla di Guglielmo si stringeva per evitare l'abisso. Forse aveva ragione lui, ci sono argomenti che raffreddano rapidamente le parole, che si frantumano creando un vuoto peggiore del silenzio. Guglielmo scivolava su un terreno sconosciuto, si accingeva ad accettare la rovina e la distruzione del popolo e del paese che aveva contribuito a liberare, ma per far questo aveva bisogno del suo amico Marnix, l'interprete sradicato della necessità di credere.

In quei mesi inquieti il suo calore non venne mai meno, semmai la presenza si fece più assorta e la passione più grave. Sperimentai l'ostinata tenacia nella preparazione al distacco che riguardava lui, me, e noi due insieme. Quel distacco, figlio della sproporzione delle avversità e della difficoltà, per gli umani, di riconoscere l'ora che suona. Nell'attimo in cui avevo poggiato il piede sulla terraferma di un amore robusto per un uomo singolare, ecco che già mi si chiedeva di affrettare il passo verso nuovi, disagevoli territori. L'anno di vita comune, appena trascorso, non mi aveva nascosto nulla, ma era stato reso facile da una percezione prospettica che ora il chiostro di Sant'Agata aveva cancellato. Ci aspettava un esercizio di tempra per cui provavo riluttanza. Mi sentivo giovane e le cure per Henri mi distoglievano dall'impresa.

Non volevo lasciare solo Guglielmo e contemporaneamente brancolavo alla ricerca di formule, prodigi e stratagemmi che mandassero in frantumi quel velo che ci separava. Niente era cambiato se non la mia coscienza dei nostri confini e dell'impossibilità di varcarli.

Esperite le potenzialità sopravvalutate della parola, mi disposi a stare, insieme, di fronte agli eventi. Lui percepì il cambiamento, in cento occasioni me lo fece capire e uno stato di dolcezza inestinguibile ci predispose all'arrivo della bella stagione. Con essa giunse Marnix, in anticipo sulla data del battesimo.

La presenza dell'amico diede a Guglielmo il sollievo della tregua e, insieme, passarono al setaccio il sistema logistico delle province, la messa in sicurezza delle chiese, l'ipotesi di far fronte a un numero incalcolabile di sfollati, il complesso di alleanze, forti e numerose sulla carta.

In quei giorni moriva a Château-Thierry il duca d'Angiò, il penultimo e più scervellato dei Valois, forse di tifo o forse di tisi, lasciando sul trono il fratello, privo per sempre di eredi. La notizia giunse qualche tempo dopo il battesimo che si tenne, con gran solennità, il 12 giugno di fronte ai rappresentanti di Olanda, Zelanda, di Utrecht e di Delft. Dei due padrini l'uno, il re di Danimarca, era rappresentato dal suo stesso ambasciatore, l'altro, il re di Navarra, dal conte Maurizio di Nassau. Un gran banchetto riunì parte dei deputati degli Stati generali e fu deliberata una rendita a vantaggio di nostro figlio, di milleottocento fiorini a carico degli Stati di Olanda, di seicento per gli Stati di Zelanda, di seicento per quelli di Utrecht e di quattrocento per la città di Delft.

Io cercavo di sottrarre Henri alle effusioni delle mogli dei delegati che si facevano incontro per salutarci e, con le dita unte di grasso, cercavano di accarezzarlo. Gli olandesi non avevano, come noi, l'abitudine di lavarsi le mani, né prima né dopo i pasti, e non c'era proporzione alcuna fra il culto della pulizia che riservavano alla casa, agli abiti e alla biancheria, e l'igiene del corpo.

Le bambine, intanto, andavano raccontando in giro che il nuovo fratellino era stato trovato sotto un cavolo mentre loro, alla nascita, avevano atteso di essere raccolte nei cespugli di rosmarino. Assediavano di chiacchiere la zia, contessa di Schwarzenburg, giunta per il battesimo in rappresentanza della famiglia e intenzionata a rimanere per tutto il mese di luglio. Con fatica e rammarico ci separammo dall'esuberante vitalità di Marnix di ritorno ad Anversa e da quel giorno il tempo prese a trascorrere più velocemente, sotto la spinta della precipitazione delle relazioni diplomatiche causata dalla morte del d'Angiò.

La notizia era stata portata in Olanda da un tal François Guion, un giovane borgognone che, ostentando un fervore religioso encomiabile e documenti con sigilli del conte di Mansfeld, si era messo a disposizione di Guglielmo. Lo si incontrava con i salmi in mano, diretto all'ascolto di prediche e preghiere vespertine, intento ad accattivarsi le simpatie del portiere cui leggeva ad alta voce qualche capitolo della Bibbia. Era un povero diavolo senza un soldo e Guglielmo fece in modo che ricevesse qualche denaro per comprarsi un paio di scarpe.

Il 10 di luglio lo incrociammo ai piedi della scala che portava verso la sala da pranzo, fermo, in attesa di Guglielmo da cui voleva ottenere un lasciapassare. Il suo fare, dimesso e remissivo, ma ostinato, lasciava intendere che non se ne sarebbe andato senza raggiungere il suo scopo e, per questa ragione, Guglielmo gli promise soddisfazione. Quel francese pareva un delinquente e insistetti inutilmente sulla necessità di muoversi con maggiore prudenza. Troppi erano gli estranei che circolavano nei pressi del palazzo e le guardie non davano garanzie di sicurezza.

Pranzammo con le finestre spalancate per il gran caldo. Io ero innervosita dalla flemma di Guglielmo che si divertiva a contrapporre la sua noncuranza alla mia apprensione. Giocava a far roteare una manciata di mirtilli rimasti sul fondo di una larga coppa finché, alcune di quelle piccole sfere, prese dalla velocità, schizzarono fuori dal recipiente rimbalzando sul mio ampio colletto candido. Le macchie violette interruppero il gioco e Guglielmo, con quel suo modo materiale di chiedere scusa, mi sollevò dalla sedia per spingermi a fare due passi verso le scuderie, costruite a ridosso della parte posteriore dell'abitazione, verso i bastioni della città.

Uscendo dalla sala da pranzo, mentre attraversavamo l'androne, ecco comparire, per l'ennesima volta, il questuante dimesso. Si avvicinò a Guglielmo, estrasse dal mantello due pistole e sparò, dritto al suo stomaco. I colpi di una sola delle due andarono a segno, l'altra gli venne strappata di mano dagli alabardieri accorsi in un lampo.

Guglielmo scivolò verso il pavimento lucido, a quadri bianchi e neri e portai a tempo il mio braccio sotto la sua testa, per evitare che la battesse a terra. Dalle mani che teneva appoggiate, poco sopra la vita, il sangue fluiva senza interruzione. Mormorava di sentirsi gravemente ferito, di aver pietà della sua anima e del suo popolo, e il suo occhio guizzava, rivolto verso le spalle, in quella stessa maniera che aveva avuto mio padre di prepararsi alla morte.

Uno scudiero mi aiutò ad accompagnarlo, barcollante, fino a una sedia, e di lì su un letto che si trovava nella sala da pranzo. Sua sorella gli chiese, in tedesco, se volesse affidare l'anima nelle mani di Dio e lui disse di sì, in tedesco a sua volta. Fu quella l'ultima parola.

Ci fissò in silenzio e cercai, nell'arco del sopracciglio, nello sguardo serenamente rammaricato, il lungo arrivederci, l'invito a ritrovarci in un tempo e in un luogo migliore. Se ne andò in fretta e in punta di piedi senza darmi il tempo di salutarlo, la sorella gli chiuse gli occhi e una mano di ghiaccio mi strinse il cuore.

Restai con lui finché mi fu concesso, non saprei dire per quanto, se per ore o per giorni. Né l'opera della conoscenza né quella della ragione furono in grado di sostenermi nel momento del distacco. La vacanza della mente diede libero sfogo ai sentimenti che impazzarono, immagino, senza rispetto delle convenzioni.

Colui che si pretendeva François Guion, si chiamava in realtà Balthasar Gérard, di soli due anni più giovane di me, era nato a Vuillafans, piccolo paese borgognone, nono figlio del castellano e giudice del luogo, la cui moglie si dice venisse da Anversa. Due dei suoi fratelli erano ecclesiastici e tutta la famiglia praticava un cattolicesimo osservante, con forti sentimenti antieretici. Informato della messa al bando di Guglielmo e della sentenza di morte, sdegnato del fatto che nessuno fosse in grado o avesse il coraggio di metterla in pratica, era partito alla volta del Lussemburgo. Qui era venuto a conoscenza dell'ultimo, ma imperfetto tentativo di assassinio del principe. Si era così ancor più convinto della bontà delle sue intenzioni e, sottratti i sigilli del conte di Mansfeld, cui prestava servizio, si era fatto accreditare presso il campo dove stava morendo il duca d'Angiò. Messosi a disposizione del signor di Schoonwalle per portare agli Stati la notizia della morte dell'erede al trono francese, era riuscito, quasi senza dare nell'occhio, a introdursi a Delft.

Con i soldi di Guglielmo non si era comprato le scarpe, ma due pistole che aveva caricato, l'una con tre, l'altra con due munizioni. Incurante dei rischi, si era messo a litigare con i soldati della guardia da cui aveva avuto le armi, perché si rifiutavano di fornirgli le pallottole ramate. Nella sua deposizione non si notava alcun rimpianto, salvo quello di non aver potuto, per l'intervento degli alabardieri, svuotare entrambe le cariche nel corpo di Guglielmo.

Prima di mettere in atto il suo piano si era premurato di assicurarsi, presso la corte del Farnese, tutte le ricompense di cui si faceva menzione nella sentenza del re di Spagna. Il duca di Parma, tramite il consigliere d'Assonleville, aveva reso noto che il Gérard avrebbe ricevuto il denaro pattuito e il suo nome sarebbe divenuto immortale. Gli si fece giurare che mai, neanche sotto tortura, avrebbe nominato il Farnese. Un gesuita di Tréves, di cui non ricordava il nome, ma che dirigeva un collegio ed era di colore rubizzo, l'aveva poi rassicurato promettendo che, se mai fosse dovuto soccombere, sarebbe entrato nel novero dei martiri. Questo era quel che i magistrati erano riusciti a ricavare dai lunghi interrogatori e dalle non poche torture.

L'impero aveva vinto. L'ombra di una notte nera si allungava a lambire le porte dei paesi assediati del nord. Guglielmo il fuorilegge, era stato ucciso. Era morto all'età di cinquantun anni, undici mesi e venticinque giorni, «di buona statura e corpulenza, di pelo e carnagione tendente al bruno, asciutto nel volto, per il resto ben composto in tutte le sue membra. Nel procedere del chirurgo all'apertura del corpo, per l'imbalsamazione, si erano trovati tutti gli organi non feriti dai colpi, sani e interi, tale che, seguendo il percorso della natura, avrebbe potuto raggiungere una considerevole età». Questa la versione dei medici raccolti intorno al cadavere, consapevoli, nei loro colletti bianchi, dell'importanza del ruolo e del peso delle parole e dei gesti, nel compimento dell'esercizio della loro professione.

I dottori in medicina Peeter Forestus e Cornelium Bucennius avevano ricomposto il corpo che adesso giaceva nella trasparenza del vetro appena colorato, nei tratti resi lisci da una consistenza di maiolica. Il naso affilato, scavato del superfluo, dominava la depressione oculare. Le mani, scolpite in una notte da un artista avernale, non trattenevano il ricordo dei sensi. La statua che aveva preso il posto del corpo mi appariva per quello che era: un simulacro irrigidito dall'assenza di soffio vitale. Inutilmente cercavo dentro quelle forme le tracce dell'uomo scomparso.

Dio aveva ricompensato il suo impegno e la sua fedeltà, ma nel volerlo con sé si era dimostrato quel Dio geloso e antico che non tollera di essere diviso con nessuno. Ero stata punita con violenza e rigore per aver amato Guglielmo più di ogni altro al mondo e l'intensità del piacere per la sua presenza aveva lasciato il posto a un dolore altrettanto forte.

Dio si era ripreso Guglielmo perché gli spettava di diritto e così facendo l'aveva liberato dalla sua fatica. Ma questo pensiero non mi dava né gioia né sollievo perché su tutto prevaleva la disperazione per essere stata abbandonata, ancora una volta.

Ripensavo meccanicamente allo sguardo estremo di mio padre, agli ultimi giorni con Guglielmo, alla sua espressione di morente. Seppi allora che entrambi erano già pronti, entrambi avevano già compiuto tutto quel che la loro materia, sospinta dallo spirito, aveva potuto umanamente realizzare. Il senso di lassitudine e di leggera estraniazione che aveva preceduto la fine rispecchiava, in entrambi, la contemplazione inesorabile, ma forse ricercata del passaggio che intravedevano davanti a sé. C'era stata nei loro sguardi una fretta di andarsene e il mio pensiero ritornava a ferirsi su quegli occhi già distolti da me.

Furono necessarie parecchie settimane di combattimento feroce con un Dio inclemente e irremovibile. Tendeva la mano, ma non muoveva un passo verso di me. Io, sepolta nella penombra delle stanze, già afflitte dalla storia, guardavo quella mano, ero incapace di andare verso di Lui, di spostarmi, di agire. Finché durò quella ribellione sorda, un oblio egoista sconvolse i miei rapporti d'affetto. Né figli, né figlie trovarono posto in quella lizza deserta. Con un colpo di mano la morte aveva spazzato via ogni mio diritto.

Temporeggiando rivolgevo il mio odio verso l'impero e Filippo II, verso il Farnese e il papa che immaginavo brindare, ebbri di boria, come ai tempi della san Bartolomeo, quando Gregorio XIII faceva coniare la medaglia con l'iscrizione *Hugonottorum strages*, per festeggiare quella che secondo lui valeva cinquanta vittorie di Lepanto. Vedevo Filippo II promettere venticinquemila scudi, insieme alle lettere di nobiltà ereditaria, ai sei assassini cui aveva armato la mano: il biscaglino Jareguy, l'Ordoñez, il capitano Got, Hans Hanssen, un madrileno di cui non ricordavo il nome e infine quel miserabile Gérard. Ripetevo i loro nomi per non dimenticarli.

L'insonnia portava verso un delirio dove i morti si confondevano con i vivi e le preghiere di intercessione suonavano vuote e le suppliche moltiplicavano le ragioni del dolore. Inutilmente il pastore pronunciava frasi di incoraggiamento e di consolazione: le ferite dello spirito, più di quelle del corpo, hanno un tempo di guarigione che nessun medico può quantificare.

Leggevo la Bibbia con furia e disperazione, ma nessuna parola era abbastanza potente da oltrepassare la barriera del male. Poi, una sera, esausta per le lotte spietate, l'anima, libera di vagare, mi portò l'immagine di due persone che camminavano, all'imbrunire, lungo una strada deserta e senza fine. Si muovevano a testa bassa, oppressi da qualche grave disgrazia che impediva loro di notare una terza figura che accompagnava i loro passi. Lo sconosciuto, incurante dei sessanta stadi da percorrere e delle tenebre già schierate sul colmo del cielo, li invitava a parlare, li interrogava, rispondeva alle loro domande, come si fa con gli amici. I due, troppo assorti nelle loro preoccupazioni, stentavano a dar fiducia a quel pellegrino sagace finché, giunti al villaggio, l'urgenza del commiato rendeva difficile la separazione. La persona al loro fianco era diventata importante e gli amici insistevano con forza, pregandolo di restare.

Quello stesso straniero stava ora fermo davanti a me, lo conoscevo bene e sapevo che aspettava un mio cenno. Allora mormorai:

– Rimani con me perché si fa sera e il giorno è già declinato.

10.
Lettere

Il viso riflesso nello specchio sembrava dipinto con una cazzuola tanto erano ispessiti i lineamenti, smarriti nel colorito malsano e nelle forme gonfie e inespressive. La magia della tecnica di riflessione mi costringeva a riconoscermi in quel volto e a pensarlo mio. Specchiandomi stabilivo un punto fermo e certo, racchiuso dall'evidenza dell'immagine; un punto di partenza, sgradevole ma reale, che fermava l'attenzione. Il colore della cornea aveva perduto il denso biancore liquido, quasi azzurro che illuminava lo sguardo in segno di salute e armonia. I dolenti portano negli occhi il marchio del sangue che intorbida la vista e spaventa i probi. Il male rende l'afflitto schiavo del suo stesso tormento. A me aveva estirpato la radice del cuore che non sarebbe mai più germogliata.

Chi perde una gamba s'industria a vivere senza, io provai ad avanzare priva di quella radice preziosa che fin dal nascere ci dà l'abbandono, la fiducia, la tregua. La morte di ogni persona amata ci spinge verso le prime linee di combattimento, laddove, perduta ogni leggerezza, ciascuno porta il peso del suo affanno e difende la propria persona dagli attacchi dei forti. Già si parlava del mio dolore come quello di una vedova affranta, chiusa in se stessa, incapace di reagire, e il matrimonio di Guglielmo con una francese un po' viziata tornava nelle chiacchiere come un errore.

L'Olanda, nonostante la morte del d'Angiò, accecata dal bisogno d'aiuto e dall'impossibilità di imporre condizioni, si allontanava sempre più dalla Francia. Non c'era il tempo e forse neanche il desiderio di osservare i piccoli movimenti che portavano i protestanti del sud, sin dal fondo della Provenza, a resistere attivamente e lanciare offerte di alleanze non lontane. Nella corsa per la sopravvivenza gli olandesi perdevano di vista gli interessi generali e volevano dimenticare le politiche fraterne dei Nassau e dei de Coligny. Non mi prestai al gioco che voleva seppellire la mia memoria insieme alle spoglie di Guglielmo, non accettai di scomparire e scelsi l'unica arma in mio possesso: la corrispondenza epistolare come antidoto alla negazione. Scrivevo tutti i giorni perché non si chiudesse sopra di me il coperchio dell'oblio, perché la famiglia di Guglielmo si ricordasse di avere dei nipoti e degli obblighi di parentela, perché gli Stati onorassero gli impegni rinnovati con il battesimo di Henri, in un soccorso non solo spirituale, ma di diritto, dell'orfano e della vedova.

Le dilazioni nei pagamenti avvenivano non con mesi, ma con anni di ritardo e a prezzo di fiumi di solleciti, suppliche, umiliazioni. Anche per questo volevo allontanarmi da Delft e scendere in Zelanda, per lasciare quel convento di morte e per avvicinarmi alla Francia di cui avevo bisogno, per il calore degli affetti e per ricorrere, nell'incombere della penuria, al mio patrimonio troppo a lungo immobilizzato dai Valois. Dovevo contare sulle mie forze e badare ai miei affari per conservare il diritto ad avere una famiglia, ad allevare mio figlio, a dargli l'impronta che, insieme con Guglielmo, avevamo pensato per lui.

L'esplicita richiesta di risiedere per qualche tempo a Flessinga, in Zelanda, fu contrastata dagli Stati generali in ogni occasione. In tre risoluzioni diverse, del 13, del 22 e del 24 settembre, a due mesi dalla morte di Guglielmo, mi venne ribadito l'obbligo di risiedere in Olanda. L'ultima risoluzione suonava come una beffa e si concludeva così: «Se la signora, principessa d'Orange, ritiene assolutamente indispensabile recarsi in Zelanda, non frapporremo alcun ostacolo, ma i suoi bambini dovranno risiedere nella provincia».

Non mi sarei per certo separata da loro, ma di fronte all'ingiunzione di stabilirmi a Leida alzai la voce. La città mi era ostile e il pastore Pierre Hakkins predicava liberamente contro la memoria di Guglielmo, biasimandolo per aver sposato una francese e per aver battezzato suo figlio con gran pompa e con un banchetto sontuoso. Per questo, inveiva, era stato giustamente punito. Esigevo soddisfazione di una così grave offesa e, finché i magistrati non avessero agito contro di lui, non avrei messo piede nell'insolente città universitaria.

Nell'attesa rimasi a Delft e con molta pena rinunciai alla possibilità di conservare l'unità della famiglia. Maria e Anna partirono per Buren, contea ereditata da Anna di Egmont, prima moglie di Guglielmo e madre di Maria. Caterina Belgia era stata destinata alle cure della sua madrina, contessa di Schwartzenburg. Emilia prima viveva da qualche tempo a Dillenburg. Con me restavano Luisa Giuliana, Elisabetta, Brabantina, Emilia Antverpiana e naturalmente Henri.

Verso la fine dell'anno ricevetti in visita due inviati di mio fratello François: Lavalcaresse e Saint-Laurent. Erano latori di missive per me, per gli Stati di Olanda, per gli Stati delle Province unite e per il conte Giovanni di Nassau a Dillenburg. François aveva saputo con più di un mese di ritardo della morte di Guglielmo, ma sembrava aver capito al volo la situazione, con un intuito che mi sorprese e mi fece sentire insperatamente meno sola. Nelle sue parole c'era qualcosa di più della convenevole condoglianza e dell'impulso alla protezione della donna rimasta priva di tutela. Leggevo fra le righe un ritorno di familiarità che il mio breve periodo coniugale aveva interrotto, quasi avessimo smesso di essere fratelli per via di Guglielmo. Sentivo riallacciarsi il filo della complicità che ci vedeva alleati, da piccoli, di fronte ai genitori e al mondo intero.

Potevo immaginare il contenuto delle lettere istituzionali dalle affettuose considerazioni che ricevetti dai due emissari. François, senza mezzi termini, mi fece sapere la sua preoccupazione nel sapermi isolata in Olanda e si rammaricava di dover attendere alle sorti della Francia ora dopo ora, spesso sconfitta dopo sconfitta, ma nella certezza che quel lavoro oscuro avrebbe avuto un gran risultato per il paese, per i suoi alleati e per noi tutti.

La sua improvvisa attenzione mi rese felice e fui nuovamente fiera di lui, incoraggiata a procedere per la mia strada, meno pericolosa della sua, ma molto più angusta. Capii che non solo la vera religione, ma la Francia stessa aveva bisogno di me, compatibilmente con la modestia delle mie forze e non mi sarei fatta sottomettere da chi non capiva che si stava combattendo la stessa battaglia.

Quell'estate l'ultima assemblea generale delle chiese, a Montauban, aveva dato a Enrico di Navarra una consegna di pacificazione e di obbedienza al re, contemporaneamente a una conferma dell'alleanza con i Paesi bassi. Mio fratello sosteneva che, seppur con grandi difficoltà, Enrico di Navarra si stava consolidando come unico erede al trono e la sua alleanza strategica con i politici e i cattolici moderati avrebbe potuto far fronte a una eventuale scomunica papale di cui si cominciava ad avere sentore.

Enrico aveva annunciato al re di Francia di voler prendere sotto la sua protezione il principato d'Orange, la cui reggenza era stata trasferita a Maurizio di Nassau, e di volersi spendere affinché la vedova e gli orfani del Taciturno, suoi parenti, non dovessero mancare di soccorso e di appoggio, affinché non rischiassero di venir spogliati di quanto possedevano. François mi informava di aver saputo che il nostro cugino maresciallo Damville, duca di Montmorency, si era affrettato a sua volta a scrivere agli Stati raccomandando loro, allo stesso modo, di usarmi ogni riguardo.

Mai momento era più opportuno. Da parte di Giovanni di Nassau avevo ricevuto, nel corso dell'estate, una lettera ricca di consigli, di buone intenzioni e soprattutto di pia morale cristiana e citazioni bibliche. Richiamandosi a san Paolo che esorta Timoteo, mi incitava a sua volta a sentirmi onorata di poter testimoniare Gesù Cristo, nonostante la prova. Invano avevo cercato una parola di calorosa sollecitudine, di umana pietà; per esperienza avevo imparato a mie spese quanto alcuni uomini di fede facciano in fretta a dimenticare di essere uomini.

Verso la fine dell'anno lo informai dello stato precario delle mie finanze e del fatto che, in quei sei mesi, i miei figli e io stessa eravamo vissuti unicamente dei denari che ero riuscita a far prelevare dalla piccola parte del patrimonio francese non vincolato dai regi sigilli che, dai tempi della san Bartolomeo, nessuno era stato ancora in grado di sciogliere. Alle mie richieste di impegnarsi presso gli Stati, affinché fossero onorati gli impegni registrati negli atti di matrimonio e di battesimo, non ebbi risposta e mi accinsi a lasciare Delft per un appartamento ammobiliato in Leida, destinatomi dal governo.

In quelle stanze anonime intuii che avrei ottenuto ben poco dell'eredità di Guglielmo e della rendita convenuta in accordo con gli Stati.

Il contratto di matrimonio mi aveva attribuito un dotario di ottomila lire tornesi e la possibilità di godere dei castelli di Berg-op-Zoom, di Grave e di un'altra dimora signorile da destinarmi in Olanda.

Poiché nulla mi sarebbe stato assegnato spontaneamente, non restava che battermi, lettera dopo lettera, per ottenere soddisfazione. Di quei carteggi insulsi e poco efficaci trattengo nella memoria soltanto le parole di Christian Huygens, già anziano segretario di Guglielmo e poi segretario del consiglio di stato di Utrecht. Rispondeva con regolarità alle mie richieste e questo era un fatto di per sé notevole; era gentile e amabile e si dava un gran daffare. La piccola rendita intestata a mio figlio, seppur con ritardo, cominciò a essermi recapitata grazie alle sue attenzioni.

Avevo ridotto al minimo il numero del personale alle mie dipendenze, ma non volevo separarmi dai coniugi de Tondorf, dalla governante Mademoiselle de la Montaigne e da Jolytemps, che già avevano servito con devozione Guglielmo e Carlotta, prima di me. Se anche mi fosse stata liquidata l'intera rendita, con regolarità, fino all'ultimo tornese, non avrei potuto mantenere con decoro tante persone. Come avrei provveduto, infine, all'istruzione di mio figlio e delle sue sorelle?

Alla fine della primavera del 1585, oppressa dalle difficoltà incontrate nella gestione degli interessi di famiglia, lasciai Leida e mi stabilii a Flessinga da cui, attraverso la lente del mare, potevo intravedere la Francia e respirare, anche se da lontano, l'aria di casa. Responsabili di tante promesse non mantenute, gli Stati ci lasciarono infine partire senza fiatare.

La piccola ma coesa comunità francese stabilitasi fra Flessinga e Middelburg mi accolse con simpatia, favorendomi l'accesso alle informazioni provenienti dal sud. Montmorency, governatore della Linguadoca, era tornato dalla parte di Enrico di Navarra e si diceva che questa volta vi sarebbe restato. In quella provincia, una delle più ricche di Francia, François aveva stabilito da molto tempo il suo quartier generale; lì si era recato, tornando dalla Svizzera e l'appoggio e la protezione del governatore nostro cugino mi lasciava ben sperare per la sua sicurezza.

In quei mesi l'Europa veniva informata della bolla di scomunica lanciata dal papa contro il re di Navarra e il principe di Condé, al fine di spianare la strada della successione ai favoriti della Lega cattolica. Il Parlamento di Parigi, tuttavia, non aveva gradito l'intromissione e aveva accusato il papa di fomentare i disordini dei vassalli contro l'autorità costituita, per rovesciare i fondamenti della giustizia e dell'ordine politico.

Nella nostra comunità in esilio si dava molta importanza a questi indicatori, fiduciosi com'eravamo nella forza speciale che portava i nostri connazionali a sentirsi prima francesi che cattolici. Con la non piccola eccezione dei parigini, forti della pretesa di rappresentare la Francia intera

La scomunica non aveva ancora convinto i paesi protestanti a prendere le parti del borbone, tuttavia non era nel carattere di Enrico scoraggiarsi facilmente. Il figlio di Giovanna d'Albret e l'allievo dell'Ammiraglio mio padre, sapeva di avere davanti a sé una strada insidiosa. Cresciuto sui campi di battaglia, aveva lentamente ma progressivamente esteso la sua supremazia alla Linguadoca, a parte della Guienna, del Delfinato, della Saintonge e del Poitou. Ora voleva consolidare le sue posizioni e renderle inespugnabili.

Intanto la Lega, guidata da Enrico di Guisa, lo Sfregiato, assoldava lanzichenecchi e svizzeri e sfidava il re, contro la sua politica in materia di religione e di finanze. Caterina, madre prepotente, anche questa volta negoziò, consegnando, con poco scrupolo, il figlio nelle mani della Lega.

Con il trattato di Nemours, il re revocava gli editti di pacificazione e proibiva il culto in Francia per i seguaci di Calvino. Si apriva così l'ottava e ultima guerra civile, la più lunga, sarebbe durata otto anni e l'avrei seguita a distanza, nel terrore di perdere François e gli amici che ancora mi restavano.

Ricevevo in quei giorni notizie dal mio buon cognato de La Noue, finalmente sottratto alla lunga morte di Limburgo. I sei anni passati nella fortezza gli facevano considerare l'osceno trattato di Nemours con minor disperazione dei suoi coetanei, meno esperti in cattività. «Aspettiamo ancora un po' – scriveva – e vedremo venire il giorno del Signore e sarà un giorno spaventoso per quanti si affannano a evitare il giogo salutare del figlio di Dio». François e Marie si accingevano a partire per Ginevra dove lui era costretto a una sorta di soggiorno obbligato e lei avrebbe finalmente potuto godere i frutti della sua ostinazione.

La regina Elisabetta, nell'agosto di quell'anno, decise, dopo lunghe e complesse valutazioni, di muoversi in soccorso della città di Anversa, consumata dall'assedio del Farnese. Ma gli inglesi arrivarono tardi e Marnix si era arreso, incamminandosi verso un destino di onta e di disgrazia che a volte ricade proprio su chi più di ogni altro ha sacrificato se stesso. Per questa ragione Guglielmo mi aveva insegnato a non cercare riconoscimenti al di fuori di quelli, un po' avari, della propria coscienza e di quelli, immensamente generosi, di Dio.

La capitolazione della città dell'utopia diede la sveglia a chi si cullava nei simboli e nelle speranze. La stessa regina d'Inghilterra si affrettò, non senza ambiguità, a considerare le Province unite come un'entità disegnata non solo sulle carte geografiche. Inviò, a sue spese, un corpo permanente di cinquemila fanti e mille cavalieri al comando del conte di Leicester. Si prese in pegno le città di Flessinga e di Brielle che munì di guarnigioni, coperte dai suoi effettivi, in aggiunta ai seimila uomini già previsti. Nominò Philip Sidney governatore di Flessinga, proprio quel Sidney che, insieme al suo genero Walsingham, mi aveva nascosta e salvata nella notte di san Bartolomeo, in virtù dell'amicizia e della stima che nutrivano per mio padre.

Maurizio, nel frattempo, aveva preso il posto di Guglielmo come stadhoulder e capo delle forze militari della contea di Olanda. Fra breve avrebbe assunto le stesse cariche anche per le altre province e la direzione militare dell'intera Unione.

Non avevo cambiato opinione su di lui, anzi, lo vedevo più che mai impegnato a dimostrare la sua superiorità nei confronti del padre. Maurizio amava la guerra, era privo di scrupoli e si era mosso all'attacco. Consapevole, tuttavia, dell'importanza delle mie relazioni, mi chiese di aiutarlo nell'instaurare rapporti fattivi con la regina Elisabetta e il suo personale diplomatico. Firmammo insieme il documento indirizzato all'ambasciatore presso le Province unite, Davidson, in cui si accettavano le condizioni avanzate dalla regina e si affidavano al suo patrocinio gli interessi della casa di Orange-Nassau.

Una lunga e dettagliata relazione venne consegnata agli inglesi dai curatori legali di Guglielmo, documentando così il gravissimo stato di indebitamento causato dalla guerra. I creditori avanzavano la richiesta di più di centomila fiorini di Brabante e non ricordo chi si assunse l'onere di ripianare il debito. Con qualche ingenuità sperai che gli intendenti volessero sottoporre agli inglesi la mia situazione, prossima all'indigenza, ma questo non avvenne, né per vie dirette né per qualche generosa intuizione dell'ambasciata. Nessuna sollecitazione giunse dagli inglesi agli Stati generali né a quelli provinciali. Le promesse fatte a François e al duca di Montmorency rimasero lettera morta.

In quell'infausto 1586, alla penuria si aggiunse uno stato di continua incertezza. Avevo perso le tracce di mio fratello e mi era giunta la notizia della morte, nella battaglia di Saintes, dei miei quattro cugini: i figli di d'Andelot e il conte de Laval. Avevano vinto, ma erano stati uccisi. Qualcuno mi scrisse che il cugino de Laval era stato stroncato da una febbre improvvisa, causata dal dispiacere della morte degli altri tre.

Consumavo con gli occhi alcune righe che François mi aveva fatto consegnare parecchio tempo addietro: «Non vi ricordate dunque che mi avete affidato alla tutela di Dio e non pensate quindi che nulla mi possa accadere? Non possiamo né allungare né accorciare il corso della nostra vita; dunque non dovete temere per me, dato che Dio ha voluto preservarmi fin qui e continuerà a farlo se sarà suo volere». Intanto cresceva l'elenco delle mie amiche ormai vedove, accanto alla lista ben più lunga degli orfani.

Il 22 settembre Philip Sidney fu gravemente ferito nella battaglia di Zutphen e morì qualche settimana dopo. Avevo perso un amico, un soccorritore, una persona di rango nella cui protezione avevo lungamente sperato. L'anno doveva concludersi come era cominciato e anche Leicester, a causa delle difficili relazioni con le Province unite, fu richiamato in Inghilterra.

Henri, nel frattempo, cominciava a parlare francese. Al compimento del secondo anno d'età il suo corpo si era allungato facendomi presagire, in questo, una somiglianza con il padre. Cresceva con tutti i privilegi offerti da un universo femminile: quattro sorelle, una madre, una governante ne facevano un re e soltanto la sua indole mite teneva a bada la prepotenza, figlia dei vizi.

Né lui né suo fratello Maurizio avevano ereditato lo sguardo ironico e aperto del padre e invano cercavo in Henri l'impronta esclusiva di Guglielmo. Era un bambino arrendevole, di buon senso e ottimi sentimenti, più tranquillo e adattabile del fratello maggiore. La giovanissima età gli risparmiava il peso della memoria del padre e lui cresceva come il maschio di casa, ingannato dall'assenza di un adulto al mio fianco. Io riconoscevo l'equivoco, ma desideravo le attenzioni che lui mi riservava scimmiottando i più grandi, e lasciavo che il piccolo uomo si affannasse a occupare lo spazio lasciato da Guglielmo.

Il potere guaritore di Henri si concentrava nelle sue mani calde che, appoggiate al mio viso, scioglievano, giorno dopo giorno, la ruvidità delle offese. Dentro di me sapevo di non volere un figlio che crescesse per il mio piacere, ma che avesse piacere di crescere e spesso, di questo pensiero, seppi tenere conto, rinunciando a vivere soltanto per lui.

La famiglia al completo si trasferì in Frisia per il matrimonio di Anna, secondogenita di Guglielmo, con Guglielmo Luigi, suo cugino germano. Il viaggio nel nord si concluse a Leeuwarden, dove lo sposo aveva posto la dimora di stathouder di Frisia, l'anno stesso della morte di Guglielmo. Ero stata spinta a muovermi dal desiderio di veder sistemate, nel migliore dei modi, tutte quante le figlie acquisite, cominciando dalle più grandi, cresciute altrove. C'era poi quell'impulso ad andare, quel piacere del tempo sospeso che mi induceva a scappare, a interrompere la noia dei giorni. Fui accolta con affetto e, come un'ospite in vacanza, affrontai la minuscola città con il medesimo trasporto che avrei riservato a Parigi.

Mi recavo spesso, insieme a Henri, nella direzione di un massiccio torrione pendente, edificato sulle rive di un canale, fermo nell'attesa che qualcuno gli fabbricasse accanto una chiesa. L'incertezza fra l'esser torre isolata o campanile di un tempio era stata causata da un'improvvisa mancanza di fondi che aveva trasformato un progetto ambizioso in una costruzione incompiuta. Io ammiravo quel corpo sgraziato che si sforzava di tenersi eretto e di guardarsi intorno, per non smarrire la prospettiva, nonostante il cambiamento di rotta.

Henri non era interessato a quel baluardo, attratto com'era dalla quantità di bambini che, poco più grandi di lui, circolavano liberamente per strade, piazze e canali. I più piccoli rotolavano come palle lanuginose, resi deformi da un abbigliamento funzionale. Un elmo di cuoio attutiva la violenza delle cadute e, sotto i vestiti, rigidi corsetti di balena rinforzati da inserti di ferro e piombo auspicavano la crescita di ossa lunghe e diritte. A Henri erano state risparmiate queste torture che giudicavo inutili e barbare. Nessun fondamento scientifico poteva giustificare tali tormenti e il nostro medico, disapprovando la costrizione meccanica del corpo, consigliava l'esercizio muscolare come accompagnamento fisiologico dello sviluppo. Osservavo le bande di ragazzini che affollavano lo spazio con vitalità priva di misura. I corpi si ingarbugliavano in lotte ardite e contorte e poi si scioglievano, punteggiando lo spiazzo di forme guizzanti. Henri, divertito e timoroso, indicava con il braccio teso le esibizioni ribelli e cercava di liberarsi dalla presa per unirsi a loro. Uno sciame di piccolissimi, sgambettando verso di noi, ci fece segno di una manciata di sassolini che grandinarono sulle nostre teste e dissuasero Henri dal seguirli.

Il mondo degli adulti, in quelle terre, non esigeva rispetto, i genitori affidavano alla natura il compito di addestrare la loro prole, riservando a sé gli aspetti amorevoli, simili alle calde intimità dei cuccioli nelle tane dei lupi e delle volpi. L'aria di libertà selvatica che si respirava negli Stati derivava dall'assenza di educazione che, tuttavia, non pregiudicava la crescita di robusti avventurieri. Quell'Olanda bambina sembrava non distinguere le età dell'uomo, prolungando l'infanzia fino alla tomba dove, sulla superficie liscia delle lapidi, i monelli impazzavano nel gioco degli astragali. Le piccole ossa cubiche del tarso, estratte dai malleoli di capri e montoni, rimbalzavano sonoramente sulla pietra levigata, rinnovando la fortuna dei dadi.

Di ritorno a Middelburg, dove mi ero temporaneamente trasferita, era giunta la notizia della prima vittoria di Enrico di Navarra, a Coutras. Fu un fatto sensazionale per tutti i protestanti che riconobbero in lui la promessa attesa da tempo. Mio padre stesso, per quanto abile e tenace, si era distinto per la sua capacità di resistere di fronte alle sconfitte più che per aver conquistato armi in battaglia.

Poi morì Condé, probabilmente avvelenato, ed Enrico rimase il primo, ma anche l'unico principe di sangue. Il campo protestante si tese allo spasimo, la posta in gioco si fece drammatica. Condé, amico d'infanzia, compagno di gioventù, fratello maggiore fedele e devoto, eccellente capitano, era stato perseguitato, fin dalla nascita, dalla mancanza di fortuna che aveva invece arriso a Enrico di Navarra. Quando fu ucciso aveva soltanto trentacinque anni.

I leghisti ringraziarono il Signore tirandolo dalla loro parte. I pochi saggi rimasti nel paese aggiunsero il nome di Condé alla lista lunghissima dei servitori leali di cui la Francia si era privata e misero in guardia chi parlava di religione, ma aveva in mente il potere. Enrico di Navarra, ricordando l'amico, scrisse nel suo ottimismo sconveniente: «Le disgrazie e gli intoppi sopravvenuti raddoppiano il mio coraggio, lo zelo e l'impegno. Ciascuno di noi è ora ancor più risoluto». François era con lui e combatteva al suo fianco.

A maggio Parigi alzò le prime barricate mentre a La Rochelle i riformati si convocarono in assemblea generale per chiedere al re, ma senza farsi illusioni, un segno di protezione. Poi, realisticamente, misurarono il pericolo e fortificarono le difese.

Alla fine del 1588 Enrico III, ostaggio della Lega, fece assassinare Enrico di Guisa. L'ultimo figlio di Caterina, la *longa manus* della san Bartolomeo, l'affamatore di La Rochelle, il breve re polacco, si era infine sottratto alle pressioni alternamente congiunte di sua madre e dei Guisa liberandosi di loro. Poi, sconvolto dal suo stesso coraggio, si rifugiò a Blois e di lì corse come un pazzo a Tours, mentre la Lega occupava Parigi. Gli Stati generali si dissolsero ed Enrico di Navarra, risalendo la Francia, si attestò a Saumur.

Qui, fra una battaglia e l'altra, scrisse a Maurizio parlandogli di me, della nostra antica amicizia e del suo desiderio di rivedermi, di conoscere mio figlio. Ci invitava a raggiungerlo, per qualche tempo, a La Rochelle. Suggeriva a Maurizio di volerci accompagnare, per approfondire a viso aperto, la loro conoscenza. Lo informava del fatto che i miei beni francesi permanevano sotto sequestro e sollecitava gli Stati a darmi l'appoggio adeguato.

Non so se e come Maurizio rispose, afflitto, come la maggioranza degli olandesi, da un senso esasperato di indipendenza provinciale che lo portava a voltare le spalle allo straniero mentre questi gli tendeva la mano. A me quella lettera diede invece nuovo vigore, vi lessi un invito ad assumere le responsabilità che mi legavano ai due paesi e un'incitazione a superare le umiliazioni seguite alla morte di Guglielmo.

Intanto i due Enrichi rimasti sulla scena si guardavano a vista. Il Valois, indeciso, insicuro, mal consigliato e terrorizzato dai Guisa, esitava ad appoggiarsi al Navarra, colpevole di appartenere alla nuova religione.

A Tours François era riuscito a liberare il sovrano dall'assalto delle truppe del duca di Mayenne, aprendo la strada verso Parigi, liberando Jargeau, Pithiviers, Étampes, Pontoise. Nella capitale i predicatori lanciavano anatemi contro il re assassino e il papa gli ingiungeva di recarsi a Roma per discolparsi. La città era in preda al fanatismo, donne e bambini si mortificavano in processioni a piedi nudi, invocando la vendetta divina che già si stava organizzando nell'interpretazione del domenicano Jacques Clément. Provvisto di documenti falsi, il religioso si era avvicinato alle linee di Saint-Cloud e, con la scusa di notizie confidenziali, era entrato al cospetto del re. Una pugnalata al ventre aveva fatto il resto. Enrico di Navarra, al galoppo da Meudon, arrivò in tempo per ricevere la benedizione: Enrico III, morente, nel riconoscerlo come successore, gli consigliò, per il bene e l'unità della Francia, di farsi cattolico. Era il 2 agosto del 1589.

Un gigantesco e corale respiro di sollievo soffiò sulla Francia intera: la dinastia malata si era finalmente estinta e Caterina non le sarebbe sopravvissuta. Ma sotto quel respiro si intravedeva il corpo devastato del paese su cui gli sciacalli spagnoli e italiani già affondavano i loro denti. I Savoia allungavano la mano sulla Provenza mentre Filippo II, con un largo gesto del braccio, offriva ai Guisa un matrimonio con l'infanta per incassare in dote Bretagna e Piccardia.

Il disegno della grande spartizione accelerò i piani di Enrico di Navarra, ma non arginò l'emorragia che l'assenza di governo provocava nell'esercito. Dei quarantamila uomini non ne restavano che ventiduemila e non sarebbero bastati per prendere Parigi, se non si poteva garantire il controllo sul resto della Francia. A poco erano valse le dichiarazioni di Enrico di voler conservare la religione della maggioranza e parecchi gentiluomini cattolici si erano sottratti al giuramento. Qualche protestante radicale si sentì tradito, altri si ritennero liberi di affidarsi alle loro ambizioni personali. Diviso l'esercito in tre parti, per cercare in Champagne e Piccardia nuove forze e alleanze, Enrico si diresse al nord, verso la Normandia, dove contava di appoggiarsi alle truppe inglesi promesse da Elisabetta.

Il 21 settembre, mentre la nebbia si dissipava intorno ad Arques, l'esercito affrontò con violenza le armate del Mayenne e François, con i suoi quattrocento archibugieri, cercò la vittoria. Sul campo, prima della battaglia, i soldati insieme con il re e con i comandanti avevano cantato a squarciagola il cantico che li avrebbe fatti vincere. Si trattava del salmo sessantotto, adattato da Teodoro di Beza alle note di Matteo Greiter. Laddove dice:

> Noi li vedrem tutti fuggir,
> si come vedesi svanir
> il fumo a una ventata,
> qual cera innanzi a un gran calor,
> degli empi in vista del Signor
> la forza è consumata.

Quel mattino la nebbia si era dissolta davvero e, mentre le truppe del Mayenne fondevano come cera, Enrico apriva il primo varco su Parigi.

Arques era a due passi da Dieppe e mai François mi era stato così vicino da quando ci eravamo salutati a Châtillon, ma quando seppi della sua prossimità e della vittoria, lui era già tornato in Linguadoca, alla ricerca di reparti di rinforzo, mentre il re continuava la campagna d'inverno.

Forse che il sovrano non avrebbe conquistato Parigi se François fosse venuto a trovarmi, qualche miglio più a nord? Forse che il tempo a nostra disposizione è così contato che neanche un minuto può essere sottratto ai disegni supremi? Forse che siamo nati soltanto per combattere?

Una delusione bruciante seguì quello schiaffo alla speranza e François mi apparve in tutta l'aridità che contraddistingue i combattenti, quelli che vivono pensando al nemico, sognano la lotta e, dopo aver vinto, ricominciano da capo, a testa bassa, certi di modificare il corso degli eventi. Attribuivo a lui gli stessi tratti che vedevo in Maurizio e che temevo di ritrovare in mio figlio una volta cresciuto: la supremazia della forza rispetto alla ragione, dell'azione rispetto alla ponderatezza, la perdita del senso del limite. Se è vero che: «Per tutto v'è il suo tempo e v'è il suo momento per ogni cosa sotto il cielo», ebbene io lottavo disperatamente per ritagliare un tempo per ridere oltre che per piangere e fare cordoglio.

Scrissi con rabbia a Turenne, il cortese cugino visconte, scelto dal re per negoziare in Inghilterra e Germania i soccorsi attesi dai francesi, lamentando il mio isolamento e implorandolo di passare da Middelburg. Se dovevo accettare la reclusione, che almeno mi si concedesse di mettere a frutto l'arte della conoscenza delle persone che persino Maurizio mi attribuiva. Enrico aveva chiesto alle Province unite alcune navi d'appoggio e insieme a Justin, ora Ammiraglio d'Olanda, mi immersi nella complessa burocrazia degli Stati, con la diplomazia efficace di chi ha maturato l'esperienza e l'insistenza della mediazione.

Quell'estate arrivò la notizia del tradimento di Charles, mio fratello minore. Catturato dai leghisti e condotto a Parigi, aveva accettato di passare dalla loro parte, offrendo i suoi servizi al duca di Nemours. Non ero preparata a quel voltafaccia e fui costretta a convenire che l'esempio dei padri non preserva i figli dall'errore. Charles lavorò così bene per il nemico che l'anno successivo fu mandato in missione per negoziare con i ministri del re di Spagna. Quell'infanzia prigioniera nel convento di Marsiglia dava infine i suoi frutti e la distanza che avevo misurato fra noi al matrimonio di François non sarebbe mai diminuita, neanche quando la saggezza degli anni ci avrebbe restituito l'affetto del sangue.

Il cugino Turenne, in viaggio per conto del re, passò a trovarmi e la sua visita durò otto giorni, saziando brevemente la mia fame di Francia. Da sei anni, dal mio matrimonio, non vedevo in faccia un amico, un parente, un sodale.

Mi raccomandai con lui di voler prendere in considerazione l'abilità di Marnix per tutte le attività diplomatiche con le potenze straniere e lo stordii di domande sul futuro del nostro paese. Turenne parlava di una situazione di stallo, di un Enrico IV ormai sovrano a tutti gli effetti, ma anche della presenza ingombrante di stranieri, sopra tutti Filippo II che tentava di farsi assegnare il protettorato del regno. La Lega negava l'evidenza e gli spagnoli tenevano Parigi.

Discutemmo della difficoltà per la Francia di avere un re non cattolico e del rischio che Enrico ricorresse all'abiura. Turenne sosteneva che, col tempo, i francesi lo avrebbero accettato così com'era, foss'anche turco, ma che troppi interessi spingevano nella direzione opposta. I consiglieri Duplessis-Mornay e d'Aubigné lo supplicavano di non arrendersi, ma Sully, che lo conosceva meglio di tutti, pensava che in fondo, cattolico o protestante, l'importante era comportarsi da buon cristiano.

Approfittai della presenza di Turenne per avere un suo parere sulla possibilità di tornare in Francia senza perdere mio figlio. Resistevo da parecchio tempo nella città di Middelburg, cercando di non raccogliere le richieste sempre più pressanti che venivano dal governo centrale. Anche Maurizio riteneva giunto il momento di prendersi maggior cura del fratello, suo possibile successore.

Io sognavo di portare la famiglia a Orange, antica proprietà dei Nassau, poco sopra Avignone. Lì avrei ritrovato François e il sole della Provenza avrebbe riscaldato le mie ossa, fradice di umidità. Turenne propose di farmi appoggiare dal re di Francia che già era intervenuto in mio sostegno più d'una volta, ma suggerì di non farmi troppe illusioni, perché Henri apparteneva al futuro olandese.

Conoscevo l'argomento e snocciolai, con forza, critiche circostanziate all'agire degli Stati che avanzavano diritti su mio figlio, disinteressandosi del suo benessere materiale. Turenne ascoltò con pazienza e mi consigliò di aspettare. Orange, come tutta la Provenza, era ancora in balia della guerra e non era possibile controllare lo stato dei possedimenti. A tempo debito avrei avuto modo di verificare la possibilità di un trasferimento. Poi se ne andò, lasciandomi ancora più sola, ma il dispiacere fu cancellato dalla paura per la vita di Henry, contagiato dal vaiolo.

Mentre lo vegliavo nella convalescenza e appoggiavo sulla sua fronte un panno imbevuto di estratto di acqua di rose mescolata con aceto, presi a inseguire il sogno di istruirlo da me, almeno per i primi anni. Avevo ricevuto una solida preparazione e scrissi a Duplessis-Mornay a riguardo della formazione di Henri, nella speranza di poter imitare l'insegnamento che lui aveva dato al figlio. La sua amabile risposta mi tolse ogni speranza: mai avrei potuto sostituire un buon precettore.

Mornay aveva preso sul serio la mia richiesta e aveva stilato un elenco dettagliato di materie e autori imprescindibili. Grammatica, retorica, dialettica, matematica, musica, pittura, autori latini da Cesare a Virgilio, autori greci da Demostene a Tucidide. Legresle era stato un ottimo maestro, ma la mia istruzione non era completa. A testa bassa mi preparai a partire. Con qualche sollievo pensavo di affidare Henri ai miei conterranei, il filosofo Du Moulin e il filologo Scaliger che erano stati assunti, dietro mia insistenza, all'Università di Leida. La città era stata per Guglielmo il cuore dell'Olanda e Turenne aveva ragione, il figlio del Taciturno doveva vivere dentro la storia del suo paese.

Nel 1574, quando Leida era sotto l'assedio spagnolo, Guglielmo era di stanza a Rotterdam e si diceva avesse la peste. Lui stesso mi aveva raccontato dell'inutilità delle cure con cataplasmi di semi di cotogne applicati sullo stomaco. Nel delirio la sorte della regione si sommava al dolore per la morte dei fratelli e Guglielmo, a causa della febbre altissima, vaneggiava dicendo che l'unica salvezza possibile sarebbe giunta dal mare.

Gli Stati lo consideravano un vate e ordinarono, immantinente, l'apertura delle chiuse. I venti dell'Atlantico, in attesa di un cenno, soffiarono sui fiumi che, fuggendo dai loro letti, si schiantarono sulle campagne. Il duca d'Alba, con l'acqua al ginocchio, rischiando di annegare dentro le sue ferraglie, fece ordinare il ripiego strategico, perifrasi della disfatta. Guglielmo, alla notizia della liberazione, guarì, si rianimò e corse a Leida per constatare gli effetti dell'inondazione. Al suo passaggio la gente piangeva di gioia, gli accarezzava le vesti, lo chiamava per nome. Il sacrificio della città andava ripagato, ma a lui niente pareva sufficiente, neanche la licenza per una fiera di dieci giorni, esentasse.

Ci voleva almeno un ateneo che, in capo a un anno, venne inaugurato presso il chiostro di Santa Barbara. L'università, secondo il volere di Guglielmo, sarebbe stata libera di ospitare le diverse convinzioni religiose degli studenti, a differenza di quella di Lovanio, dove i luterani non erano ammessi.

Tornai a Leida in compagnia di questi ricordi e, attenta a far quadrare il bilancio, pensai che, se non altro, la mia presenza in Olanda avrebbe affrettato la decisione di accordare, a me e ai miei figli, un trattamento annuale su cui fare conto nell'attesa delle mai concluse pratiche di successione. Il 3 ottobre partecipai alla cerimonia per l'anniversario della liberazione, culminata in una festa all'aperto di tutti gli abitanti, a base di pane e aringhe, il cibo della libertà.

Nell'agosto del 1591 mi trasferii all'Aia, dove seppi della morte di François de La Noue nell'assedio di Lamballe, in Bretagna. Aveva sessant'anni Braccio di ferro, il cavaliere senza macchia e senza paura, e per molto tempo fui tormentata dal suo sguardo innocente che mi parlava di Marie, disperata di non poterlo mai più liberare per riaverlo con sé.

La Noue morì due mesi prima di mio fratello François, avvelenato dalle infezioni causate da ferite mal curate dopo l'assedio di Chartres. Se le era portate dietro per il sud della Francia finché, forse presago, si era trascinato, come un animale, su su, fino a Châtillon. Dal fondo del pozzo della mia pupilla estrassi l'ultima immagine di François a cavallo, mentre mi salutava prima della partenza per il nord. Alzava il braccio voltandosi indietro, per perdersi poi nell'orizzonte dei luoghi dell'infanzia.

Nell'ultima sua lettera che avevo ricevuto a marzo, proprio da Chartres, mi informava che aveva deciso di far fortificare Châtillon, presa e danneggiata dai leghisti e riconquistata nel novembre dell'anno precedente. Voleva rafforzarla al punto che, da allora in poi, il re potesse contare sulla fedeltà dell'intero territorio. François aveva avuto un figlio, Henri, di pochi mesi più grande del mio e in quell'ultima sua missiva confidava che un giorno si sarebbero conosciuti. Lessi e rilessi la preziosa reliquia e il senso di quelle parole crebbe a dismisura dentro di me rendendo intollerabile il pensiero dei suoi desideri mai realizzati, delle sue speranze andate perdute. Vidi, in un lampo, tutta la vita di mio fratello segnata dalla lotta per conquistare il diritto a occuparsi dei figli, della moglie, degli animali, delle piante, della terra.

Ora non m'importava più di essere confinata all'Aia, nessun mare di Zelanda avrebbe accompagnato l'attesa di qualcuno che non sarebbe mai arrivato. Una rabbia brutale mi colse e, per contrastare la fiamma che mi seccava la gola, afferrai il primo pezzo di stoffa che trovai a portata di mano e con meticolosa applicazione separai, filo per filo, l'ordito dalla trama.

L'Aia non dista molto da Leida. Con questa affermazione cercavo di riparare al fatto che Henri non sarebbe più vissuto con me, a partire dal decimo anno di età. Era finito il tempo delle favole e mio figlio voleva conoscere le storie vere, quelle delle armi e del coraggio degli uomini. Dopo aver ostacolato la separazione, con tutte le mie forze, mi industriai a predisporla affinché nulla fosse lasciato al caso. Cercai un maestro dello spirito che, accanto al greco e alla filosofia, conservasse in lui uno spazio per l'anima.

A quel tempo il concistoro delle chiese olandesi aveva chiamato all'Aia il predicatore di lingua francese Jean Uytenbogaert, con l'incarico di quarto pastore della città. La comunità vallone, cresciuta nel tempo per le pesanti emigrazioni, si era adattata a seguire i culti nella piccola cappella di Corte. Con l'arrivo di Uytenbogaert, una gran folla si diede a seguirlo e non mi fu facile trovare un luogo adatto per contenerne la passione. Il ministro era la persona che cercavo e accettò di fornire a Henri l'istruzione religiosa e di formarlo allo studio della lingua latina.

In quegli stessi giorni Teodoro di Beza era stato costretto a vendere la sua biblioteca, incalzato dalla congiuntura sfavorevole che soffocava Ginevra, schiacciata dalle mire savoiarde. Aveva scritto agli Stati implorando soccorso e io risposi organizzando gli aiuti che le Province unite erano in grado di fornire.

Intanto Luisa Giuliana, la più grande delle mie figlie adottive, fu chiesta in sposa dall'elettore palatino, Federico IV. Il matrimonio non si fondava su questioni di interessi materiali, data la situazione delle nostre finanze, ma la mia figliola possedeva qualità speciali e nobili ascendenti. Il problema della dote, tuttavia, occupava il mio tempo e non fu facile contrattare, con i sempiterni liquidatori testamentari, l'entità della cifra e i tempi di pagamento. Il re di Francia mi tolse dall'imbarazzo con un dono di centomila lire tornesi, al cui confronto il mio mucchietto di fiorini faceva una magra figura. Né Maurizio né io fummo in grado di assistere al matrimonio, in vece nostra si offrì Marnix, il fedele di casa, l'amico di Guglielmo, lo zio putativo.

Il mese successivo Enrico IV abiurava solennemente nella basilica di Saint-Denis, al cospetto dell'arcivescovo di Bourges. Aveva battuto in velocità la candidatura dell'infanta di Spagna sventando le trame della Lega e di Filippo II. Il gesto procurò a tutti noi molto dolore, consapevoli di un sacrificio inutile nella sostanza, ma indispensabile nella forma. La Lega, infatti, sarebbe stata sconfitta soltanto a suon di denari: Enrico conosceva il prezzo dell'unità del paese e si apprestava a pagare, con moneta sonante, fortezza dopo fortezza, città dopo città. Accettò tuttavia di convertirsi per accorciare i tempi, per rompere gli indugi e, perché no, per mettere fine ai massacri. Era la persona giusta per farlo. In fondo non credo gli costasse molto; l'esempio delle ambiguità paterne non era mai stato cancellato dalla fermezza della madre ed Enrico si accingeva, con un largo sorriso, a compiere un'opera che i grandi intelletti, i fini politici, i fermi conservatori, gli spiriti puri non avrebbero saputo realizzare.

Quel sacrificio inutile mi pesò sul cuore perché faceva del male a lui, confermando il lato incostante del suo spirito, spingendolo nei vapori della sua volubilità. Per tutto il resto del mondo era un bene, un sollievo, una tregua.

11.
Nantes

Nel decimo anniversario della nascita del mio unico figlio, il botanico Clusius portò in Olanda il tulipano, da tempo sbarcato ad Anversa insieme a una partita di stoffe provenienti da Istanbul. Il mercante cui erano destinati i tessuti, aveva trovato ad accompagnarli un pacco di bulbi. Nel considerarli un omaggio alimentare se li era in parte mangiati, come un contorno di cipolle, ma, non trovandoli di suo gusto, aveva buttato la rimanenza nel letamaio di casa. La primavera successiva, con suo enorme stupore e con qualche difficoltà nel ricostruire i fatti, aveva visto la concimaia illuminarsi di meravigliosi turbanti, laccati con vivaci colori, generati, per esclusione, da quell'avanzo di tuniche carnose.

Gli esperti chiamati a osservare il fenomeno vegetale erano ricorsi all'autorevolezza del fitografo Clusius, reduce dalle sue campagne per la diffusione della patata e fresco di studi sull'importanza dell'ippocastano e del lillà. Clusius, da uomo di scienza che nulla conserva per sé, ne aveva informato i giardinieri di mezza Europa e naturalmente gli olandesi che, pazzi com'erano per ogni tipo di fiore, trovarono un motivo in più per navigare verso oriente, trafficando invece in patria per produrre fantastici ibridi. Ben presto l'amatissima rosa lasciò il trono al fiore dei sultani che, nelle sue varietà più modeste, entrò in ogni giardino, mentre le più pregiate si aggiudicavano quotazioni da capogiro. Notabili e operai, mercanti e contadini si diedero a correr dietro ai bulbi, impegnando fortune diseguali che, speculando sulla cipolla, presto o tardi avrebbero portato qualche improvvido alla rovina.

L'anno del tulipano rappresentò, nella mia vita, la fine del tempo della resistenza. A dieci anni dalla morte di Guglielmo, pur non avendo ritrovato il gusto per la vita intera, mi scoprii ad affrontare il futuro con forza ed equilibrio, consapevole del ruolo che, con pazienza, mi ero conquistata nella testa se non nel cuore degli olandesi.

La decisione di affidare Henri alle attenzioni dell'Università di Leida non mi liberò completamente dalle strette dell'anima, ma mi pose in una nuova prospettiva. La Francia stava per entrare in un tempo di pace, era guidata da amici e fratelli, le mie figliole adottive erano quasi tutte in età da marito, ma non le avevo cresciute, così dotte e fiere, unicamente per l'orgoglio e il piacere dei principi tedeschi.

Il 22 di marzo del 1594, alle sette del mattino, Enrico IV era entrato in Parigi, seguito dopo qualche settimana dalla sorella Caterina. Era giunto anche per me il momento del ritorno. A maggio lasciai l'Aia, in compagnia di Elisabetta e Brabantina, l'una di diciassette, l'altra di quattordici anni. Maurizio e gli Stati confidavano nella mia capacità di intermediazione negli affari dei due paesi, considerandomi oramai di sentimenti olandesi. Le prospettive matrimoniali erano soltanto un aspetto del compito di avvicinamento fra due stati assai diversi e segnati da diffidenze asimmetriche. Servivano molte voci che spiegassero le ragioni degli uni e degli altri. Io le conoscevo entrambe ed ero entrata in quell'età in cui si prova a usare gli strumenti degl'imparziali. Avevo imparato a tradurre i comportamenti e le intenzioni che le due culture amministravano in maniera diversa. Laddove i francesi lasciavano intendere, gli olandesi invece contrattavano. Pensiero e azione non coincidevano a Parigi, mentre ad Amsterdam sì.

Divenni interprete esperta, incoraggiata dall'ambasciatore di Francia Buzenvald che mi fu buon consigliere nell'orientarmi al di fuori della cerchia di vecchie e nuove conoscenze. Mi suggerì di osservare i cambiamenti negli equilibri del Louvre e di non stupirmi delle metamorfosi che avrebbero reso irriconoscibili amici e nemici. Sosteneva che gli ambienti di palazzo pullulavano di banderuole, capaci di cambiare direzione anche più volte nella stessa giornata e che l'unica arma efficace consisteva nel tenere a mente questa loro natura per non farsi cogliere impreparati, nel corso delle trasformazioni. Avrei tenuto con lui una corrispondenza assidua e dettagliata e lui, in cambio, non avrebbe mancato di informarmi sui movimenti di Henri.

Allontanandomi dall'Olanda già mi pareva di sentirne la mancanza; il tempo aveva limato qualche estraneità e la lieve malinconia, sopraffatta dalla confusione della partenza, non dipendeva unicamente dal commiato, seppur mesto, dal mio unigenito.

Parigi era segnata dai lunghi anni di guerra, la Spagna aveva lasciato ovunque le sue tracce e la Lega si abbandonava a irragionevoli saturnali che degeneravano in risse. Le minacce di morte per chi si azzardava a professare la nuova religione si leggevano negli sguardi, prima ancora che nelle parole, e non era semplice partecipare ai culti riformati né dentro né fuori del Louvre. Occorreva circospezione e Caterina non risparmiava qualche critica al fratello, quando diceva che la leggerezza con cui aveva messo bocca all'abiura faceva sì che ci si aspettasse da tutti un'uguale attitudine.

Ciò malgrado, rivedere i due navarresi fu una gioia senza eguali. Gli anni di La Rochelle non erano stati cancellati: la condivisione del pericolo, sostenuta dalla vita comune, austera ed essenziale, aveva conservato, dentro ciascuno di noi, sentimenti fortissimi, rendendoci capaci di riconoscerci al di là dei mutamenti profondi che segnavano i corpi e le parole.

Enrico, a distanza di vent'anni, non mi parve un apostata, ma neppure un re. Dentro l'uomo abitava un ragazzo. La luce dell'infanzia prevaleva con il tratto irresistibile del sorriso incantatore che tutto promette, ma non si sa se mantiene, perché il domani è lontano. Il farsetto, consunto ai fianchi e alle spalle, rivelava lo sfregamento della corazza; l'aria sciolta e abbronzata, l'odore selvatico ricordavano che il nonno l'aveva fatto allevare come un contadino bearnese, a piedi nudi e testa scoperta. Attivo e versatile, accattivante e generoso nella sua parte migliore, ma, all'opposto, superficiale e incostante, si preparava a regnare con disinvoltura e successo.

Secondo un gioco un po' abusato Enrico si beffava della mia coerenza e del mio rigore, sapendosi beneficiario di un'indulgenza riservata a lui solo. In lui cercavo l'immagine dei miei fratelli. Insieme avevano partecipato a molte battaglie, uniti nella grande famiglia militare che, più di ogni altra, aveva assorbito le energie degli uomini della nostra generazione. Enrico e Caterina, con le loro manifestazioni di affetto, mi avevano staccata dallo spazio angusto riservato alle vedove e agli orfani, offrendomi la possibilità di prendere contatto con i vent'anni di storia francese che non avevo vissuto.

Tornando a Parigi avevo sperato nascostamente di ricostruire l'intimità e la fratellanza che, da piccoli, Giovanna d'Albret, madre di Enrico e Caterina, era stata capace di creare fra i profughi dell'ovest raccolti a La Rochelle, ma i tempi erano cambiati e, con uno scatto d'orgoglio, cancellai il rimpianto per l'infanzia dorata. Negli anni che seguirono, l'affetto e l'amicizia misero definitivamente i loro sigilli sul nostro rapporto, fissando per sempre, dentro il museo del ricordo, il percorso comune delle nostre storie.

Nel nostro primo incontro il re mi sgridò per non aver portato con me il «fratellino», così chiamava mio figlio, e, per dimostrarmi la sua simpatia, diede disposizione affinché fosse considerato appieno un francese, ancorché nato all'estero. Henri avrebbe potuto abitare in Francia, qualora fosse stato suo desiderio, godendo di titoli, onori, dignità, stato, cariche, benefici, pensioni, possedendo proprietà, comprensive di diritti di successione, donazione, acquisto per sé e per i suoi eredi.

La vita di corte mi dava un senso di estraneità e di imbarazzo, le conversazioni colte che avrebbero dovuto giustificare l'esistenza stessa dei nobili non erano altro che chiacchiere e si passava il tempo avvicendando malignità e pettegolezzi. Sempre più spesso mi guardavo intorno in preda a una vertigine che mi faceva apparire ogni cosa e ogni persona estranea al mio sentire e solo uno sforzo della mente mi riportava dentro la realtà.

Aveva ragione Buzenvald a mettermi in guardia rispetto al palazzo; vi si incontravano persone dal passato incongruente, leghisti pacificati, ugonotti intiepiditi, solo i gaudenti non cambiavano mai. Sorridevo a tutti, convinta così di sostenere l'impresa del re, ma quando incontrai, nelle stanze di Caterina, la duchessa di Montpensier, sorella di Enrico di Guisa, un'ira incontenibile strappò quella maschera un po' falsa che mi portavo addosso. La accusai pubblicamente di aver voluto la morte del re e la divisione della Francia, di aver armato la mano del monaco e di molti altri, di essere donna priva di scrupoli, indegna di stare in quel luogo.

Lei rise e le note acute rimbalzarono sulle pareti, in un silenzio complice e improvviso. Si fece beffe di me, ammettendo ogni addebito, dicendo che la sua era una rivalsa personale contro chi le aveva ammazzato il fratello. La sua presenza a corte dipendeva dal miracolo compiuto da Enrico, capace di creare un regno dove ci fosse spazio per tutti, anche per quelli come lei che della Lega avevano fatto bandiera. Abbassando il tono parlò di spirito di adattamento, di opportunità, di disponibilità al cambiamento.

Corsi via, furente per la sconvenienza della mia collera e per l'inefficacia dei gesti. L'ira sottraeva gli argomenti migliori rendendomi ridicola, schiacciata com'ero fra la violenza del sentimento e l'imbarazzato stupore degli astanti. L'impressione di essere fuori posto mi spalancò le porte e venni inghiottita dalla palude che accoglie le vittime in credito con la giustizia. Il corteo delle ombre dei miei morti circondava l'acquitrino, ma non chiedeva nulla, notava, in sempiterna distanza, i limiti dei viventi. La ragione si alleava con l'impulso, in un accordo micidiale dove il bisogno di vendetta avrebbe trovato riparazione soltanto nel compimento del diritto. Nell'attesa di sciogliere lo stallo il buon senso mi consigliò di provvedere personalmente al mio bisogno di equità, cercando di collocare la duchessa di Montpensier dentro il capace ambito soggetto alla giustizia divina, facendo ammissione di impotenza, a nome mio e di tutto il genere umano.

Il re, che dalla morte del suo predecessore aveva tratto un indubbio guadagno, sapeva perdonare facilmente, un po' per ruolo, un po' per carattere, un po' per quella sovrana indifferenza che prevaleva dentro di lui, sotto una superficie ardente e appassionata. Io, invece, sarei stata una cattiva regina, vulnerabile e inflessibile.

In mia assenza Henri, a Leida, si dava alla pazza gioia, lo si arguiva dalle lettere destinate alle sorelle. «Carissime – diceva – perché non mi scrivete mai dato che lì dove siete non avete nulla da fare, se non passeggiare, mentre io studio dalla mattina alla sera? Due settimane fa sono stato a nozze e si stava seduti a tavola per cinque ore, poi si danzava un'ora e poi di nuovo a tavola e infine a danzare allemande fino alle quattro del mattino. Per sei giorni consecutivi. Sono stato a Wijk, a caccia con mio fratello e poi ad Amersfoort, dove abbiamo bevuto parecchio e così vi saluto facendo *trink, trink*, alla vostra salute».

Maurizio si era dunque già messo in azione per ripulire il fratello dalle buone maniere. Nonostante le campagne militari e gli obblighi di governo, trovava il tempo per iniziare Henri alla scienza dei balordi in cui lui era esperto.

Tempo addietro Maurizio aveva invitato all'Aia principi e signori tedeschi suoi parenti, acquartierandoli nel miglior albergo della città, per divertirsi e gozzovigliare. Nel culmine della crapula, spente le candele, avevano preso a battersi a colpi di sgabello. I combattimenti erano durati fino all'alba, quando la scena era stata lasciata al chirurgo che si sbizzarrì a rimettere insieme braccia e gambe rotte, nasi spaccati, sopracciglia divelte. A fatica aveva rinsaldato un cranio sfondato, ma senza garantire al proprietario una completa guarigione. Maurizio si divertiva a ricordare la serata memorabile, sorrideva sinceramente felice, convinto di aver offerto agli ospiti un grandioso intrattenimento. Questo e altri ricordi mi spingevano ad accorciare il viaggio, ma il sospetto di non poter competere con la figura già eroica di Maurizio, mi suggerì di proseguire per le strade di Francia.

Il cugino Turenne, vedovo da pochi mesi, aveva ereditato dalla giovane moglie il ducato di Bouillon e il principato di Sedan. Pensandolo confinato nel suo dolore e assorbito dalle cause intentate da chi voleva invalidare il testamento, mi ero affrettata a garantirgli simpatia e compianto. Mi accolse con entusiasmo e, senza dare peso alle parole di rammarico, mi chiese, seduta stante, la mano di Elisabetta. Turenne, ora de Bouillon, aveva sposato Carlotta de Lamarck nel 1591, lei aveva allora diciassette anni ed era considerata una donna bella e piena di qualità. Dopo tre anni di matrimonio e una morte improvvisa che lo rendeva enormemente ricco e potente, il cugino aveva già provveduto ad asciugare tutte le sue lacrime ed era pronto a parlare d'amore a un'altra donna.

La labilità del suo sentimento mi sconcertava, non lo ritenevo un buon segnale e temporeggiai, invocando il rispetto per la morta. Dissi a Elisabetta le mie preoccupazioni, pur sapendo che sia Maurizio, sia il vecchio conte Giovanni da Dillenburg, avrebbero visto con gran favore un'unione così vantaggiosa. Lei soltanto avrebbe potuto respingere la proposta, aspettando una migliore occasione, ma non volle, nonostante potesse contare sul mio appoggio. Non lo fece perché le difettava l'immaginazione ed era troppo giovane per valutare la sensibilità di un uomo; era allettata dalla magnifica condizione sociale e la rassicuravano le sembianze devote di un parente affermato. Questo le bastava.

Mi misi quindi in viaggio per Châtillon-sur-Loing dove Marguerite, moglie di François, mi aspettava per metter mano agli affari di famiglia. Si era rifiutata di venire a Parigi temendo che il re la costringesse ad alienare alcune sue proprietà in Guienna, in favore del potente maresciallo Biron.

Avrei preferito non fare ritorno nella mia casa natale, ma Marguerite era stata irremovibile e mi consolavo pensando che avrei finalmente conosciuto mio nipote, la cui vita correva parallela a quella del cugino in Olanda.

L'edificio, sano e ben tenuto, non conservava i segni dei saccheggi, ma neppure le antiche impronte dei Coligny. Chissà se François, ritornando dalle sue campagne in Provenza e Linguadoca, aveva notato le trasformazioni che si producevano nella sua casa, chissà se le aveva volute lui stesso, se ne era stato partecipe o se, preso dal mestiere delle armi, non aveva avuto occhi che per l'artiglieria di ferro colato e per le palle di cannone? Alcuni mesi prima di morire mi aveva scritto di volersi occupare della dimora di famiglia e il suo desiderio di fare ritorno, per prendersi cura del luogo delle origini a ridosso della morte, mi parve allora molto più di un presagio.

Infelice nella casa dai ricordi non evocabili, spostai sul figlio di François il fuoco di ogni attenzione. Orfano come tanti, portava negli occhi sconfinate prospettive e mi lasciai attrarre dal suo sguardo e gli offrii ospitalità in un futuro comune, felice di immaginare i due giovani maschi che crescevano insieme, dentro un mondo interamente cambiato.

Con Marguerite ragionammo di terre e di signorie, di La Mothe e di Chasteauregard, per concordare un piano che soddisfacesse entrambe. La mancanza di argomenti comuni inaridiva le nostre conversazioni, ma apprezzai la sua capacità, concreta e imparziale, di dirimere le questioni materiali. Le rispettive vedovanze ci univano più dei matrimoni trascorsi e mi feci promettere che i due cugini avrebbero camminato insieme per una stessa strada. Lei mi diede la sua parola e disse che il figlio, appena cresciuto, sarebbe venuto in

Olanda, alla scuola d'armi di Maurizio. Parlava seriamente, convinta che per lui lasciare la Francia sarebbe stata un'opportunità e non una perdita. Mi stupii per questa sua accondiscendenza nel pensare un futuro distante dal primogenito e attribuii la sua pragmatica durezza a un sentimento di rancore che forse lei nutriva nei confronti del suo paese che le aveva sottratto François.

Marguerite era una donna priva di sfumature e io non ero capace di competere con le sue convinzioni assolute. Avrei voluto, per amore di François, poter trovare le parole adatte per sciogliere quella ruga che le si era scolpita sulla fronte, ma sapevo che ogni mio gesto era guardato con sospetto e preferii accomiatarmi frettolosamente. Mentre mi allontanavo, uno spirito cattivo mi ripeteva con insistenza che, in fondo, era Marguerite a regnare sulle mie terre, sulla mia casa, sul labirinto delle arance e sul pozzo dei misteri, sulle terrazze dove avevo giocato con i fratelli a chi arriva prima, dove mio padre e mia madre avevano passeggiato, felici di essere insieme. Questo fatto, pur nella sua ovvietà, contribuiva a indurirmi il cuore e l'insistere meschino su queste considerazioni mi aiutò a lasciare Châtillon quasi con sollievo.

Come un soldato che sfoggia una nuova corazza non passai da Montargis perché Renata non aveva bisogno di luoghi per essere riportata alla mente. Pensandola mi vidi al suo fianco, ora senza timore, e le parole affilate, spoglie di concessioni, tornarono sonore alle mie orecchie, arricchite del significato che allora avevo intuito, ma che oggi si era reso manifesto. Quell'incontro straordinario mi aveva insegnato ad aggiustare la rotta. A lungo avevo desiderato di essere come lei, ma la maturità mi aveva riconciliata con me stessa. Renata faceva parte di quella categoria di persone che la storia distribuisce in modo diseguale nel corso dei secoli, persone che sanno pensare in grande, vedere attraverso il tempo e capire i nessi che sfuggono ai comuni mortali. L'averla incontrata mi aveva insegnato a distinguere le voci delle sirene, a non fidarmi delle apparenze, a non stancarmi nell'osservare gli eventi.

Prima di ripartire per l'Olanda feci ritorno a Parigi dove mi aspettavano i preparativi per il matrimonio di Elisabetta che si sarebbe concluso nell'aprile a Sedan. Da quel momento in poi si sarebbe chiamata signora duchessa di Bouillon. Qualche mese prima, la sorella maggiore, Maria, aveva sposato il conte Filippo di Hohenloe, segnando così un altro punto a favore dell'alleanza tedesca. Di ritorno in Olanda ne scherzai per iscritto con il vecchio conte Giovanni che, con il passare del tempo, mi aveva preso a ben volere tanto che le sue lettere erano diventate più numerose delle mie. Ma quando, l'anno successivo, Caterina Belgia prese per marito il conte di Hanau, pensai che fosse giunto il tempo di nozze francesi per Brabantina.

Il cugino Turenne, ora duca di Bouillon, contravvenendo alle principali regole del galateo, aveva scritto direttamente a lei, a proposito del duca de La Trémoïlle, bramoso di ammogliarsi e, a suo dire, giovane, bravo, ardito, franco, generoso e potente nel Poitou. Il duca avrebbe dovuto consultarsi prima di tutto con me, tuttavia non era la prima volta che il cugino, nella foga di concludere, trascurava le convenzioni. Aveva fretta di accasare l'amico e di rafforzare il suo sistema di alleanze dosando prestigio e patrimoni.

De Bouillon e La Trémoïlle erano, insieme a Rohan, i capi indiscussi del partito protestante, accomunati da una riottosità strisciante, imputabile alla frustrazione e alla sfiducia che nutrivano nei confronti del re, colpevole di non averli voluti al suo fianco.

La Francia, intanto, arrancava sulla via della pacificazione. Pochi mesi prima, i leghisti di Rochefort avevano ucciso duecento fedeli mentre ascoltavano un sermone e il sinodo ugonotto che si tenne fra Saumur e Châtellerault si sforzò di trovare forza e coesione al suo interno, ma i più sapevano di non poter fare a meno della benevolenza del sovrano.

Mentre le Province unite offrivano il loro appoggio al matrimonio di Brabantina, in Francia un nuovo incidente diplomatico rischiava di incrinare l'esito delle trattative nuziali: il futuro sposo si era volutamente dimenticato di chiedere l'autorizzazione reale. Il gesto inaudito e non casuale intendeva negare il riconoscimento della suprema autorità. Enrico IV non nascose l'offesa e gli ultimi mesi del 1597 furono impegnati in estenuanti ambascerie che riportassero tutti quanti sul terreno del rispetto e della cortesia. La vicenda si concluse con una lettera agrodolce che il re scrisse a La Trémoïlle, accordando un freddo consenso alla celebrazione. Occorreva tuttavia concludere l'opera di conciliazione e Duplessis-Mornay mi consigliò di recarmi a corte con Henri e Brabantina.

Gli Stati generali diedero a mio figlio il permesso di assentarsi per la durata di un intero anno, a riconoscimento della sua ottima condotta nell'assedio e nella liberazione della città di Berck. Aveva dato prova di saper combattere e parlamentare; la scuola di Maurizio cominciava a dare i suoi frutti, grazie all'ascendente che l'insuperato fratello maggiore aveva su di lui.

Brabantina, la sorella più amata da entrambi, aveva regalato a Henri una sciarpa che lui non si toglieva più di dosso, convinto che il suo potere prodigioso l'avrebbe presto decorata di sangue spagnolo. Forte dei suoi tredici anni non aveva nascosto il fastidio per il matrimonio della sua preferita, le elencava i difetti del futuro sposo e caldeggiava la candidatura del signor di Rohan. Sosteneva che si era fatto avanti per primo e, a detta sua, soltanto lui l'avrebbe amata per davvero.

Henri aveva accettato con entusiasmo la prospettiva del viaggio in Francia, dove sperava di dare corpo alle fantasie di cui si era nutrito fino allora. I racconti, confermati dalla testimonianza delle sorelle e dalle lettere numerose di parenti e amici, lo avevano accompagnato nel crescere, disponendolo favorevolmente nei confronti di un paese che gli si offriva come una seconda patria. Il signor de Chéronne gli aveva insegnato a cavalcare con una tecnica sconosciuta nelle province e Henri si era fatto l'idea che i francesi fossero un passo avanti, pressappoco in tutto, fuorché nell'organizzazione militare.

Il viaggio da Flessinga a Dieppe fu tremendo, il mare invernale si accaniva con furia contro la piccola flottiglia organizzata per l'occasione dagli Stati generali. L'unico a non soffrire era Henri che, inneggiando a Drake, scrutava gli abissi alla ricerca di qualche relitto trascinato dal mare, a ormai dieci anni dalla tragica rotta dell'*Armada Invencible*. Doppiando la foce della Schelda, gioiva al pensiero dell'enorme pescaggio delle vecchie navi spagnole che aveva loro impedito rifornimento e ricovero nei bassi fondali della foce e si esaltava, spiegandomi la natura della superiorità degli inglesi, e naturalmente degli olandesi, su tutto il resto del mondo conosciuto. Appassionato come il fratello Justin, conosceva a fondo i dettagli tecnici che promettevano nuova agilità alle imbarcazioni. Drake aveva vinto, diceva, perché sulle navi inglesi, nel momento dello scontro, cadevano le gerarchie, soprattutto quelle fra marinai e soldati. Se c'era da combattere tutti combattevano e se c'era da manovrare tutti manovravano. Nessun gentiluomo si sarebbe sottratto neanche al lavoro più sporco.

Mentre gli azzimati soldati spagnoli perdevano tempo a impartire ordini ai marinai, per portarsi a ridosso della nave nemica, già i rapidi vascelli inglesi mettevano a tiro l'avversario, colpendolo in movimento, contro ogni regola scritta dei combattimenti sul mare. Il lavoro dei marinai, spiegava Henri, è importante come quello dei soldati, così come la funzione delle vele non ha nulla da invidiare a quella dei cannoni.

Mio figlio credeva nell'Olanda con la stessa intensità del padre e del fratello e gli piaceva pensare che, mentre la Spagna e l'Inghilterra se le davano di santa ragione, Cornelis Houtman se la filava con le sue navi giù, giù, fino in fondo all'Africa, scoprendo che di lì si passava per andare a Oriente. Indicava l'orizzonte e con il braccio riproduceva il movimento della flotta del mercante, impegnata in una circumnavigazione immaginaria. La superiorità degli olandesi consisteva, secondo lui, nell'adattabilità causata da una vita incerta, su una terra inconsistente, dove la difesa dagli elementi era diventata una palestra in cui si imparava a resistere agli altri uomini.

La sua eccitazione mi distoglieva dal pensiero dell'incontro con il re che sapevo ben saldo nelle sue funzioni. Mi sarebbe toccato il compito di fare opera di mediazione, ricucendo lo strappo che la testardaggine di La Trémoïlle aveva volutamente provocato nel tessuto già logorato dall'abiura del sovrano.

La tendenza dei protestanti all'autogoverno, dopo tante persecuzioni e ostilità, non accennava a recedere. A quel tempo le assemblee generali delle chiese duravano mesi, a volte anni e i delegati andavano e venivano per informare e raccogliere il consenso delle comunità di provincia. Si discuteva di tutto: di giurisdizione ecclesiastica e civile, di teologia, di organizzazione politica, di dottrina, di disciplina, di alleanze. Si era strutturato, a tutti gli effetti, uno stato dentro lo stato, facendo maturare in ciascuno la consapevolezza dei propri doveri, ma anche dei propri diritti. Così a Saumur, a Montauban, a La Rochelle. A volte qualcuno esagerava, come quando la Bassa Linguadoca aveva preteso di vietare ai pastori l'interpretazione del difficile libro dell'Apocalisse, senza il parere e il consiglio del sinodo provinciale. Tutti discutevano di tutto e si perdeva il conto delle riunioni cittadine, provinciali e generali che facevano circolare nella Francia protestante idee in quantità. Gli ugonotti non si erano mai distinti come grandi condottieri, ma nei combattimenti di parole non erano secondi a nessuno.

La Trémoïlle presiedeva l'assemblea permanente che si teneva a Châtellerault, a partire dall'estate del '97, e voleva, a tutti i costi, sposarsi in quella stessa sede, certo di riuscire a strappare l'assenso forzato del re. Nella sua infinita presunzione si era convinto di poterlo portare sul suo terreno, usando il matrimonio con Brabantina per trarne un vantaggio politico e personale. Il duca contava su di me per piegare Enrico IV alle sue decisioni e io accettai, sopraffatta da un sentimento di rassegnazione che neanche la felicità di Brabantina poteva attenuare. Quel gesto forzava i miei principi e la mia volontà e io promisi a me stessa che sarebbe stata l'ultima volta. Che mai più mi sarei prestata a quel gioco di intermediazioni se non ne fossi stata d'accordo almeno in parte. Giunta a Parigi mi disposi alla vita di corte come a un supplizio cui anche i buoni cristiani si devono piegare se vogliono conservare il loro spazio nel mondo. L'atmosfera di svago perpetuo che animava il Louvre favorì, una volta tanto, i miei progetti e, correndo dietro al re, fra pranzi e cene, brindisi e spettacoli, raccolsi le sue benedizioni per l'intricato sposalizio.

Enrico IV avrebbe partecipato volentieri alla cerimonia se La Trémoïlle si fosse mosso nella giusta direzione. Ma il luogo scelto dal re non era lo stesso voluto dallo sposo intransigentissimo e, con un ultimo sforzo, ottenni il consenso per Châtellerault. Guardavo gli uomini che mi circondavano e mi pareva che difendessero le loro cause non diversamente dagli animali quando segnano il territorio, in me, invece, l'entusiasmo per le nozze francesi andava velocemente scemando.

Henri era inebetito dalle attenzioni del re che lo chiamava «fratellino» e la sua scorza neerlandese si lasciava attrarre dal baccanale che gli ruotava intorno. Misurava le capacità di fare *trink trink* dei parenti francesi e, in cuor suo, li giudicava sobri, se paragonati agli amici e parenti del nord. Osservava quel mondo raffinato, ma non con senso di inferiorità; aveva l'atteggiamento di chi raccoglie ogni elemento utile per farne tesoro in casa propria. E la sua casa non era la Francia.

Non partecipai al matrimonio di Brabantina con il trasporto che mi era naturale, infastidita dalla scostanza di La Trémoïlle, troppo occupato a conservare immacolata la sua coscienza, e distratta dai pensieri rivolti agli eventi che stavano ridisegnando la Francia. Enrico IV lavorava a un editto, per dare a tutti i sudditi uno spazio che tenesse conto delle differenze religiose, senza scontentare nessuno. L'impresa era già stata tentata ripetutamente, senza successo, ma questa volta si sarebbe tenuto conto delle nostre ragioni e io mi aspettavo miracoli.

Mio padre tornò nei miei pensieri come mai prima di allora. Si faceva spazio nella mente quasi a voler partecipare, per interposta persona, ai risultati delle sue fatiche. Enrico IV era re anche grazie a lui e il ricordo dell'Ammiraglio si scorgeva negli occhi e nelle parole di molti. Gli ugonotti trattenevano il respiro e persino La Trémoïlle aveva smesso di agitarsi intorno alla sua stessa persona.

Il sovrano, in quella primavera affannata, mentre correva a castigare i leghisti bretoni, si trovò a Nantes e di lì volle concludere le trattative finali per dar vita all'editto che avrebbe nutrito la speranza della libertà per gli uomini.

Il testo diceva che l'esercizio pubblico dei culti era autorizzato, privo di restrizioni all'interno dei castelli dei signori con poteri di alta giustizia; presso gli altri nobili lo si consentiva per un massimo di trenta persone, ma era vietato in Parigi, nel raggio di cinquanta leghe e in alcune altre città. Laddove ai protestanti fosse negato l'uso dei cimiteri comuni, avrebbero avuto diritto a un cimitero speciale, e i matrimoni degli ex sacerdoti erano pubblicamente riconosciuti. Nelle scuole non era più richiesto l'atto di appartenenza al cattolicesimo e i riformati potevano fondare istituti scolastici nei luoghi in cui fosse ammessa la totale libertà di culto. Le forme dell'organizzazione erano consentite e una somma di quarantacinquemila scudi sarebbe stata destinata agli stipendi dei pastori, giacché i fedeli avrebbero dovuto continuare a pagare la decima al clero. Era garantito l'accesso a qualsiasi carica o impiego e le vertenze giudiziarie sarebbero state giudicate dalla camera dell'editto e dalle camere bipartite di Castres, Bordeaux, Nérac e Grenoble. Erano previsti alcuni seggi nel consiglio regio. Si elencavano centocinquanta località rifugio e cinquantuno *plâces de sûreté*, sedici luoghi di matrimonio. Tutti sarebbero dipesi dalle regie città libere con governatori e soldati protestanti pagati dal re. Ottanta permanevano fortezze private le cui spese gravavano sui signori che le governavano.

Erano passati trentacinque anni dall'editto di pacificazione voluto da mio padre e, a ben guardare, gli argomenti erano sempre gli stessi. Dall'editto di Nantes, tuttavia, ci aspettavamo che fosse messo in pratica, questa sarebbe stata la novità e ci sarebbe bastata.

Le notizie che giungevano dall'Olanda furono, per tutta la durata di quel 1598, molto favorevoli e la corrispondenza in arrivo dall'Aia diceva del progresso delle campagne militari di Maurizio. Chi credeva nei presagi sosteneva che il messaggero della fortuna aveva preso la forma di un capodoglio che si era arenato, nel febbraio di quell'anno, nelle secche di Berckhey, un villaggio di pescatori poco distante dall'Aia. Era lungo diciotto metri e la sua immensa bocca dentata era stata regalata a mio nipote Giovanni. Henri mi descrisse con precisione le caratteristiche del cetaceo che era stato misurato in ogni sua parte e poi avviato, pezzo a pezzo, nella fucina dell'economia olandese. Nulla era stato buttato e i racconti di quell'evento, più passavano gli anni, più si arricchivano di particolari.

Non potei assistere alla nascita del mio primo nipote maschio perché La Trémoïlle non mi aveva invitata. Lo sgarbo si aggiungeva alla ritrosia nell'onorare un debito contratto al tempo delle nozze, quando gli avevo fatto prestito di una considerevole somma di denaro. Da allora aveva cercato di evitarmi e questo atteggiamento mi mandava in collera, perché nascondeva un disprezzo evidente nei miei confronti.

La Trémoïlle non aveva bisogno delle mie sostanze, ma gli dava piacere dimostrare che poteva servirsi di me nei suoi disegni, gli dava tono, importanza o forse, più semplicemente, era profondamente avaro. Io mi ero prestata, per amore di pace e rispetto verso il re, a correre come un ufficialetto da una parte all'altra del paese e adesso esigevo quel che mi apparteneva: mi servivano molti denari perché Henri potesse fare rientro in patria con qualche lustro, forte di armi, cavalli e cavalieri.

Il suo tempo era scaduto, l'anno era passato e gli Stati generali avevano mandato i loro vascelli da guerra per riportarlo ai suoi doveri, mentre il re lo tratteneva a Fontainebleau, certo di convincere gli Stati a lasciarglielo ancora per un poco. Temendo che le Province unite mi ritenessero responsabile delle istanze di dilazione, scrissi a Maurizio lettere non richieste e spiegai alla corte francese le necessità urgenti che richiamavano Henri a difendere, a fianco del fratello, la Gheldria e l'Overijssel, incalzate dal nemico. Gli argomenti convinsero il sovrano che si fece promettere dal «fratellino» un presto e sicuro ritorno.

Henri se ne andava dopo lunghi mesi felici in cui l'avevo visto crescere a distanza ravvicinata, se ne andava fiero dei successi ottenuti alle lezioni di equitazione, impettito come un soldato che va alla guerra, salutando il cugino con un arrivederci solenne ma cordialmente ospitale. L'amicizia del re gli aveva dato alla testa e Maurizio avrebbe provveduto a ridimensionarlo, se non lui l'esercito spagnolo, smarrito ma non arreso nelle pianure del nord, oltre la città di Arnhem, la più ambita dai predoni.

L'anno precedente era accaduto un fatto singolare, del tutto imprevisto: Filippo Guglielmo, dopo ventotto anni di cattività, era sulla via del ritorno. Il figlio primogenito di Guglielmo sembrava intenzionato a stabilirsi nei possedimenti di Orange, nell'attesa di progettare il suo futuro. Era sbarcato a Genova, al seguito del cardinale Alberto d'Austria che l'aveva inviato, in sua vece, a baciare i piedi del papa. Si malignava che l'avrebbero portato nei Paesi bassi per contrapporlo a Maurizio, accampando per lui i diritti di progenitura.

Filippo Guglielmo venne a trovarmi, appena arrivato a Parigi. Mi ero preparata all'incontro ricordando la spaventosa trasformazione che mio fratello Charles aveva subito dopo il periodo di prigionia. Entrambi erano stati rapiti giovanissimi, quando grande è ancora il bisogno di guida e protezione. Lo incontrai a un ricevimento e lo riconobbi fra tutti per quell'occhio un po' ironico che il padre aveva voluto lasciare in eredità a lui solo, e la scioltezza dei movimenti del giovane, già uomo, affabile e generoso, smontò le mie facili teorie. Ci vedemmo spesso e la sua curiosità per la storia di famiglia pareva insaziabile. Scriveva alle sorelle, cercava i fratelli, voleva conoscere i particolari della vita del padre pur dichiarandosi cattolico e servitore del re di Spagna.

Lo assicurai che Guglielmo sarebbe stato felice di incontrarlo, dopo aver trascinato negli anni il rimpianto per non averlo saputo proteggere. Cercai di conoscere le sue intenzioni e lo pregai di non armarsi contro i fratelli, di non sacrificare la famiglia ritrovata ai giochi del potere.

Non era acuto come il padre, ma giovialmente evasivo, e mi trovai a sostenere la sua compagnia senza imbarazzo. Il fatto che ritrovassi in lui una somiglianza con Guglielmo lo emozionava e poneva domande sulla sua persona, interessato a dettagli cui io stessa non ero in grado di rispondere.

A differenza di Charles, mi pareva in grado di distinguere le responsabilità del padre dall'accanimento della sorte, cercando di far coincidere i pezzi mancanti con l'immagine del genitore amato da bambino. Gli raccontai della sorella Fiandrina, l'unica cattolica come lui, chiusa in un convento. Ero stata a trovarla e la sua scelta non mi pareva rassegnata ma, in qualche modo, costruita dal succedersi degli eventi. Chi di noi aveva tentato di farla recedere era stato cortesemente respinto. Gli dissi di cercarla, di scriverle, in fondo qualcosa nella loro storia li univa: la solitudine obbligata, l'esclusione dalla vita comune di una famiglia in cui non potevano più riconoscersi, ma che forse poteva rientrare, in forma adulta, dentro una ragionevole geografia affettiva. Rispose che l'avrebbe fatto e che, intanto, sperava di far visita a Brabantina.

Quando se ne andò provai un vero rammarico per non averlo potuto veder crescere insieme alle sorelle e ai fratelli e promisi a me stessa di non perderlo d'occhio perché la sua figura mi commuoveva.

Henri e le sue sorelle mi riempivano la vita, ma, al contempo, mi distoglievano dal compito più importante che dovevo portare a termine entro la fine del secolo: perseguire l'assoluto, definitivo, incontrovertibile annullamento delle sentenze che avevano disonorato la memoria di mio padre e di tutto il nostro casato.

Le lettere patenti del re erano state, da tempo, consegnate alle diverse camere del Parlamento, ma ci era voluto un anno intero e tutta la mia insistenza perché fossero accolte appieno, perché fosse strappata in mille pezzi e infine soppressa ogni procedura, giudizio e sentenza, grande o piccola, dalle cancellerie del regno. Il 14 luglio del 1600 quella giustizia, in cui non avevo mai smesso di credere, mi offrì un risarcimento, nella forma che avevo desiderato e che non si limitava a sconfessare il precedente operato, ma ne annullava le disposizioni.

Ebbra di gioia scrissi a figli e figlie, zii e cugine, la definizione del processo verbale che avevo imparato a memoria. Ospite di Mornay, stappammo le bottiglie della cantina paterna che avevo conservato per quella sola occasione e fui finalmente in grado di rispondere a mio padre, laddove, nel suo testamento diceva: «mia figlia ha avuto modo di sapere quanto io l'ami». Se mai ce ne fosse stato bisogno, adesso anche lui avrebbe conosciuto la forza e la tenacia del mio sentimento.

Per uno scherzo della mente mi apparve l'immagine ricorrente di quel piemontese che aveva comprato la sua testa per dieci scudi. Voleva mandarla a Roma e farne omaggio al papa, ma la visione arcaica del trofeo primordiale quella sera non mi fece paura. Scacciai il pensiero affacciandomi alla finestra, per considerare i cieli, opera delle Sue dita, e la luna e le stelle da Lui disposte. Cercavo la costellazione della Cassiopea che avevo imparato a riconoscere da quando avevo saputo che, proprio nell'anno della strage, vi aveva fatto la sua comparsa una nuova stella, brillante come Venere. Tycho Brahe la studiava dall'osservatorio di Uraniborg che il re di Danimarca aveva fatto costruire apposta per lui sull'isola di Ven. Negli anni dell'esilio fissavo la costellazione tutte le volte che ne sentivo il bisogno finché, convinta di scorgere la nova, le affidavo il compito di rappresentare lo scintillio dello sguardo di mio padre, alto su di me.

12.
Generi

In Francia la guerra era momentaneamente finita, ma non in Olanda, dove tutto faceva presagire che il tempo della pace non sarebbe stato un regalo dell'avversario. I due cugini, mio figlio e mio nipote, combattevano insieme dalle parti di Ostenda e nella battaglia di Nieuwpoort si distinsero per il loro valore.

Le notizie arrivavano a Lierville, dove mi ero stabilita, con un ritardo a volte clemente che dilazionava i fatti magnifici o terribili con pari distacco e il vento dell'oceano amministrava arbitrariamente il fluire delle informazioni.

Se un cruccio improvviso mi toglieva il sonno, qualche rapida incursione a Parigi permetteva di raccogliere messaggi di prima mano, ben sapendo che qualche giorno di differenza non avrebbe cambiato il tenore delle ambasciate. Il solo fatto di mettermi in movimento attenuava l'oppressione dello spirito e gli incontri, incidentali o meno, che si creavano negli spostamenti, buttavano legna sul mio fuocherello, riscaldandomi con il calore degli altri.

Le proprietà di Lierville richiedevano forti investimenti in tempo e denaro, a causa dello scarseggiare di acqua e legname. Per quanto cercassi di renderla gradevole, quella dimora non fu mai di mio gusto. La raffinatezza feudale mi aveva attribuito il nome di un'altra terra, ma non era questo il motivo del mio scarso attaccamento. Era l'abitazione in sé a darmi un senso di disagio e aggiravo l'ostacolo dedicandomi alla cura dell'immenso parco, coltivando quell'arte che avevo incominciato a praticare nei giardini dell'Aia. Dopo aver fatto piantare una grande quantità di olmi femmine a foglia larga che costavano cinquanta franchi al centinaio, optai per gli olmi maschi, campestri, più belli ed economici. Auspicavo una crescita veloce, ma temevo l'insufficiente irrigazione e imparai a guardare il cielo non solo come dimora dell'Eterno, ma come serbatoio infinito e volubile, a volte interpretabile grazie a piccoli segni nell'aria, a odori improvvisi, a spostamenti nella direzione dei fumi e dei vapori, a risentimenti del corpo.

Se i figli sono lontani e la vita sociale ristagna perché non riesce a saziare il nostro bisogno di cure, le piante e gli animali possono diventare più importanti dei nostri stessi simili. Con loro nascono pochi conflitti e si lasciano accudire con entusiasmo. Le piante, in particolare, entrano a popolare il nostro paesaggio con un vigore che ripaga in abbondanza le energie spese.

Dopo aver allevato una prole numerosa e provveduto a che ciascuno godesse di qualche sicurezza terrena, sperimentai le difficoltà di manutenzione della rete di affetti che mi legava a ciascuno, di molto complicata e appesantita dai complessi di parentele. La vicinanza di Elisabetta e Brabantina era, ad esempio, solo apparente perché condizionata dal loro equilibrio familiare e il mio tempo scorreva in una serenità esteriore che celava l'attesa di un invito per una nascita, per un battesimo, per un compleanno.

Nel corso di una visita all'ultima nata, di cui ero madrina, avevo ritrovato il piacere del contatto esclusivo che i bambini concedono alle persone gradite. La piccola sorrideva tendendomi le braccia, la mia presenza la incantava e i genitori mi blandivano, sottolineando l'eccezionalità dell'interesse che lei mi dimostrava. Quel sentimento mi colpì con violenza e ne ebbi paura, perché temevo non sarebbe durato. Avrei fatto di tutto pur di conservare la buona grazia della piccina, ma qualcosa mi tratteneva dal consegnarmi nelle sue mani. L'amore per lei portò con sé il ricordo di emozioni passate che, come sentinelle della mia pace, vennero a mettermi in guardia, a impedirmi di cedere al bisogno di essere amata, a riportarmi al destino errante di chi ha consumato il tempo della fertilità. Mi applicavo a elaborati esercizi di equilibrio che mi permettessero di dare e ricevere con oculatezza e parsimonia, per non cadere nella trappola delle illusioni, evitando la mendicità degli affetti.

Anche il tempo della spontaneità era dunque al tramonto, oscurato da un crepuscolo di chiaroscuri di cui intuivo le implicazioni. L'intenso carteggio con le mie figlie «francesi» mi è testimone della continuità di un amore materno che restava prigioniero della carta. Elisabetta e Brabantina, nelle frequenti missive, rispondevano con slancio e spontaneità verbali, come se nulla fosse cambiato, purché tutto rimanesse nel dominio astratto del pensiero.

Diradando le occasioni di incontro speravo di alleggerire le tensioni che si creavano nelle riunioni di famiglia. Dei due mariti, de la Trémoïlle non sopportava di essermi debitore mentre il duca di Bouillon, nella sua sconfinata vanità, prese ad accusarmi, molto indirettamente, di non essere in grado di tenere, a corte, un comportamento adeguato, danneggiando l'immagine e il decoro della famiglia. Non avevo le prove delle sue maldicenze, ma l'insistenza con cui Elisabetta segnalava le mie manchevolezze non poteva che derivare dal sospetto che il marito insinuava in lei, e la sua indisponibilità a fare il nome del detrattore confermava i miei dubbi.

La mia presenza a corte si limitava ai periodi in cui il re e la regina mi sollecitavano affinché partecipassi ai grandi eventi cui nessun nobile poteva sottrarsi. Fui così a Fontainebleau in occasione delle nascite dei figli di casa reale e mi sottoposi con senso di responsabilità alle interminabili conversazioni pomeridiane che raccoglievano le donne di rango nel salotto privato della regina, nell'attesa del parto. Si tessevano e ricamavano complicati arredi, ciascuna al suo posto, come prestabilito dall'etichetta e si sfilava all'uscita, secondo il grado. Poteva accadere, e di questo mi si accusava, che l'ultima delle Guisa cercasse di passarmi avanti per collocarsi in posizione di favore, ma l'orgoglio tradizionale della casa dei Guisa era noto a tutti e si commentava da sé. Mi fu quindi penoso dovermi discolpare presso le mie stesse figlie di un fatto così marginale e senza significato.

Inebriato dall'eredità dei de Bouillon, quasi fosse un profitto delle sue stesse mani, il duca avrebbe desiderato che facessi, della vita di corte, l'unico obiettivo dell'esistenza, mettendo a frutto parentela e amicizia reale, in vista di non si sa quali riconoscimenti prestigiosi per la discendenza. Il re, per mia fortuna, badava poco all'etichetta, e se mi voleva accanto a sé era unicamente per il piacere di rinnovare i segni del sentimento reciproco dell'amicizia.

Ma di questo l'avido genero poteva capire ben poco, attratto com'era dalle imprese facili, dal gioco delle apparenze e dai riverberi di superficie.

Il duca de Bouillon, fedele solo alle sue fissazioni, non si rassegnava facilmente e portò le calunnie in casa de la Trémoïlle, costringendo Brabantina a farsi portavoce, a sua volta, delle rimostranze del cognato. Insinuazioni vaghe mi incolpavano di aver dormito in una camera adiacente a quella dell'amante del re e di aver parlato più a lungo con lei che con la regina, aggiungendo nuove onte al casato. Provai nuovamente a scagionarmi, sostenendo che a tutte poteva capitare un appartamento prossimo a quello della marchesa in questione e che tuttavia mi era già accaduto di rifiutare una stanza al Louvre, troppo vicina alla sua.

Poi, mentre stendevo elenchi di meschine attenuanti, l'immagine delle mie figlie che si prestavano a versarmi nel cuore, goccia a goccia, parole di sospetto, portò il fuoco alla mente. La penna si mosse più lesta sulla carta e, con qualche ironia, le misi in guardia dagli ambienti angusti dove si fa un gran parlare dei fatti degli altri e mi rammaricai con loro, per non esser state capaci di prendere le mie difese esigendo i nomi degli impostori. Scrissi che la dignità non si nutre di allusioni, ma della ricerca, nei fatti concreti, della dimostrazione del vero. Tenni invece per me le considerazioni sui nobili ardimentosi che, disoccupati in tempo di pace, depongono ogni loro virtù rotolandosi nei fanghi delle terme e dei pettegolezzi, incantati da modesti disturbi della loro salute e dai bruscoli negli occhi altrui.

Farei tuttavia un torto al duca de Bouillon se attribuissi alla sua sola vanità l'accanimento che riservava alla critica dei miei atteggiamenti. Sia lui che altri nobili non avevano avuto, da parte del re, il riconoscimento che i fedeli alleati meriterebbero a conclusione di un onorato servizio. Enrico IV si era mostrato generoso verso gli antichi avversari, ma non abbastanza con gli amici che l'avevano sostenuto nel risalire le strade di Francia. De Bouillon non glielo aveva perdonato e si era reso indisponibile a comprendere la logica che guidava il sovrano, nello sforzo di riunire uno stato diviso.

Il duca faceva parte di quella categoria di persone incapaci di osservare il mondo senza vedere se stessi, lì in primo piano, a dare significato all'insieme e, così come lui, tanti piccoli uomini affollavano i crocevia della storia, quasi a volerne condizionare lo spontaneo fluire. Bisognava invece dare atto al sovrano di aver intrapreso un disegno di pacificazione di cui soltanto la lunga distanza sarebbe stata giudice autorevole.

Conoscendo il suo cinismo, consideravo quel tener alta la posta con i vecchi sodali protestanti come un abile gioco delle parti per dimostrare, ai nemici di ieri, la sua attendibilità. Bene facevano i miei confratelli a difendere ogni millimetro della nostra fede, ma il re, dal canto suo, stava giocando con la storia di tutti i francesi e io ero dalla sua parte.

Sopravvissi alle beghe familiari grazie alla tensione per le sorti di Ostenda e con lei dei miei figli e nipoti che la difendevano da un assedio, inasprito dalla Spagna in declino. Quella cosiddetta «estremità orientale», isolata nel profondo sud, si era schierata con Guglielmo fin dalla prima ora, incurante della lontananza dalle ultime propaggini della già meridionale Zelanda. L'anno in cui lui morì la città aveva resecato le sue magnifiche dune, considerandole superflue rispetto alle necessità di difesa, ma dando l'opportunità a quel terribile taglio di sanare poi la ferita trasformandola in porto. Ora Maurizio e i due giovani cugini erano là, a difendere nei giorni, nei mesi e poi negli anni quella lontana Ostenda che agitava le braccia alle sorelle del nord, ma che invece la Spagna stringeva a sé, come un punto d'onore.

Maurizio apprezzava il mio giovane nipote, colonnello della fanteria francese, e aveva ceduto alle sue insistenze, accordandogli l'incarico di portare un rinforzo sfidando il blocco nemico. Châtillon era riuscito nel suo intento, alla guida di sei compagnie di soldati francesi, e i suoi meriti in quell'azione furono riconosciuti e annotati, persino nei dodici libri sul memorabile assedio di Ostenda redatti dal capitano nemico, Christophe de Bonours.

Châtillon aveva imparato dal padre François il mestiere delle armi e il suo sangue bollente lo rendeva pronto a tutto, entusiasta di resistere a un assedio imperiale, inebriato all'idea di tentare una sortita efficace, per liberare una cittadinanza indifesa che gli tributava ogni onore. Quand'ecco che un giorno, mentre stava seduto sull'affusto di un cannone, scherzando con alcuni ufficiali, una palla di ferro, lanciata dalle linee nemiche, gli staccò la parte superiore della testa, spandendo a terra, insieme al cervello, i suoi pensieri e le sue speranze. Henri, scrivendomi del fatto brutale, mi disse di aver comprato, a caro prezzo, alcuni nastri che il cugino portava al braccio, sottratti da un soldato al momento della morte. Per Châtillon quell'ornamento doveva avere un significato particolare e Henri intendeva inviarlo alla madre Marguerite, insieme al corpo del figlio e alle espressioni della sua afflizione.

Le lettere che seguirono e i racconti dell'ambasciatore Buzenvald mi distolsero dal torpore degli ozi di corte, delle gravidanze della regina, delle insulse schermaglie dei salotti. Fui a Fontainebleau per la nascita del Delfino, per lunghi giorni senza memoria. La mia mente non poteva ospitare la gioia di una nascita insieme al dolore per la perdita del figlio di François e accanto a quel corpo disfatto si affacciava, per contagio, l'immagine della possibile morte di Henri, attore solitario in teatri di guerra.

Mi aggrappavo allora al pensiero di Maurizio che sapeva tenere in conto la vita del fratello e l'avrebbe preservato dal peggio, come sempre, per il futuro del paese, ma forse anche per attaccamento. Il suo genio militare divenne la mia ancora di salvezza e quell'uomo, per cui avevo provato sentimenti poco nobili, venne trasformato dalla mia disperazione in un essere superiore.

Le informazioni che giungevano dagli Stati, per tutto l'anno 1601, disegnavano un quadro sfavorevole per la vita economica del paese. Fu un anno di penuria e i silos di Middelburg, Rotterdam e Amsterdam, capaci di contenere le eccedenze di un anno, erano stati ampiamente prosciugati. Mancava la farina per fare il pane e nelle regioni più povere già si usava quella di castagne, nella speranza di non dover ricorrere, come nel tempo delle grandi carestie, a quella di ghiande. Anche il burro era salito di prezzo, usarlo per cucinare era diventato un lusso e ci si accontentava di spalmarlo, crudo, sul pane. Soltanto Maurizio persisteva nell'abitudine, molto impopolare, di mangiare contemporaneamente burro e formaggio.

Per tutto l'anno successivo fui immobilizzata da lente malattie e da una tosse stizzosa di carattere epidemico che mi impedirono la partenza, prevista per la fine dell'anno, verso le mie quasi amate paludi.

Le sofferenze del corpo radicate nelle ossa e nell'appesantimento delle gambe mi tormentarono, insieme alla notizia terribile del coinvolgimento del duca de Bouillon nella cospirazione ai danni del re. Il complotto era esteso e ben organizzato e il sovrano aveva fatto giustiziare il maggior responsabile, barone di Biron, gran generale e suo compagno d'armi, più per consolidare la sua autorità, che per smania di vendetta. Venuto a conoscenza dell'evidente implicazione di de Bouillon, Enrico IV l'aveva pregato di volersi recare a corte per discolparsi e illustrare le ragioni del suo comportamento. La sua naturale clemenza avrebbe dovuto consigliare al duca di sottoporsi al giudizio, ma lui si diede invece a percorrere la Francia, alla ricerca di appoggi che gli evitassero il processo. Sperava di ricevere protezione dal mondo protestante per un semplice fatto di appartenenza, ma, non ottenendo soddisfazione, si era rifugiato ad Heidelberg, costringendo le nostre famiglie a una solidarietà obbligata, a un difficile equilibrio fra principi tedeschi, governo delle Province unite e re di Francia.

L'orgoglio stupido di quel cugino mi afflisse più della tosse e del viaggio glaciale che in febbraio mi riportò all'Aia, ma, su tutto, prevalse la gioia incontenibile di rivedere mio figlio sano, vivo e definitivamente cresciuto. Henri era la copia di Maurizio, lo scimmiottava, forse inconsapevolmente, perfino nell'andatura e quando mi lamentai per le poche e scarne lettere che scriveva alle sorelle, lui fece spallucce, dicendo che non c'era niente al mondo di più inutile. La testardaggine, che non era un suo tratto distintivo, prevaleva ormai su ogni comportamento e mi ammutolivano le sue secche affermazioni. Vista dall'Aia, la Francia mi pareva un paese di rammolliti e provai, quasi con gusto, a riadattarmi all'aria tagliente che scolpiva le facce in sembianze di bronzo.

Prima di partire avevo commissionato un ritratto per ciascun familiare, mi mancava soltanto de la Trémoïlle. Nello studio campeggiava quello di tutti i nipoti e, grazie a un commerciante dell'Isle-Bouchard che faceva avanti e indietro più volte nel corso dell'anno, ebbi per qualche tempo notizie fresche delle mie figliole.

Il re aveva messo i sigilli alle importanti proprietà dei de Bouillon a Sedan ed Elisabetta, alle soglie del parto, era stata costretta a ritirarsi, da sola, nei possedimenti del marito, a Turenne, nel centro profondo del paese, in una terra sconosciuta, lontana da tutti. Il bambino era morto poco dopo la nascita, moltiplicando i segni della sventura e la saggia Brabantina era andata in soccorso della sorella, per temperarne la solitudine e il senso di sconfitta.

Rimandavo il momento in cui avrei dovuto riallacciare i rapporti con il duca mio genero, sapendo che non avrei potuto sottrarmi, per amore di mia figlia e senso di responsabilità, all'opera di mediazione che tutti davano per scontata. Elisabetta aveva sposato uno sciocco e il fatto di averla messa in guardia, fin dalla prima ora, non mi esimeva dall'operare affinché la pace tornasse in famiglia, sperando che la magnanimità di Enrico IV si spingesse laddove de Bouillon non era in grado di arrivare. Il conte doveva però smettere di scappare, abbassare la testa e accettare il giudizio, poiché il re aveva dato sufficienti segnali di disponibilità, più di quelli che ci si aspetta da un sovrano. La storia del complotto, pur nella sua gravità, esprimeva la difficoltà del paese a rientrare dentro un sistema riconosciuto di norme, il re ne era consapevole e l'avrebbe considerata un'attenuante, ma de Bouillon si era montato la testa e, come tutti i furbi, temeva la resa dei conti perché scarseggiava di argomenti.

Ci vollero due anni per venire a capo dell'incresciosa situazione. Il duca, rientrato infine a Sedan, si agitava scompostamente, implorava aiuto, ma disprezzava i consigli perché il passo da compiere era reso difficile da un malinteso senso dell'orgoglio che affligge gli uomini, dalla culla alla tomba.

La storia ebbe un lieto fine, ma non per merito suo. Il re, verso la metà di marzo del 1606, a capo delle truppe e dell'artiglieria, mosse verso Sedan. Giunto nelle sue vicinanze, si rese conto dell'insufficienza della difesa, formata da poche centinaia di soldati stranieri, lanzichenecchi svizzeri, mandati in soccorso dai parenti tedeschi. La città non avrebbe retto lo scontro e il sovrano accettò di buon grado di aprire un tavolo di trattative con il ribelle che si concluse, dopo inutili tergiversazioni, nell'ammissione della colpa e nella promessa di obbedienza, seguiti dal regale perdono.

Sedan acclamò il sovrano e il duca inaugurò una nuova vita, felice di aver costretto la corte, le ambascerie degli stati confinanti, le segreterie di principi e baroni, i parenti, gli amici a occuparsi interamente della sua persona.

Di ritorno a Parigi Enrico IV mi scrisse un biglietto spiritoso: «Cara cugina, dirò come Cesare, *Veni, vidi, vici* o, se preferisci, come la canzone: *Tre giorni durarono i miei amori e in tre giorni finirono, tanto ero innamorato di Sedan*». Con leggerezza mi comunicava che tutto si era concluso in una bolla di sapone e si affrettava a scrivermelo, consapevole dello stato di tensione che aveva attraversato la nostra famiglia.

Le decine di lettere che avevo inoltrato, in quell'inizio di secolo, avevano contribuito a raggiungere un risultato: un suddito era tornato al suo re, un marito alla moglie, un padre ai figli, ma soprattutto era stata evitata una guerra intestina che avrebbe indebolito i principi protestanti e le complicate alleanze che questi garantivano. Adesso avrei potuto riabbracciare Elisabetta e i suoi figli, costretti a sopportare le restrizioni inflitte al marito e padre.

Tutta quella storia non aveva fatto bene a Elisabetta che si era data al gioco delle carte, con la scusa di combattere la sonnolenza serale. Era stata molto criticata anche per aver ballato a una festa di nozze, insieme a una quantità di altre persone, e io cercai di metterla in guardia. Non tutti i concistori erano disposti a chiudere un occhio e, a seconda della loro inflessibilità, avrebbe potuto subire la sospensione dei sacramenti, se recidiva l'ammissione di colpa in pubblico nel culto domenicale e, peggio che mai, l'espulsione dalla chiesa.

Comprendevo il suo senso di amarezza e cercai di mitigare il suo sconforto ricordandole che persino la moglie del mio irreprensibile amico Mornay aveva dovuto subire una sonora reprimenda, per via di una pettinatura un po' troppo complicata che aveva eretto sul suo capo. Le dissi che non approvavo l'assoluta intransigenza del concistoro, ma cercavo, nello stesso tempo, di farle sentire il peso della vanità che mi pareva contraddistinguere, sempre di più, i nobili del nostro paese.

Il gioco, soprattutto, nel suo affidarsi alla fortuna, privava gli uomini della volontà e della ragione, li rendeva suoi schiavi. A questo proposito la invitai a procurarsi gli *Ottonari della vanità e incostanza del mondo* del compositore Claude Le Jeune, appena pubblicati a Parigi, a sei anni dalla sua scomparsa. Il vigore compositivo e l'originalità inventiva del musicista, applicati a un tema così importante come la seduzione del mondo, mi parevano il modo migliore per distogliere l'attenzione dal ballo e dal gioco.

Accanto allo scrittoio dove passavo buona parte della giornata, avevo fatto appendere un ritratto di Guglielmo, dipinto da Adriaen Thomas Key una decina di anni prima del mio arrivo in Olanda. L'olio su tela talvolta mi pareva ammiccare, scacciando frequenti emicranie e riempiendo della sua presenza lo spazio solitario dell'angolo di lavoro. La luce dorata che filtrava dagli spessi vetri piombati si dirigeva volutamente sul suo sguardo, illuminando la già viva pupilla, e una lunga occhiata su di me rompeva l'incrostazione del tempo e le gabbie della logica. L'intensità dell'espressione penetrava i miei pensieri e sospendeva le ansietà, riprendendo lunghi discorsi sospesi, dialoghi da poco interrotti. La potenza del suo sentimento o forse del mio, scioglieva le membra troppo represse, ripristinando quell'equilibrio di allora che nemmeno la morte aveva scalfito. L'intesa perdurava, in quell'angolo di studio, finché il calore della luce consentiva all'estasi dei sensi di rinnovare la sua alleanza. La mia riconoscenza andava al pittore che aveva saputo entrare nel cuore di Guglielmo nel dar vita alla tela, offrendomi la suggestione della sua presenza lungo il deserto degli anni.

Sotto lo sguardo vigile del Taciturno trascorrevo le ore del giorno a sbrigare una corrispondenza composta soprattutto di richieste di appoggio nei movimenti di piccola emigrazione che interessavano gli scambi fra Francia e Olanda. Si trattava di qualche borghese con un buon mestiere che non disdegnava di diventare valletto di un nobile, pur di avere maggiori possibilità, per sé e per la sua discendenza.

A volte, a causa della guerra, mi si chiedeva di procurare notizie di prigionieri che, militando nelle file del nemico, languivano nelle carceri degli Stati. La stessa regina di Francia, Maria de' Medici, mi pregò di intercedere per la liberazione di un suo amico, il marchese di Malaspina, catturato da un gruppo di ammutinati.

Oppure capitava che il primo chirurgo del re e mio amico, Guillemeau, mi inviasse un lunghissimo elenco di bulbi particolarissimi che desiderava acquistare per il suo giardino. L'affare era stato talmente complicato che avevo dovuto scomodare Clusius, allora professore all'Università di Leida, affinché mi consigliasse un venditore di qualità a garanzia dell'eccellenza delle cipolle.

Scrivevo per ricordare alle Province unite le spettanze mie e dei miei figli. A distanza di vent'anni non si era ancora venuti a capo dell'eredità di Guglielmo e i diritti di proprietà comparivano e scomparivano al seguito dei movimenti degli eserciti sul territorio, modificando l'assetto patrimoniale di intere comunità.

L'ingiuria del tempo non era nulla a confronto di quella delle truppe e di quanti si trascinavano loro appresso. Più le guerre duravano, più cresceva il numero di famiglie al seguito dei soldati e di saccheggiatori che cercavano di confondersi fra dragoni e picchieri. Intere fortune si sbriciolavano sotto le mandibole delle orde migratorie che, come locuste, si abbattevano su città e campagne.

L'insufficienza di alloggi spingeva gente normale, nobili e borghesi, a occupare le case, nell'attesa che il proprietario li costringesse a sfollare. Spesso non si trattava di poveri senza tetto, ma benestanti prepotenti che accampavano mille pretesti per installarsi definitivamente nelle residenze da loro prescelte.

Le proprietà vanno abitate, comprese quelle che non amiamo, come per me Lierville. Soltanto così si conservano e migliorano nel tempo. Tentai spesso di venderla, per quanto poco mi piaceva, ma dato che non ci riuscivo, tentavo di farla vivere con ogni mezzo. Adesso che gli alberi stavano crescendo, l'immensa costruzione appariva e scompariva fra la densità del fogliame, attenuando l'impatto verticale che la piattissima landa tendeva a esaltare. Nelle luci accese del tramonto anche Lierville si animava, le sue guance livide prendevano il color carnicino della salute e lentamente mi legavo a lei, a causa del continuo contatto con il suo corpo di pietra. Coltivavo rose di quello stesso colore e presi a considerarle il fiore della maturità, perché soltanto la pazienza e l'esperienza sono in grado di badare alle pretese di questa pianta difficile.

Alla morte di Elisabetta d'Inghilterra Henri fu nominato ambasciatore di stato e spedito a Londra per presentare a re Giacomo i rispetti delle Province unite e per sollecitarlo a rinnovare e confermare l'alleanza offensiva e difensiva stipulata con la defunta regina. Henri, in verità, avrebbe voluto limitare la sua attività diplomatica ai mesi invernali, quando il freddo congela l'ardore delle battaglie, offrendo una tregua naturale agli eserciti in campo. Maurizio, attento a completare la formazione del fratello, lo costrinse a partire, con la promessa di richiamarlo nell'urgenza degli scontri.

Il suo potere si era notevolmente esteso nel corso degli anni e la sua autorevolezza, in questioni militari, era riconosciuta da tutti. Stava portando a termine il percorso impostato dal padre, in condizioni altrettanto difficili perché la partita con gli spagnoli richiedeva ostinazione e determinazione. Maurizio le possedeva entrambe, insieme a una smisurata fiducia in se stesso che non lo rendeva simpatico. Teneva l'intero paese sotto stretta sorveglianza e gli Stati generali avevano vita difficile a controllarne movimenti e decisioni.

La sua vita privata era un mistero. Sapevamo che sarebbe morto celibe pur intrattenendo, da tempo, un rapporto *more uxorio* con la signora di Mechelen. Lei aveva acquistato una magnifica casa, dove abitavano insieme ai loro due bambini che si dicevano bellissimi. Conducevano un'esistenza riservata e nessuno li aveva mai visti insieme in pubblico, neppure in chiesa.

Dato che l'argomento era sgradito a Maurizio nessuno ne faceva parola. Io stessa, nonostante il desiderio che mi spingeva a considerarlo parte integrante della famiglia, non aprivo bocca. Di tutti i figli di Guglielmo, e le innumerevoli figlie, sparse fra Germania e Francia, soltanto lui rimaneva un estraneo. La mancanza di interesse per gli altri, unita a un atteggiamento autoritario, rispecchiava, nei tratti personali, le sue convinzioni politiche. Credeva nell'accentramento del potere e questa convinzione si venne rafforzando per il lungo protrarsi del tempo di guerra. Il progetto di liberazione dalle mani degli spagnoli l'aveva unito al padre, ma ora che Maurizio si avvicinava all'obiettivo, cresceva in lui un sentimento di rivalsa e il nome di Guglielmo era scomparso dalle sue labbra.

Per parecchie ragioni l'Olanda era diventata il centro dell'attenzione internazionale, prima su tutte la questione militare. Maurizio era considerato un grande innovatore in ogni campo dell'arte della guerra, a partire dal problema della disciplina che difettava all'esercito, in larga misura mercenario. La questione era stata risolta imponendo, a compagnie e reggimenti, un insolito sistema di regole che consisteva in lunghe esercitazioni, necessarie a preparare i soldati al mestiere. Prima di allora si faceva conto soprattutto sulla forza e la bellicosità delle reclute, scelte fra i poveri, i galeotti, gli avidi di fama e onori. I contadini invece, che erano i più ambiti perché abituati a lavorare duramente e a obbedire, abbandonavano malvolentieri i loro campi.

Nelle regole d'ingaggio Maurizio aveva fatto inserire clausole tremende, ma efficaci: chi avesse chiesto sotto attacco nemico un aumento del salario sarebbe stato ucciso, e chi bestemmiava avrebbe avuto la lingua forata da uno stiletto arroventato. Il sistema funzionava e mentre un tempo le città che avevano una guarnigione all'interno delle proprie mura la consideravano un flagello, ora ne facevano richiesta, ne apprezzavano il comportamento, affittavano volentieri le abitazioni e ne ricavavano denaro e buon commercio.

Maurizio era rozzo, duro, freddo, studiava tutto l'inverno e si consultava con architetti, ingegneri, armaioli per risolvere il problema della sproporzione fra gli effettivi olandesi e le sterminate armate spagnole. Doveva riuscire a compensare l'esiguità del numero con un volume di fuoco superiore: pochi uomini, ma capaci di sparare molto. Dispose allora nuove formazioni di combattimento più leggere, ma molto mobili e in grado di consentire un fuoco continuo. La prima fila tirava e immediatamente sfilava via, lasciando il posto alla seconda già pronta con il colpo in canna. Similmente le successive, fino a esaurimento, e poi daccapo, come in una danza macabra. A Nieuwpoort avevamo vinto grazie a questi nuovi sistemi e al perfetto addestramento dei soldati.

Maurizio aveva fatto tradurre i classici dell'arte militare. Lui stesso conosceva a memoria il manuale *De militia romana*; approfondì la tecnica delle fortificazioni e dell'assedio e, in caso, sarebbe stato capace di costruire un ponte anche da solo. I due fratelli discutevano in continuazione di gittate, angoli, spalti e distanze e si perdevano in calcoli impossibili, circondandosi di ingegneri cui erano devoti.

Insieme con il cugino Giovanni incontravano spesso un incisore, Jacob de Gheyn, per preparare un libro illustrato che spiegasse agli archibugieri, con esempi concreti, le complesse manovre che dovevano compiere per coordinarsi, a partire dai movimenti più semplici come la spinta della carica dentro i moschetti. Niente sarebbe più stato lasciato al caso; neanche una scintilla del fuoco, conservato dentro le culatte, sarebbe andata perduta. Il libro venne stampato e lo studiai con cura. Era intitolato: *Esercizi militari con archibugi, moschetti e picche.*

Gli sforzi che facevo per tenermi informata non riuscivano ad accorciare le distanze che mi separavano da Henri. Cercavo in mio figlio qualche segno rivelatore della perduta amabilità dei Nassau, dei quali non riteneva che la testardaggine, e mi andavo convincendo che, Maurizio vivente, Henri non sarebbe mai stato veramente se stesso. Non per debolezza di carattere, ma per senso dello stato, per rispetto dell'autorità e perché il vero padre che l'aveva cresciuto era lui, suo fratello.

Le speranze di accasarlo con una francese, Anne de Rohan, si dissolsero di fronte alle difficoltà nel farli incontrare, nonostante Brabantina ed Elisabetta si fossero prestate con entusiasmo a ordire una lunga trama di occasioni e pretesti che mai andarono in porto. Soffrivo per la freddezza di Henri e non sapevo se desiderare o temere i momenti che ci era dato trascorrere insieme.

L'ultimo viaggio insieme a Gand era stato un disastro. L'avevo accompagnato, nell'esercizio delle sue funzioni di governatore delle città della Fiandra liberata, ed ero molto emozionata all'idea di vedere con lui i luoghi dove suo nonno, l'Ammiraglio, era stato recluso dopo la battaglia di San Quintino.

Nell'isolamento forzato della prigione, nell'impossibilità dell'agire forsennato del guerriero, mio padre aveva scoperto la forza del silenzio, la potenza della Parola, la presenza consistente dello spirito che lo avevano portato a una conversione di rotta definitiva. Tutto quel che mia madre aveva già maturato per conto suo, lui l'aveva raccolto lì, dentro il carcere, considerato come la giusta occasione per mettersi di fronte all'unica volontà, buona, santa e accettevole cui conformarsi.

Henri sosteneva in silenzio l'entusiasmo della mia memoria che presto si arrese, atterrita dal fantasma della retorica. Qualche imbarazzo scese fra di noi e mi affrettai a cercare all'intorno i segni che la mano dell'uomo aveva impresso nel paesaggio palustre, certa così di far cosa gradita a entrambi. Le grandi dighe si inerpicavano contro le muraglie liquide che i venti dell'Atlantico formavano già a Dover e a Calais. Immaginavo il formicolare, nell'imminenza dell'inondazione, di contadini che issavano nelle brecce sacchi di sabbia e fagotti, per contrastare le pressioni formidabili con opere faraoniche.

L'aria mefitica di quegli acquitrini intaccò la mia salute poco robusta e me ne tornai infelice all'Aia, con la sensazione di aver sciupato qualcosa, di aver perso un'occasione, forse l'ultima. Travolta dalla certezza di essere una madre inadeguata, paragonavo i successi nell'allevare i figli altrui all'incapacità di suscitare un lampo di tenerezza nello sguardo del mio.

La subdola malattia fu spazzata via dalla notizia della morte di Claude de la Trémoïlle, marito di Brabantina. La bella Brabant, così la chiamava Maurizio da giovane, rimaneva vedova con sei bambini e occorreva che mi mettessi a sua disposizione per sollevarla il più possibile, almeno dalla fatica. Presi con me la sua Charlotte e ricominciai a fare la spola con Parigi per rinnovare presso il re l'importanza dei destini delle mie due figlie francesi, vittime, ma non succubi, di qualche disavventura matrimoniale.

Una fortunata eredità piombò su Brabantina aiutandola a temperare il lutto. Il re le fu molto vicino, un po' perché era bella, un po' perché era saggia e di buon carattere e la aiutò a gestire al meglio i suoi affari. Sosteneva che se Elisabetta fosse stata come lei avrebbe fatto rigar diritto il marito de Bouillon, assistendolo con buoni consigli invece di assecondarlo nelle sue intemperanze.

La quotidianità con la piccola Charlotte mi riempì i giorni che restavano di quel primo decennio del nuovo secolo ed è curioso come io ricordi distintamente ogni minimo evento legato a lei mentre nulla o poco resti, nella mia memoria, delle attività diplomatiche che esibivo in svariate triangolazioni fra i paesi tedeschi, le Province e la Francia cui, negli ultimi tempi, si aggiungevano le trattative per la tregua con gli spagnoli. Quasi non ricordo i volti di ambasciatori e arciduchi e negoziatori che mi rendevano visita per caldeggiare una posizione forte e unitaria delle Province nel corso delle trattative.

Era difficile spiegare loro che gli Stati provinciali non avevano una completa sovranità e questo rendeva instabile l'Unione federale. Ogni decisione richiedeva l'unanimità degli Stati e la consultazione di più di mille persone. I Paesi bassi non erano più la periferia di Anversa, ma non avevano ancora concluso la definizione originale del loro governo.

Nello sforzo di ricordare quelle occasioni formali non riconosco me stessa e scorgo un'altra donna che agisce al mio posto. Nonostante il prestigio raggiunto nella maturità, guardando indietro, vedo una Louise che sgrida Charlotte e la fa punire a frustate perché caparbia. Che le insegna a leggere, a scrivere e recita i nomi delle piante lungo i viali e i sentieri dell'Aia. Allevare quella bambina non era più importante di una missione diplomatica, ma l'esperienza sensibile era infinitamente diversa e la molteplicità degli stati d'animo si fissa nel mio ricordo, più dei movimenti della ragione.

Charlotte rappresentava quel che a me mancava: una fiera strafottenza, uno sguardo impertinente, la consapevolezza dei propri diritti e una fortissima personalità che nessuna verga sarebbe riuscita a domare. Nel giorno del suo decimo compleanno le regalai un carquant di diamanti, lo zio, principe d'Orange, degli orecchini, Maurizio tre dozzine di bottoni di perle e rubini e Henri un vestito di tela d'argento. Così bardata pareva la signorina impettita di Cranach che fissa, altera, il pittore con il suo chignon attorcigliato e turrito sopra le orecchie.

Charlotte non rinunciava mai a giocare e nonostante fosse dotata per lo studio non lo ricercava spontaneamente. L'esercizio della calligrafia la interessava più del contenuto delle parole che sceglieva di rappresentare, disponendole con la stessa grazia che dedicava alla sua persona. A queste e altre incombenze dedicava un tempo illimitato, fuori dall'urgenza di altre priorità.

Il sole brillava spesso nell'arco della finestra della sua camera quando, con le gote rigonfie, soffiava dentro una cannuccia per specchiarsi nella bolla di sapone che dondolava all'altra estremità. L'accompagnava poi nell'aria con un gesto determinato e gentile al tempo stesso, incantata dalla sua sfuggente perfezione. Era incapace di affettazione e l'ammiravo per questo, a costo di apparire incongruente nei miei tentativi di districarmi fra i precetti imposti dall'educazione e la simpatia per certi aspetti riprovevoli del suo carattere.

La vecchiaia incipiente mi induceva a portare l'infanzia in palmo di mano, ne percepivo le potenzialità e cercavo di difenderla dagli assalti dei nemici dei bambini, quelli che li vorrebbero adulti prima del tempo. Vivere in Olanda aveva incrinato il mio sistema di convinzioni a riguardo dell'educazione e, quasi senza rendermene conto, permisi che Henri le regalasse un cagnolino. Da quel giorno Charlotte prese a crescere in fretta, passava parecchio del suo tempo a insegnare al cane tutto quel che lei non era disposta a studiare e, con mio grande stupore, dimostrò a tutti noi di aver imparato anche senza applicarsi.

Poi, il 14 maggio del 1610, Enrico IV fu assassinato all'uscita dal Louvre e, per quanto mi precipitassi, non riuscii ad arrivare che alla veglia dei funerali. Con lui morirono le mie speranze francesi e, in un battibaleno, Parigi si riempì di gente mediocre, arrivista e volgare. Ora davvero ero rimasta senza patria, non potevo più guardare alla Francia come al paese glorioso, aperto, generoso, mi preparai quindi a resistere sulle macerie di un magnifico progetto.

Molti segnali vennero a confermare le peggiori supposizioni e, a inaugurare il nuovo decennio, si incaricò de Bouillon che fu visto sfilare nelle vie di Parigi con i peggiori leghisti e irrompere nella sala del consiglio a sfidare con il pugno alzato il vecchio ministro Sully.

Piansi il re molto a lungo e quando cercai di pensare al futuro, facendo un bilancio di quegli anni, pensai che proprio quella tolleranza religiosa che aveva fatto di Enrico il sovrano di tutti i suoi sudditi gli si era ritorta contro. Troppo breve era stata la messa al bando dei gesuiti il cui potere era soltanto in parte visibile, per quella loro strategia obliqua che li induceva ad agire nell'ombra. La sua indulgenza nei loro confronti aveva spalancato la porta a chi tollerante non era e la sua morte mi apparve come il presagio di nuove violenze.

Cercai di controllare il mio desiderio di vendetta. La tentazione di farsi giustizia da sé è una delle trappole più insidiose che il nemico semina sulla nostra strada, ne riconobbi i segni e compresi che dovevo accettare la fine di un tempo di pace e di prosperità.

Intanto i mercanti erano entrati nel tempio e io non potevo più restare a Parigi. Mi ritirai quindi a Lierville. Gli olmi mi stupirono per la loro crescita imprevista e le rose richiesero una nuova attenzione, per la comparsa di una specie ostinata di pidocchi che la calura anticipata dell'estate incollava alle piante. Non mi persi d'animo e mi rivolsi agli afidi con la perseveranza con cui si combattono i fanatici, siano essi piante, animali o uomini.

13.
Barneveldt

Il mondo stava scomparendo intorno a me e un tempo nuovo stava avanzando a passi da gigante, costringendomi ad affrettare il piede verso sentieri solitari. L'ultimo esercizio pubblico cui mi dedicai con costanza fu la partecipazione agli interminabili negoziati che per due anni assorbirono gli Stati da una parte e gli spagnoli dall'altra, alla ricerca di un accordo che assomigliasse il più possibile alla pace.

Nel corso delle trattative ebbi l'impressione che la maggioranza degli uomini impegnati nei colloqui fosse spaventata all'idea che si aprisse un tempo senza conflitti. Su tutti Maurizio era il più inquieto e lo si notava per l'abisso che separava le sue parole di conciliazione dalle azioni scelte per realizzarle. Maurizio non voleva la pace, perché il dio del fuoco che abitava in lui gli aveva insegnato a prevalere, a qualsiasi costo e con ogni mezzo. L'allievo era diventato insuperabile ma, non conoscendo altro linguaggio che quello della forza, andava cercando, ovunque intorno a sé, la possibilità di continuare a mettere a frutto gli insegnamenti del maestro.

La mediazione infine raggiunta si definì come una tregua di dodici anni che Maurizio firmò controvoglia perché non era nella sua natura accettare compromessi. Il vecchio Barneveldt era stato il vero artefice della pacificazione temporanea ma, nello strappare a Maurizio quell'accordo, se lo rese nemico e da quel giorno gli spagnoli cessarono di essere l'avversario principale.

Barneveldt, uomo probo e giusto, era stato l'ombra di Guglielmo, pronto a secondarlo in ogni decisione: pensavano con una mente sola, agivano con la stessa mano. Dopo la morte del Taciturno aveva appoggiato con vigore la candidatura di Maurizio presso gli Stati generali, affinché gli fosse affidata la massima carica di stathoulder. Lui aveva invece assunto il ruolo di Consigliere pensionario e avvocato della provincia, tuttavia, nell'accettare, aveva posto una condizione: il suo incarico sarebbe decaduto nel momento stesso in cui il paese fosse tornato sotto il dominio spagnolo.

Aveva diretto per trentadue anni la politica olandese e nessuna ombra aveva offuscato la magnifica alleanza che li aveva legati per tutto il periodo del conflitto, ma quando il saggio d'Olanda si dichiarò favorevole alla cessazione delle ostilità, facendo prevalere il bene pubblico sulla vittoria assoluta, Maurizio gli dichiarò, in cuor suo, una guerra personale di cui nessuno, all'istante, si avvide. L'ambizione si preparava a partorire l'ingratitudine.

Barneveldt, alla soglia dei settant'anni, suscitava nell'interlocutore rispetto e soggezione. Era, nella coscienza di tutti, il vero capo civile, il garante dei beni preziosissimi che avevano arricchito le Province: l'indipendenza da un sovrano e la libertà di coscienza. Facendo leva su questi due cardini, l'Olanda si era enormemente arricchita e la pace era diventata la condizione necessaria affinché le grandi compagnie commerciali potessero espandere al massimo la loro potenza.

Con la sua barba candida, il portamento maestoso e la ragionevolezza che scaturiva dalle sue parole aveva, sino allora, contribuito a ricomporre le dispute che fiorivano in campo politico e religioso, alimentate da quel sentirsi padroni a casa propria che caratterizzava gli abitanti del giovane paese. La tregua offriva al popolo tempo e tranquillità per discutere, ciascuno con i propri strumenti, delle mille interpretazioni teologiche che nascevano dal libero accesso alla lettura delle sacre scritture.

Il difficile argomento della predestinazione, che appassionava i magistrati come i ciabattini, era stato introdotto nell'arcipelago dai seguaci di Calvino i cui pastori, come dicevano Marnix e Guglielmo, «Possono anche dar consigli, ma non comandare. Non possono spadroneggiare, devono lasciar libere le coscienze». Si trattava di una questione di lana caprina che facevo fatica a comprendere con chiarezza. Ne intuivo l'altissimo significato, ma non ero in grado di spiegarlo né di farne oggetto di discussione. Già ai tempi dell'esilio in Svizzera Teodoro di Beza aveva cercato di avvicinarmi a quella materia, ma la mia ragione si smarriva in una comprensione superficiale e di breve durata.

Non riuscivo a immaginarmi Dio che crea il peccato originale, impegnato come uno scabino a stilare un elenco dei dannati e degli eletti, prima ancora della nascita di ciascuno. Se così fosse, mi dicevo, meglio sarebbe stato se i dannati non fossero neanche venuti al mondo. In quanto agli eletti, il rischio di credersi tali li rendeva arroganti e prepotenti. Temevo l'intransigenza e la durezza dei salvati che, interpretando alla lettera la parola di Dio, senza concessioni all'umanità dell'uomo, ne perdevano di vista la caratteristica distintiva: la propensione all'errore. I miei pensieri si bloccavano all'idea di Dio creatore dei buoni e dei cattivi. Come poteva Dio creare il male, come poteva sbagliare, come poteva sentenziare *a priori* la salvezza e, ancor peggio, la dannazione?

Il paese, da parte sua, coltivava una teologia popolare con l'entusiasmo di chi si inebria nel sottrarre i concetti all'esclusiva dei dotti. Parecchie assurdità scaturivano dall'esegesi volgare, povera di strumenti, ma l'esercizio del pensiero trionfava con la forza generata dal desiderio di comprendere.

La nostra famiglia, così come quella di Barneveldt, frequentava i culti del pastore Uytenbogaert, della comunità vallone di lingua francese dell'Aia, già precettore di Henri e cappellano di Maurizio nelle campagne militari. Era un pastore arminiano che predicava la grazia di Dio a tutti gli uomini e ci sollecitava a non credere che la salvezza fosse stabilita una volta per tutte, ci ricordava che la fede andava rinnovata ogni giorno con la stessa sollecitudine con cui il nostro corpo si procurava il cibo quotidiano. Ci ammoniva ricordandoci la transitorietà della vita con immagini efficaci, come quella della bolla di sapone. «L'uomo – diceva – non è che una bolla soffiata da un fanciullo in una conchiglia, che rifulge nel tondo ma in un istante svanisce nel nulla».

Apprezzavamo la sua predicazione che consegnava ai nostri pensieri qualche concetto da sviluppare, un monito mirato, un dubbio sul nostro operare, accompagnandoci nella vita con un lavoro non appariscente ma efficace. Il suo maestro Arminio era morto giovane, stanco delle dispute e degli attacchi violenti che i calvinisti più duri gli riservavano, tenendolo sotto stretta osservazione, in polemica con ogni sua idea. Io l'avevo conosciuto soprattutto attraverso le parole di Uytenbogaert che lo descriveva come una persona ricca di saggezza e di modestia, fortemente restia ad accettare i dogmi. Arminio invitava i colleghi a guardarsi dalle tentazioni manichee che separano l'umanità in due parti non comunicanti fra di loro, una appannaggio di Dio, l'altra del diavolo. Il suo pensiero intaccava la dottrina della predestinazione, laddove neanche uno spiraglio veniva concesso all'uomo nella ricerca della salvezza e invocava la figura di Gesù Cristo, morto per aprire e non per chiudere le strade che portano verso la grazia. Nella mia mente la questione stava suppergiù in questi termini: la grazia di Dio è indispensabile per la mia salvezza, ma è necessario che io sia disponibile ad accoglierla, e mi immaginavo Dio, come un pellegrino che bussa a tutte le porte, a tutte, nessuna esclusa.

Le dispute non avrebbero oltrepassato i confini delle università, delle chiese e di qualche bettola, se non si fossero prestate alle manovre politiche delle due grandi fazioni che stavano infiammando la vita pubblica del paese. Il popolo aveva nel cuore l'indipendenza, la casa d'Orange e il calvinismo, mentre i mercanti, i commercianti, i borghesi erano ostili agli Orange e ai nobili in generale, erano repubblicani e moderatamente attaccati al calvinismo puro.

Inutilmente Barneveldt e lo stesso Grozio invitavano le fazioni a uno spirito di tolleranza, perché era proprio questa a essere messa in discussione. Un buon governo avrebbe saputo sciogliere l'intrico in cui si erano cacciati i fedeli e i politici, dando ospitalità alle divergenze di interpretazione, invitando le chiese a non eccitare gli animi, cercando di convivere, come si faceva con i cattolici e con tutti quegli ebrei che, negli ultimi decenni, erano sfuggiti all'Inquisizione per stabilirsi nei paesi del litorale. La posta in gioco era ancora una volta la libertà di coscienza e di culto.

Purtroppo il principe Maurizio non era un uomo di pace e, pur non avendo mai prestato alcun interesse alle dispute teologiche, di cui non capiva nulla, vi affondò a piene mani per raggiungere i suoi obiettivi. I suoi discorsi vertevano sempre più spesso sull'importanza di una guida forte che, come in tempo di guerra, garantisse sicurezza e solidità al paese. Aveva chiesto, a questo proposito, un parere a Barneveldt che si era mostrato serenamente contrario, convinto com'era della conquistata indipendenza delle Province unite e dell'equilibrio garantito dall'autonomia degli Stati generali. Per la seconda volta Maurizio era arretrato di fronte alla prudenza del venerabile e le loro diverse opinioni mi parvero semplici *pourparlers*.

Non annusai il pericolo e non mi insospettirono le attenzioni insolite che il principe mi rivolgeva. Si presentava sempre più spesso alla mia porta chiedendo consigli e abbondando in apprezzamenti sull'influenza della mia posizione nelle vicende del paese. Ero frastornata e felice di essere riuscita, sul limitare della vita, a ottenere l'approvazione e la stima di tutti i figli di Guglielmo. Maurizio era stato l'ultimo a cedere alla costanza del mio sentimento e le sue lusinghe mi erano parse il frutto generoso di un riconoscimento tardivo.

Non scorsi il trabocchetto neanche quando il cappio si stava stringendo intorno al mio piede. Non mi avvidi che i consigli richiesti nascondevano la parte più rilevante del contendere: il beneplacito alla sua incoronazione. Mi lasciai circuire perché non ero consapevole del mio potere e del prestigio diplomatico raccolto in trent'anni di ambascerie e mediazioni. Non potevo, quindi, avvertire il significato dell'alleanza che Maurizio mi proponeva. I suoi progetti sembravano non aver altro scopo che la gloria e il benessere degli Stati e il futuro di Henri, suo unico erede. Dissi di sì, che l'avrei appoggiato, che sarebbe stato un ottimo sovrano per tutti noi, lo dissi convinta, conquistata dall'uomo nuovo che si agitava in lui.

Fu allora che Maurizio mi chiese di procurarmi il consenso di Barneveldt, così come da sempre mi si domandava di perorare cause non facilmente conciliabili. Mi mossi con entusiasmo verso il Gran pensionario d'Olanda, carica che per noi francesi equivaleva al Gran cancelliere di Francia. Il mio vecchio amico mi accolse con affetto e ascoltò in silenzio le mie ragioni, poi, scotendo appena la testa, mi mostrò, con eloquenza prudente, l'altra faccia della medaglia.

– La maggioranza delle persone – disse – si distrugge a causa dei desideri contrari al proprio bene, ignorando i loro veri interessi, e Maurizio, augurandosi la corona, cerca la sua rovina.

Quanto a lui, Barneveldt, era saldo nella sua fede repubblicana e non voleva nessun re. Insieme al popolo, e a Guglielmo, aveva giurato di prestare fedeltà soltanto a Dio, sarebbe morto piuttosto di rinnegare quel patto.

La mia ambasciata non piacque a Maurizio, soprattutto quando capì che Barneveldt mi aveva convinta, prefigurando la divisione del paese e una lotta fratricida. Il suo volto cambiò espressione, svanì la benevolenza che vi si era impressa negli ultimi tempi. Negli occhi che esprimevano un odio primitivo, riconobbi il desiderio di schiacciarmi sotto il suo stivale.

L'estensione della mia stupidità mi apparve allora incalcolabile e vi aggiunsi un sentimento di colpa profondissimo, per aver alimentato un gioco più grande di me. Accecata dal desiderio materno di compiacere figli, nipoti e parenti, avevo scherzato con le armi della politica e mi ero ferita, profondamente.

Mentre sedevo addolorata e rabbiosa davanti allo scrittoio, mi misi a cercare una lettera, vecchia di dieci anni, in cui Enrico, allora re di Francia, mi metteva in guardia dal carattere di Maurizio, citando le parole del suo ambasciatore Jeannin. «Il signor principe sta cercando di diventare sempre più potente, fino al punto di non dover dipendere in alcun modo dalla volontà dei popoli che si stancano di coloro che li hanno meglio serviti». In qualche parte del mio cervello avevo avuto modo di registrare la limpida osservazione, ma non ne avevo tenuto conto, cedendo all'impulso grottesco, per una donna della mia età, di poter cambiare la natura dell'uomo.

Guglielmo, dal quadro di fronte, inarcò un sopracciglio pietoso che mi stizzì. Lo guardai, dritto negli occhi e gli dissi con voce sonora e assertiva:

– Maurizio si comporta così perché non vuole fare la tua fine.

Quella piccola verità non svelava la figura contorta del principe, ma ne illuminava il suo lato oscuro. Molte altre cose dovevano ancora accadere perché io potessi vedere per intero le sue ombre, tuttavia quella voce alzata contro Guglielmo era la mia ed era la prima voce sicura, dal tempo della sua morte lontana.

Era maggio, lo dicevano i tulipani e poi le rose che crescevano nel parco, negando con i loro colori il dilagare di un morbo dello spirito, più contagioso e letale della peste nera. Il maggio del 1616.

Per distogliere l'attenzione dal moltiplicarsi dei segnali di sventura, avevo concentrato la mia ricerca di quiete in un piccolo evento, rappresentato dall'arrivo di un quadro che ritraeva Maria de' Medici. La regina me lo aveva inviato facendo seguito a una vecchia richiesta cui pensavo non fosse stata data importanza. Dopo un lungo silenzio aveva voluto ricordarsi di me, non mi aveva dimenticata e leggevo, fra le righe della sua lettera di accompagnamento, qualche segno di amicizia per le molte fedeltà trascorse e, forse, anche per non aver creduto alle voci che la riguardavano, di inganni e tradimenti, culminati con l'assassinio del marito.

Attribuii al quadro le virtù propiziatorie delle testimonianze di affetto che la Francia mi faceva pervenire, con tempestiva parsimonia, per ricordarmi che nella mia terra ci sarebbe sempre stato un posto per me. La placidità del volto della regina indicava una via di fuga, uno spiraglio di libertà. Non traspariva, nello sguardo dipinto, il carattere bisbetico e litigioso che aveva respinto il solare marito. L'incarnato perfetto e la piccola bocca ambiziosa mi invitavano, con noncuranza, ad accettare le sue grazie. Il suo senso estetico mi confondeva, l'armonia dell'arredo con cui aveva circondato il suo viso spegneva, da parte mia, qualsiasi animosità e l'italiana mi parve meno pericolosa di quella che l'aveva preceduta.

Maria non aveva il talento politico di Caterina de' Medici e, per sua fortuna, neanche quel mento arretrato, breve e pesante di chi sa trasformare la sofferenza in potere. Caterina era morta da quasi trent'anni e, nonostante l'avessi ritenuta responsabile delle disgrazie della mia famiglia, mi aveva colpito l'indifferenza che aveva accompagnato la sua scomparsa. «Non le si era data importanza, non più che a una capra morta» aveva detto qualcuno, e questa frase, quel riferimento alla capra morta, non mi aveva dato piacere, mi era parso un insulto sbrigativo alla memoria.

Armata di qualche cordicella misuravo sul muro gli spazi vuoti e scrissi alle mie figlie commissionando loro i ritratti dei francesi che mancavano all'appello. Qualche amico, qualche nipote, le figlie in età matura. Il cordino nel suo intero rappresentava la lunghezza del quadro, mentre la parte più lunga, delimitata da un nodo, indicava la larghezza. Spedii lettere e funicelle nell'attesa dei ritratti dipinti da Ferdinand, nostro pittore di fiducia.

Brabantina mi aveva mandato dell'ambra grigia e dell'aceto di cedro che aveva acquistato alla fiera primaverile di Saint-Germain dove aveva assistito, per la prima volta, alle prodezze dei danzatori su corda e del teatro su trespoli. Aveva fatto una ricca incetta di gioielli che mi descriveva diffusamente in una lettera, segnalandomi il risparmio che la fiera garantiva ai suoi fedeli. In quel caravanserraglio, cresciuto nei secoli fra la gogna, l'abbazia e il cimitero di Saint-Sulpice, ero stata spesso in compagnia del re che vi sperperava il denaro preso in prestito da Sully.

Supplicai Brabantina di venirmi a trovare, di portare con sé la vivace turbolenza della mia terra. Io non potevo partire, non volevo lasciare Henri, solo, in balìa del fratello. Brabantina era la sorella preferita da Maurizio e attribuivo alla sua venuta il potere di invertire il corso degli eventi. Invece scoppiò l'inferno.

La prima vittima della guerra privata di Maurizio fu il pastore Uytenbogaert. Una domenica, nel bel mezzo di un sermone intenso e forbito, Maurizio si era alzato d'improvviso, gridando al suo indirizzo:

– Dottore, voi e i vostri simili siete i nemici di Dio!

Poi, a passo di carica, era uscito dal tempio. Il segnale della rivolta era infine lanciato e i nemici erano stati individuati nei seguaci di Arminio, i cui capi, ritenuti tali, erano Barneveldt, Grozio, lo stesso Uytenbogaert.

La frequenza ai culti diminuì improvvisamente e il religioso, avvertendo il pericolo, chiese l'autorizzazione ad andarsene. – Devo forse predicare alle sedie? – mi domandò.

Lo pregai di restare e lui accettò, ma sapevamo entrambi che la decisione era soltanto rimandata.

Anche gli uomini migliori inciampano quando si sentono minacciati e Barneveldt fece, proprio allora, una mossa sbagliata, negando a ministri e professori in teologia la possibilità di parlare pubblicamente o di scrivere libri sull'argomento della predestinazione. Sperava, così facendo, di allentare la tensione, eliminando la causa della contesa. Buttò invece paglia sul fuoco. Maurizio calcò il peso della sua spada sullo stesso piatto della bilancia della giustizia dove erano stati messi i libri di Calvino e di Beza, affinché non ci fossero equivoci su quale fosse l'unica, vera interpretazione della parola di Dio.

Il gazzettiere di Maurizio incise una stampa che attribuiva alla balena arenatasi a Buytewech i caratteri di un messaggero divino. Dio l'aveva inviata sulle spiagge d'Olanda per ammonire i peccatori, compromessi con le forze del Male a causa della tregua firmata con gli spagnoli. Fu pubblicato un gran numero di libelli in cui si accusava Barneveldt di essere al soldo di Madrid, dell'Inquisizione e della religione romana. Le calunnie erano infamanti e gli Stati d'Olanda offrirono al saggio la loro protezione.

La furia di Maurizio divenne allora inarrestabile, appoggiò la requisizione della nostra chiesa da parte dei suoi sostenitori e si diede a frequentare soltanto i loro culti. La tensione cresceva ogni giorno e scrissi a Duplessis-Mornay supplicandolo di venire a sciogliere il nodo ingarbugliato che divideva il paese e le comunità. Il mio vecchio amico respinse l'offerta, sostenendo che una presenza francese sarebbe stata interpretata come un'invasione di campo da chi usava argomenti teologici per nascondere interessi politici.

Gli Stati d'Olanda furono accusati di abuso di potere e, contro di loro, si mossero gli Stati generali i quali, dopo una prima astensione, convocarono il sinodo di Dordrecht per la fine dell'anno 1618.

Maurizio si diede a percorrere i territori destituendo i magistrati, congedando le milizie provinciali, impedendo agli arminiani qualsivoglia carica pubblica. In sei mesi cambiò il volto politico del paese. La borghesia repubblicana era stata estromessa in un sol colpo, nei posti di rilievo erano state insediate persone di nessuno spessore culturale, umano e civile, totalmente incompetenti, ma fedeli al salvatore della patria, al condottiero adorato dal popolo, al Nassau forte, coraggioso, sprezzante del pericolo.

Il 29 aprile gli Stati generali decretarono l'arresto di Barneveldt, di Grozio e del Pensionario di Leida, Hoogebeets, con l'imputazione di alto tradimento. Gli ambasciatori ammutolirono, le cancellerie valutarono con sgomento l'arbitrio che aveva spinto Maurizio a rimuovere l'intera struttura giuridica, politica e amministrativa. Ma il principe non aveva mai tenuto in gran conto le relazioni internazionali e da allora, per parecchio tempo appresso, un silenzio terribile avvolse il paese, fino al giorno prima il più libero del mondo. La forza aveva nuovamente prevalso sul diritto e io ero costretta a convivere con un despota reso cieco dall'odio.

Sopravvissi grazie a Henri che, per la prima volta dai tempi della sua brevissima infanzia, non si mosse dal mio fianco, dimostrando con la presenza, se non con le parole, la sua scelta di campo. Ero terrorizzata dalla possibilità che l'ira di Maurizio potesse ricadere su di lui, ma quell'ultimo anno in Olanda mi fece capire che le qualità di mio figlio nascevano da un ceppo diverso da quello del fratello.

Henri era lungimirante e aspettava che il vulcano si quietasse per riprendere la rotta. Aiutava come poteva i perseguitati, ma cercava di evitare lo scontro. Il suo silenzio non suonava come un abbandono, ma come una scelta maturata dall'intima dimestichezza con l'animo del fratello. Non seppi mai che cosa Henri pensasse davvero di lui, l'ammirazione non era più quella di un tempo, l'occhio non si accendeva al suo ingresso e l'entusiasmo dei contraddittori era spento. L'obbedienza, tuttavia, restava integra e leale.

Discutemmo una volta soltanto della politica di Maurizio e Henri mi consigliò di non sottovalutare le sue abilità. Su un punto, in particolare, non era disposto a criticarlo: la conoscenza del nemico. Mi fece l'esempio di Enrico IV, morto per aver abbassato la guardia. Maurizio non avrebbe fatto altrettanto, la sua mano sarebbe rimasta ferma sull'elsa della spada per tutto il tempo necessario.

Henri ammetteva l'ignoranza teologica del fratello, ma sosteneva che la sua alleanza con i calvinisti radicali gli consentiva di non dimenticare le ragioni del nemico. Gli dava il coraggio di dichiarare al mondo intero che l'Olanda non si sarebbe fatta cogliere impreparata, che le parole di pace in bocca agli spagnoli suonavano vuote come le loro monete. In questo, a suo dire, sbagliavano i ricchi commercianti e Barneveldt con loro, troppo attenti agli interessi materiali e allo sviluppo degli affari. La pace di cui parlavano sarebbe piaciuta a tutti, ma il tempo per metterla in pratica non era ancora venuto.

Accettai le parole di Henri. Sapevo che dentro di sé disapprovava la durezza del fratello, la sua smania accentratrice, ma non voleva discuterne le scelte e i suoi argomenti mi aiutarono a capire, se non a condividere.

Passarono sei mesi senza che i prigionieri fossero interrogati; le richieste avanzate dall'anziana moglie di Barneveldt, di poter vedere suo marito, furono negate con la scusa del ritardo nell'istruzione degli interrogatori. Le rimostranze degli ambasciatori stranieri, le richieste di spiegazione, di rispetto del diritto, da qualunque parte giungessero, erano palleggiate fra gli Stati e Maurizio, con l'unico obiettivo di logorare la tenacia degli alleati e, in particolare, degli emissari del re di Francia.

La tecnica dell'oblio, dell'annullamento nelle pieghe del tempo è un'arma potentissima che conosce bene soltanto chi, dimenticato dentro una cella, sa che fuori più nessuno l'aspetta. Si può morire per la spada ma anche per il silenzio degli uomini, e io decisi di non muovermi dal fianco degli amici.

Scelsi di non tacere anche se mi accorsi ben presto di non contare più nulla e le insistenze mortificanti che rivolgevo agli Stati scatenavano violente invettive contro i traditori della patria, i servi di Roma, le spie di Filippo II. Le parole avevano perso la ricchezza dei significati che danno a ognuno di noi la possibilità di essere riconosciuti e gli argomenti, privi di fondatezza, trovavano un consenso cieco, presso il popolo passionale e i suoi guardiani.

Chi aveva frequentato Barneveldt, negli anni in Francia e nell'avvocatura olandese, aveva avuto modo di apprezzarne la dirittura morale e ora chiedeva di conoscere i veri capi d'imputazione, per poter preparare un'efficace linea di difesa.

In preda a una continua agitazione, una mattina caddi per le scale e il dolore mi sottrasse, per qualche tempo, alla disperazione che deriva dall'impossibilità di agire. L'ambasciatore francese Dumaurier venne a trovarmi per rassicurarmi sulla sorte di Barneveldt.

– La cosa certa – mi disse – è che non ci sono prove o sospetti di tradimento, per questo motivo non si giustificano né interrogatori né processi. Le accuse si basano su opinioni, rancori e malevolenze che, passando di bocca in bocca, crescono fino ad avviluppare in un sol fascio gli interi Stati generali.

Poi, su tutti si abbatté la scure del sinodo di Dordrecht, voluto dall'astuzia politica di Maurizio, in sfregio all'autonomia religiosa delle Province unite. Gli arminiani alla sbarra furono trattati da papisti e coperti di anatemi, mentre invano i numerosi osservatori stranieri sostenevano di non essere lì per giudicare le persone. In molti decisero di abbandonare il sinodo, trasformato in tribunale, ma il magistrato della città proibì ai battellieri di traghettarli fuori del territorio urbano, appellandosi a una sentenza anteriore alle nuove deliberazioni. I giochi erano stati fatti prima ancora che nuove regole fossero scritte.

Uytenbogaert, insieme ai pastori più compromessi, prevedendo l'esito dei colloqui, era fuggito all'estero e il sinodo di Dordrecht confermò le peggiori previsioni: la dottrina di Arminio, cioè la visione dell'uomo come parte attiva nella ricerca della salvezza, fu bollata come scandalosa e vicina al papismo. Fioccarono le proscrizioni per tutti gli arminiani e i loro seguaci.

Maurizio non voleva testimoni e il suo atteggiamento nei miei confronti era un invito ad andarmene. Io ero sopravvissuta alla san Bartolomeo grazie a una rete di amici che, pur rischiando di persona, non mi avevano abbandonata e da allora il valore dell'amicizia mi era apparso nella sua magnifica abbondanza che nulla ha da invidiare a quello della famiglia. Mi preparai quindi ad agire con prudenza, aiutando di nascosto gli uni e gli altri, nell'attesa di conoscere la sorte di Barneveldt.

Prima ancora di sapere il risultato del sinodo, i magistrati dell'ultima ora si erano sbrigati a bandire i sacerdoti arminiani, a Rotterdam, a Brielle, a Hornes e in molti altri luoghi. Qualche contadino, sbollita la rabbia, cominciava a capire la gravità del raggiro, nel veder cacciato il proprio pastore che per tutta la vita l'aveva servito, nel tempo della gioia e in quello del dolore. Vecchi ministri, alla soglia dell'emeritazione, furono costretti a nascondersi con le loro famiglie, a raggiungere il confine come criminali, per vagare in territori sconosciuti, in totale indigenza. La maggioranza trovò ospitalità in Inghilterra e in Germania, pochissimi rinunciarono alle proprie idee.

Io restavo a custodire la vita di Barneveldt, chiusa nei miei appartamenti, ritirata dentro di me in una forma di preghiera che saldava corpo e mente.

La mia assoluta immobilità serviva a evitare che un piccolo movimento potesse scatenare la valanga. Stavo con il fiato sospeso, consapevole della mia impotenza, ma convinta che Dio, nel suo amore per ogni singola creatura, ascolta il silenzio dei deboli. Gli ricordavo il suo sterminato potere e lo chiamavo in soccorso sperando che il suo aiuto giungesse nel tempo concesso alla vita degli uomini. Lo supplicavo di imbracciare la sua spada a due tagli, quella che penetra fino alla divisione dell'anima e dello spirito, delle giunture e delle midolle. Lo invocavo a giudicare i sentimenti e i pensieri del cuore perché non v'è creatura alcuna che sia occulta davanti a Lui, perché tutte le cose sono nude e scoperte dinanzi agli occhi di Colui al quale abbiamo da render ragione. Imploravo il suo verdetto, da opporre a quello degli uomini.

Non avevo paura per la mia incolumità fisica: Maurizio era pazzo di sé ma non stupido, e stava aspettando la mia partenza. Henri viaggiava nelle province, nel tentativo di operare mediazioni sempre insufficienti e, di passaggio, sostava a controllare il mio stato di salute.

La famiglia di Barneveldt, i cui figli avevano perso il lavoro prima ancora della condanna del padre, si batteva affinché il processo dei prigionieri fosse amministrato secondo le leggi del paese e fossero nominati dei veri magistrati, non dei semplici borghesi, ignoranti della materia e al soldo di Maurizio.

Il re di Francia inviò un suo ambasciatore che indirizzò agli Stati queste e molte altre parole: «Quanto ai detenuti, il mio re e signore vi invita a voler pesare e considerare l'importanza di questo affare. La lunga reclusione sembra scaricarli dalla responsabilità dei fatti atroci che erano loro addebitati. Il vostro stato non è in pericolo, non è stato sparso del sangue per colpa loro. Il re mio signore vi consiglia di non irritare il vostro popolo con il rigore di un giudizio, perché le pene non devono mai superare la colpa».

Neppure il duca d'Alba era stato un carceriere così odioso. A Egmont e de Horn non aveva negato carta e penna, né la possibilità di vedere i famigliari. Soltanto un odio personale e parossistico poteva giustificare l'empietà del trattamento che Maurizio riservava ai suoi nemici. Era già diventato un tiranno, prima ancora di cominciare a regnare, e Barneveldt, l'unico uomo la cui statura morale sarebbe stata in grado di fermarlo, era nelle sue mani. Maurizio giocava sempre d'anticipo.

La sentenza di morte arrivò all'imbrunire e fra tutti i prigionieri fu addebitata a lui solo. Presunte minacce di attentati alla sicurezza dello stato componevano l'accusa, redatta con termini sconci ed evasivi. Accolsi la notizia del delitto giudiziario come un errore cui si doveva porre rimedio e corsi dalla moglie di Barneveldt, supplicandola di intercedere presso Maurizio con una richiesta di grazia.

La donna sedeva composta in una stasi sublime che contrastava con i miei movimenti concitati e sconnessi. Una compassione stupita si dipinse sul suo volto e, rispondendomi, scandì: – È forse colpevole mio marito, perché io debba chiederne la grazia?

La frase cadde fra di noi, illuminata da uno sguardo dal dolore opalino, e con un gesto della mano mi invitò a lasciarla, senza rancore.

Fui io ad andare da Maurizio quando appresi, alle quattro del mattino, dell'allestimento di un'esecuzione antelucana, preparata di nascosto da occhi importuni. Inutilmente bussai alla sua porta, mi fu detto che dormiva. Nessuno poteva rompere il sonno proverbiale, breve e intenso, dell'eterno guerriero. Scrissi un messaggio in cui gli ricordavo Guglielmo, il padre clemente con il suo assassino, e poi Barneveldt stesso, protettore della sua giovinezza, sostenitore della sua maturità. Non mi mossi dalla soglia, non cedetti alla rassegnazione finché, poco prima dell'esecuzione, il principe mi fece rispondere di non conoscere le parole della carità e nemmeno quelle della pietà.

Il silenzio scese allora, per sempre, fra di noi. Le porte dei palazzi si chiusero, i chiavistelli scivolarono nelle loro guide, le ronde scandirono lungo i canali il ritmo della condanna.

Nella corte del castello, di fronte alle stanze di Maurizio, era già stato preparato il patibolo, circondato da ottocento armati, pronti a difendere l'ordine. Barneveldt, appoggiato al suo bastone, avanzò, seguito da un servitore. I suoi occhi sfioravano la folla accorsa per assistere allo spettacolo e sembravano vederla per la prima volta.

Andò a inginocchiarsi sul lastricato per dire le ultime preghiere e mentre il suo corpo si abbandonava dolcemente sul terreno si potevano intuire i battiti rallentati del cuore. Alcuni pregarono con lui finché, preso da nuova energia, si alzò di scatto e disse ai presenti:

– Sono stato, per tutta la vita, vostro fedele compatriota, sappiate che non muoio per avervi tradito, ma per aver cercato di difendere la libertà e i diritti della nostra patria.

Pochi lo ascoltavano, ma il tono della voce e la potenza dello sguardo sfiorarono qualche coscienza.

Con mano ferma si tolse l'abito e il farsetto, sfilò l'anello dal dito e lo porse al servitore, avvicinando le labbra al suo orecchio per bisbigliare qualcosa. Il domestico estrasse allora un berretto viola dalla sacca da notte e glielo porse. Lui lo indossò e mentre lo abbassava sul viso mormorò:

– Signore, abbi pietà di me, povero peccatore.

Si inginocchiò su un leggero strato di sabbia, sorretto dal domestico che, con gesti d'amore, gli rimboccava il colletto della camicia dicendogli addio. Mentre la spada del boia scendeva sul collo nudo, Maurizio, con i suoi occhiali d'Olanda, osservava dalle finestre di fronte il corpo vinto del Gran pensionario. La sua figura massiccia si distingueva da lontano per quegli abiti sempre uguali che lui indossava in ogni occasione: farsetto di seta bruna con ricami dorati, brache e calze brune, mantello di velluto e cappello di feltro bruni. La sua divisa.

Con macabro puntiglio proibì il lutto e sottrasse la salma alla famiglia, sottoponendo l'abitazione del defunto all'inventario dei beni mentre ancora la Morte, incerta se rimanere o andarsene, si attardava nelle stanze della vedova.

Henri, dopo l'esecuzione di Barneveldt divenne sfuggente, smise di frequentare il tempio e Maurizio lo invitò a compiere un lungo viaggio diplomatico in Francia, consapevole della frattura che si era prodotta nelle relazioni fra i due paesi. Chi, meglio di Henri avrebbe potuto sanarla? Io rimasi sola, il vuoto si era creato intorno a me, gli amici erano fuggiti, morti, in prigione o proscritti, e chi li aveva sostituiti mi faceva ribrezzo. Dovevo andarmene perché non c'era più nessuno che avesse bisogno di me.

Staccai dal muro il ritratto di Guglielmo, raccolsi il salterio ginevrino, l'averla meccanica del mio affezionatissimo Odet, qualche biglietto, sgualciti segnalibri. Mai avrei creduto, alla soglia dei sessantacinque anni, di ripetere i gesti dell'esilio, di dover raccogliere gli oggetti del viatico. Spinta da uno smarrimento sempre uguale, voltavo le spalle a quel che c'era prima, senza poter vedere che cosa ci sarebbe stato poi. Agivo nella certezza breve della destinazione: Parigi, con tappa ad Anversa.

Passai da Delft per portare via con me i ricordi rimasti nella città, ero offesa con quel paese e, seppur in forma simbolica, intendevo ripulire l'intero territorio dalle tracce della mia presenza. Nel dramma in cui stavo recitando, rappresentavo la parte di chi ha dato tutta la sua vita per uno scopo e si accorge improvvisamente che nessuno glielʼaveva chiesto, anzi, che sarebbe stato preferibile, per i beneficiati, fare a meno della sua stessa persona. Puntuale alla conferma la città assolata, in quell'ultimo aprile, mi riconobbe e mi affondò nell'ingiuria. Al passaggio della carrozza, molte mani si alzarono a lanciare fango sulla vettura. Le gole, umide e rosse, urlavano:

– Abbasso la francese, abbasso l'eretica!

Mentre il fango colava lento lungo i finestrini, ebbi appena il tempo di raccogliere le ultime immagini di Guglielmo, perso nei canali, a conversare ancora un po' con il birraio, con il fabbro e con la serva.

Non volevo che la sua ombra continuasse a vagare in quel modo malinconico e gli chiesi di sedersi accanto a me, ancora una volta, in quel lurido viaggio ad Anversa. Questa volta fui io a invitarlo nella mia carrozza e nessuno venne a importunare il nostro incontro privato.

La vita si riavvolgeva sempre più velocemente su se stessa mentre mi avvicinavo al porto sulla Schelda. I luoghi, raggiunti per via di terra, mi parvero diversi. Entrai nella città come l'indesiderato che torna sui luoghi dell'onta perché spinto a chiudere il cerchio del rifiuto.

Lì mi aspettava Henri, insieme al pastore Uytenbogaert che, in fuga dall'Aia, vi aveva trovato dimora. Henri, di ritorno dalla Francia, era in transito verso la Germania dove Maurizio l'aveva inviato per raccogliere notizie su una probabile guerra boema. Un infallibile intuito militare suggeriva al mio figliastro di non fidarsi di quel che avveniva a est, dove i principi tedeschi, troppo occupati a guardarsi l'un l'altro con sospetto, non si avvedevano del nemico alle porte.

Fu un sollievo incontrarci lontano dall'Olanda e i pochi giorni trascorsi ad Anversa mi diedero modo di guardare Henri, sullo sfondo di una terra franca. Era felice di sapermi al sicuro e disse di non temere per sé: l'ira di Maurizio faceva eccezione per le persone di cui si sentiva padrone. Lui, Henri, preferiva lasciarglielo credere, convinto che Maurizio avesse fatto il suo tempo. La pace e il perdono avrebbero invaso l'Olanda e il lupo avrebbe cenato con l'agnello. Accolsi le sue profezie senza seguirne la logica, ma avevo voglia di credergli e non gli feci domande. Vivemmo in tranquillità per tre giorni e pochissime parole ruppero quella quiete irreale.

Piansi un po' nel lasciarlo, temevo che il vento che soffiava da oriente ci avrebbe fatto rimpiangere le nostre piccole guerre e costrinsi Henri a promettermi che non sarebbe andato a farsi ammazzare sulle montagne bianche di Boemia.

Aveva oltrepassato i trentacinque anni e gli consigliai di approfittare del viaggio in Germania per scegliersi una sposa. Lui rise, sapendo quanto mi costava rinunciare all'idea di una nuora francese, e mi abbracciò, con un corpo sciolto dagli affanni, giovane e intenso. Mi ordinò di non ritornare, di rimanere a Parigi, nella città dove, più facilmente, in un futuro prossimo ci saremmo potuti incontrare.

Il pastore Uytenbogaert venne a salutarci poco prima della partenza. Nell'accomiatarsi, quando già era sulla soglia, si girò verso di noi, appoggiò la sua mano destra sulla mia spalla sinistra e la sua mano sinistra sulla spalla destra di Henri, poi disse con voce sicura:

– Che il Signore vi benedica e vi guardi. Che il Signore faccia risplendere il suo volto sopra di voi e vi sia propizio. Andate in pace, ricordatevi dei poveri, dei malati e degli afflitti e l'Iddio della pace e della speranza sia con voi, ora e sempre. Amen.

Rimanemmo immobili per qualche attimo, avvolti nella sua benedizione e nella pace che veniva invocata come compagna del nostro cammino.

Il viaggio da Anversa a Parigi continuò per le vie di terra, rese più sicure dagli accordi temporanei firmati con gli spagnoli, ma infinitamente meno piacevoli del passaggio sul mare che, anche nelle peggiori tempeste, non rinuncia all'armonia dei movimenti e al sortilegio empirico del galleggiamento.

Qualche cosa di sconosciuto si stava insinuando nella mia esistenza e andava a intaccare l'ottimismo che da sempre accompagnava i trasferimenti, indipendentemente dalla loro durata. Quella magia del tempo sospeso fra il prima e il dopo che mi aveva permesso, perfino nella san Bartolomeo, di staccarmi dal rigore degli avvenimenti, non funzionava più. Lo stratagemma che infinite volte mi aveva accordato il diritto di interrompere il contatto con la pena del quotidiano, aveva lasciato il posto a un realismo crudele, bruciando il presente a tutto vantaggio del passato. Parigi mi appariva troppo vicina, quasi indifferenziata, e le immagini che poche settimane prima me l'avevano fatta desiderare, svanivano man mano che mi avvicinavo. Avrei preferito intraprendere un viaggio molto, molto più lungo.

La delusione provata nell'apprendere che il mio amico fedele Duplessis-Mornay, confinato a Saumur a causa dell'età avanzata, non sarebbe stato lì a ricevermi, era stata resa più acuta dalle troppe difficoltà, apparentemente banali, legate alla ricerca di un'abitazione in cui vivere per qualche mese.

I viventi della mia generazione si erano ritirati in campagna, insieme ai familiari o alla servitù, e non riuscii a trovare un appartamento in affitto e nemmeno ospitalità presso le residenze parigine delle mie figlie, mi mancava Charlotte, tornata da tempo in Francia da sua madre. Una serie complicata di fatti da nulla, disseminati sulla strada per Parigi, sembrava rendere impossibile il mio avvicinamento alla capitale ed ero impaurita di dovermi ritirare a Lierville, dove l'ombra degli olmi non avrebbe potuto attenuare il bruciore dell'abbandono.

Tornai a sperimentare l'inquietudine che accompagna la comparsa di molteplici eventi negativi quando, pur nella loro piccolezza, si dispongono a oscurare qualsivoglia fonte di luce.

Una fitta acuta dentro il petto mi segnalò un nuovo cedimento, favorito dall'accumulo degli anni, e il corpo mi apparve fragile, appena sfiorato dagli sguardi degli altri, sbiadito nei suoi colori terreni. Forse quel che mi rimaneva da vivere era troppo poco per interessare qualcuno. Il tempo, come la ricchezza, rende prezioso chi lo possiede e per me, innegabilmente, cominciava a svanire. Forse, negli occhi di amici e parenti, la mia immagine si stemperava per diluire il dolore della perdita, anticipando un'assenza annunciata.

Il ritorno in Francia, accolto da un generale senso di svagatezza, mi impose di contare sulle mie sole risorse, aggiungendo alla piccola filosofia pratica qualche tassello di conferma e un dubbio insolente che accorciava il respiro. La scomparsa degli affetti, nel momento del bisogno, non era casuale. All'immagine che coltivavo di me, madre generosa, nobile attenta al bene comune, si sovrapponeva ora quella di una straniera sulle strade di Francia, di Savoia, di Svizzera e di Olanda.

Intuivo l'esistenza di un nesso che collegava gli eventi della mia vita e che si manifestava con l'impossibilità di mettere radici, nei luoghi e nei cuori. Io, soltanto io avevo fatto credere ai figli, ai parenti, agli amici di essere di passaggio, di non poter restare oltre un certo limite.

Il mio corpo matronale nascondeva un animo tagliente, sconosciuto a me stessa, capace di staccare, rompere, chiudere, laddove per altri sapevo legare, unire, sanare. La san Bartolomeo mi appariva sempre più spesso come una gorgone nel suo fantastico orrore e la mia mente faticava a staccarsi dai corpi spezzati che ancora si muovevano dentro di lei, caldi come allora. Lei mi aveva rubato la possibilità di ricongiungermi agli altri. Lei mi aveva strappato per prima la radice del cuore e, su quel gesto, la morte fulminea di Guglielmo aveva apposto il suggello. Temevo i ricordi, ma la volontà stava perdendo vigore e cedeva all'arbitrio della memoria.

Tenni a bada il senso di mortificazione suggerito dal sospetto di non essere più nei pensieri di nessuno e mi diedi a esaminare i giorni che mi stavano di fronte. Dal passato più recente avevo imparato che la lentezza, generata dal peso degli anni, non comporta lo spegnersi della vita attiva. L'esercizio della contemplazione aveva sostituito parte degli affanni, con una forma amabile di abbandono, non completamente terrena, simile all'attrazione ipnotica che si prova nei confronti dell'ignoto.

Le attività consuete affaticavano la mia mente più d'ogni altra cosa. Cominciavo a sentire la delusione che si prova quando, ancor prima di formulare la domanda, già si immaginano le risposte. Le soluzioni ardite che mi avevano acceso l'ingegno parevano a un tratto ordinarie e andava scomparendo quel fertile formicolio di ipotesi che movimentava l'aprirsi di una nuova giornata.

Fui stupita del successo che ottenni nell'appianare una grave controversia generatasi fra il principe di Condé e Maurizio di Nassau, ma nel farlo non provai piacere e fui grata all'ambasciatore Dumaurier quando volle intercedere per me, affinché fossero onorati i debiti pregressi, accumulati dopo la morte di Enrico IV. La piccola contabile che viveva dentro di me aveva smesso di battersi per i suoi diritti e di esigere i crediti, spesso ingenti, che le tasche regali amministravano con studiata indolenza.

L'invito sicuro, che conservavo colpevolmente in fondo alla lista delle preferenze, era quello della regina Maria a Fontainebleau. Non scelsi, accettai il piccolo esilio per esercitarmi nell'arte nuovissima di chi, perdendo il proprio tempo, improvvisamente lo trova.

14.
Uccelli

Ora sono qui, da più di un mese. La Fontana della bell'acqua, insieme ai boschi di cui si circonda, richiama come ogni autunno i nobili appassionati di caccia alla corsa e i latrati dei cani riempiono l'aria di vortici crudeli, ma anche di una vitalità sanguigna che si ferma all'altezza delle mie finestre.

L'amplissima loggia affrescata dai rapidi movimenti del Primaticcio e la galleria di Francesco I, decorata al suo sorgere dal Rosso, gagliardo fiorentino, mi rinfrancano nella loro animazione figurativa. In Fontainebleau si fondono le tradizioni più familiari dei reali di Francia e, se non al Louvre, qui posso sentirmi a casa, circondata da un'atmosfera domestica e distesa.

L'immensità degli spazi dà, a un'umanità incongruente, la possibilità di appartarsi e l'arte decorativa mi distrae dalle notizie che giungono dall'oltre Reno e parlano della guerra di Boemia, infine scoppiata. Le rare informazioni sugli spostamenti di Henri sospendono il timore per la sua incolumità, ma non il sospetto che Maurizio lo possa voler morto nel conflitto orientale. Le visite procrastinate delle mie figlie si perdono in una dimensione temporale sfumata, così come l'eventualità di un mio ritorno in Olanda.

In questi ultimi giorni contemplo la Venere del Rosso, scopertamente nuda, che invano tenta di svegliare Amore per dirgli che Marte è già partito e le armi prevalgono sul cuore. Ma soprattutto indugio davanti a Penelope che racconta a Ulisse le prove sopportate nella sua assenza. Le mani di lei sembrano enumerare fatiche e difficoltà e lo sguardo va dritto negli occhi di lui, a cercare attenzione.

Ulisse non sembra ascoltare, con la mano sanguigna le sfiora il volto, lievemente rosato, come a dire: «Perché parlare, è tutto passato, adesso son qui». Non si intendono i due, ma i corpi vicini seguono altri discorsi e ben si compensano, nel gioco infingardo di tensione e abbandono.

Gli affreschi mi circondano, come un tempo gli arazzi di Anversa. Il mondo classico dispone lungo le pareti interpretazioni gentili di fatti crudeli e l'antico mi viene incontro con verità disarmante.

Trascorro quest'ottobre dedicato a me sola, percorrendo le logge, ma più spesso seduta nella poltrona, accanto allo scrittoio, dove, quasi senza fatica, ho accolto i vivi e i morti. Il mese sta per finire con precisione da calendario e dalla finestra controllo il ritmo di caduta delle foglie e le attività di una coppia di merli che la vista, ancora acuta, ha individuato, indaffarati ai piedi di un tiglio. La merla volta e rivolta il terreno con una frenesia che mi riconosco e il marito la segue, con passo ben disteso, a raccogliere dove lei ha dissodato. L'armonia di quel contratto non richiede il mio parere e sposto lo sguardo verso una pozza, dove alcune gazze camminano con circospezione, cercando di non bagnarsi oltre il ginocchio e raccolgono il piumaggio per non infangarsi. Un pettirosso segue a breve distanza gli stivali di uno scudiero che, avanzando verso il bosco, sollevano dal fogliame che copre il sentiero, un deposito di viveri. Il paffuto volatile, con movimenti meccanici, affonda e ritrae il becco dalla ricca dispensa.

Da qualche giorno mi sento poco bene, quella fitta accusata al petto, nel viaggio di terra, non era soltanto un allarme dell'anima, ma più probabilmente un segnale del corpo malato. Il medico Seguyre ha identificato la malattia come una pleurite dovuta al peggioramento di un'affezione polmonare cronica. Il farmacista Loré si sta facendo in quattro per arginare la febbre crescente e sostiene che il clima umido dell'Olanda, con i suoi vapori malsani nella calura estiva, mi ha procurato questa grave infezione. Dico loro di sentirmi fortunata per aver raggiunto un'età superiore alla media e per essere sopravvissuta alle ondate di pestilenze che hanno inaugurato il nuovo secolo.

La signorina di Bricquemault, mia damigella d'onore, è convinta che la longevità sia da attribuire alla fedeltà delle cicogne che all'Aia abitavano il nostro tetto, scongiurando così lo scorbuto, la malaria e la gotta. Non ho potuto estirpare le varie credenze locali che hanno attecchito nel suo cervello. Una vena ipocondriaca l'ha avvicinata alla credulità olandese che fa incetta di vino di Cina, tintura di aloe, mirra, zafferano e di un unguento speciale composto di tre parti d'olio d'oliva, una di sapone di Marsiglia e una di biacca di piombo. Ogni cucina popolare ne è fornita e conserva i talismani in piccoli vasetti, lo raccontava Guglielmo di ritorno dai suoi vagabondaggi nei quartieri dove cercava le formule della saggezza.

Il medico e il farmacista mi paiono preoccupati per il decorso della malattia; gli impiastri bollenti sul petto offrono un sollievo locale, ma non interferiscono sull'andamento della febbre e sui suoni sinistri che provengono dalle cavità del torace. Il corpo affonda in una palude di sensazioni sgradevoli che si distinguono, le une dalle altre, per la localizzazione e l'intensità nel manifestarsi.

Temo l'eventualità che il morbo non mi abbandoni mai più e mi immagino costretta a subire, in eterno, la schiavitù del sintomo, fino alla paralisi del pensiero. Per ora la mente è libera e vaga nella stanza, in compagnia dello sguardo, alla ricerca del senso da dare a quelle ore, forse a quei giorni che potrebbero essere gli ultimi se il farmacista non sarà in grado di sconfiggere il nemico che abita il costato.

Incrocio sempre più spesso lo sguardo di un coniglio, tessuto con seta e lana nella tappezzeria posta davanti al letto. Il suo colorito dorato richiama quello delle ghiande e delle foglie autunnali della quercia lì accanto. L'occhio nerissimo non mi perde di vista, anche se attratto da un ramoscello fresco, appoggiato accanto al suo muso. L'ordito color mattone mette in movimento le fronde più verdi, le cui estremità lobate, come cento mani, mi salutano nella penombra.

Amo le parole quasi quanto le persone e i loro nomi hanno sul mio cervello una presa sublime che spalanca mondi mai visti e storie infinite di radici, su cui crescono mirabili alberi genealogici. Voglio offrire ai nomi, e quindi alle persone che li rappresentano, un ultimo tributo della mia passione e fissarli in un testamento che non dimentichi nessun cocchiere, carrozziere, cuoco, lacchè, cameriere, impiegato, scrivano e segretario e poi cassiere, pastore, damigella e guardarobiere, giardiniere, sguattera e paggio e poi ancora cantiniere, dispensiere, levatrice e nutrice. Li voglio nominare uno per uno, con quelle parole bellissime create apposta per loro e che i notai regali vorranno elencare in bella calligrafia, e mi devo affrettare, consapevole che nulla è più certo della morte, così come nulla è più incerto del giorno e dell'ora che lei vorrà scegliere per me.

Ogni cognome avrà il suo nome e, accanto, il mestiere che ha svolto e lì vicino i tornesi, a rappresentare, in forma vile ma concreta, anche se non commensurabile al merito, la mia riconoscenza per ciascuno. Ho trascorso con molti di loro decine di anni e non voglio dimenticare neppure gli orfani dei domestici di mio padre, i più colpiti dalle avversità.

Comincerò dal capocameriere, Diogènes Chamaillard, cui andranno tremila lire tornesi, così come al mio scudiero Gédéon de Vaufin. Alla signorina de Bricquemault dovrò darne almeno seimila e ancor più vorrei lasciare alla mia vecchia cameriera Perrine che, da più tempo di tutti, accompagna la mia sorte. Cinquemilaquattrocento andranno benissimo e non offenderanno la mia damigella così attenta alle differenze di grado. Perrine avrà l'opportunità di provvedere alla vecchiaia incipiente, senza dover mendicare presso altri padroni piccoli lavori di sostentamento.

Mi immergo in calcoli complessi, affinché circa trenta persone possano ricevere, in parti ragionevoli, i quarantamila tornesi che voglio mettere a loro disposizione. Nell'attesa dei notai ho compilato io stessa un elenco per non dimenticare nessuno, aggiungo in calce le tre chiese ugonotte di Francia cui mi legano storia e affetto. Il resto andrà a Henri che ne disporrà come meglio crede. A suo zio d'Andelot vorrei offrire un anello di gemme, su cui è impresso il ritratto della duchessa di Bar, e un paio di braccialetti smaltati di nero e impreziositi di diamanti, affinché li consegni a sua moglie.

Detterò ogni punto ai notai, e concluderò con la richiesta che il mio corpo mortale sia portato in Olanda e deposto accanto a quello di Guglielmo. Non ha davvero più importanza per me dove saranno collocate le mie ossa, ma credo che il mio posto sia lì accanto a lui per riprendermi, nella memoria del paese, la posizione che mi spetta, ma che molti vorrebbero dimenticare.

Forse verrà un tempo in cui lo stordimento delle armi lascerà il posto alla costruzione del bene, mi piace pensare che allora qualcuno potrebbe venire alle nostre tombe, come si va a quella del padre e della madre.

Pensavo di provare maggior pena per i figli lontani, per le figlie appena intraviste, per i nipoti poco conosciuti e gli amici dispersi, per mio fratello Charles, unico sopravvissuto, il cui affetto mi arriva breve e intermittente. La sua presenza è cresciuta negli ultimi anni in una forma di sviluppo tardivo, come capita al bosso se viene potato troppo severamente. Prego Perrine di mettere molte briciole di pane alle finestre affinché i pettirossi vengano a trovarmi con la loro lieta livrea invernale. Arrivano solitari e si fermano a lungo, incuranti del tempo che passa, muovendo a scatti soltanto il piccolo capo che emerge di poco dalla perfetta rotondità del corpo, ne sento il tepore e la compagnia serafica.

Da qualche giorno mi pare di intravedere, al crepuscolo, un'ombra seduta sulla sedia posta accanto all'armadio, vicino alla soglia. Un'ombra che si intrattiene fino alle prime luci dell'alba per poi tornare la sera, forse in attesa, forse, chissà. Oggi ho chiesto a Perrine di darmi uno specchio e ho contemplato con calma ogni ruga e ho visto il percorso degli anni, disegnato con la pazienza di un cesellatore. La donna che mi osserva ha molto sofferto e ha provato sentimenti profondi da cui non ha potuto sottrarsi neanche una volta. Non ha saputo risparmiarsi né proteggersi dalla violenza delle emozioni che spesso ha subito. Una donna vulnerabile che nella sua lunga vita è riuscita, se non altro, a farsi consapevole della sua vulnerabilità. Vedo una donna arresa, anche se non rassegnata, con uno sguardo calmo e un poco infelice, mentre l'occhio sfugge a se stesso per andare più in là, verso l'uscio, verso quell'ombra che dimora immobile accanto alla porta.

Ora gli occhi di mio padre e di Guglielmo si sovrappongono ai miei e riconosco il lampo che sfugge al controllo e si perde dentro uno spazio lontano. Mio padre che mi dice di uscire, per prepararsi da solo al distacco. Guglielmo che chiede scusa per la fretta di andare, per non avere il tempo di rimanere, per dover già guardare più in là. Ora sono dentro il mistero e lo specchio scivola via e gli occhi si chiudono per trattenere quegli sguardi sensibili dentro di me. Ma il tempo non è ancora venuto e un rimpianto cocente libera una lacrima di compassione.

Di questo lungo ottobre, occupato a setacciare la vita, non conservo neanche una parola scritta. Provo un rincrescimento profondo per non aver registrato neppure una frase di questa storia presto smarrita. Henri avrebbe potuto sapere, avrebbe potuto comprendere quel che non è stato possibile dire. Qualcuno, molto dopo di me, avrebbe potuto raccogliere tanta fatica e volerla per sé.

Nel caldo delirio del male mi sembra di scorgere, sul confine del prato, un pastore ansimante che corre verso un agnello affamato e malconcio, nascosto fra i rovi. L'uomo, raggiunta la bestiola, si inginocchia e con le dita robuste districa dai rovi la lana arricciata. L'agnello si calma e riconosce, con la lingua rugosa, la mano del padrone. Il palmo del pastore scorre sul vello, toglie le ultime spine in una lunga, forte, carezza. Alzandosi, afferra con entrambe le mani il corpo tremante, con uno slancio del tronco lo issa sulle spalle e stringe, con polso fermo, le zampe abbandonate sul petto. Poi, con passo sicuro, si allontana.

Allegati

I luoghi di Louise

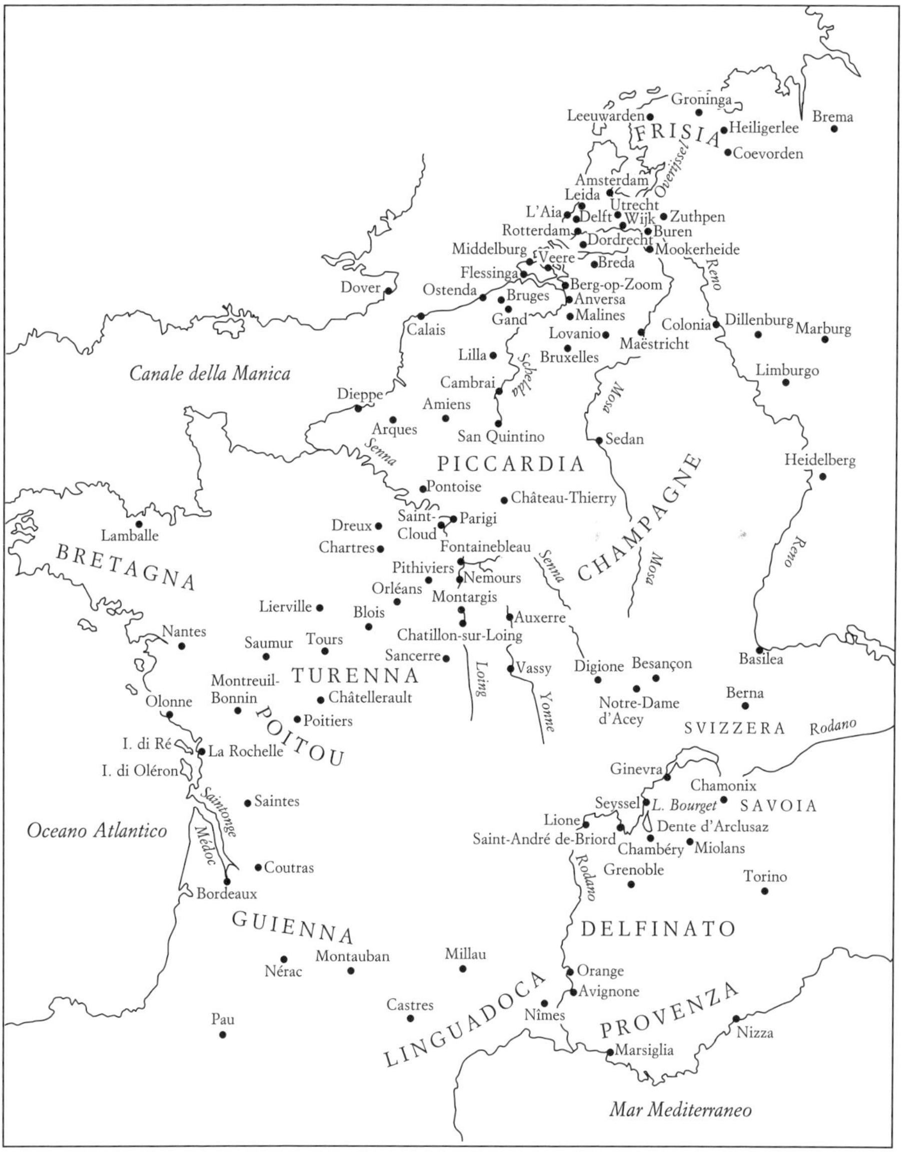

Genealogia di Louise de Coligny

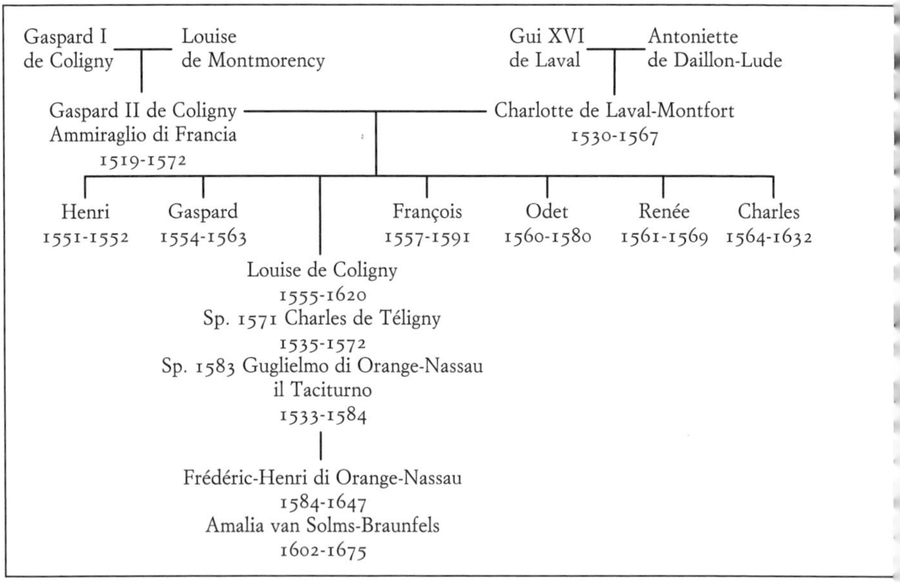

Cronologia

Anno	Vita pubblica	Vita privata	Arti e mestieri
1421	Il 18 novembre il Reno e la Mosa distruggono 35 villaggi e uccidono centomila persone		Maestro della tavola di sant'Elisabetta, *L'inondazione del giorno di sant'Elisabetta*
1450			Paolo Uccello, *Battaglia di san Romano.* Nasce Hieronymus Bosch
1456			Gutenberg stampa la prima Bibbia a Mainz
1482			Comparsa della denominazione Nederlands (del paese basso)
1484 ca.			*La dama del liocorno*, arazzo, Paesi bassi
1509	Nasce Giovanni Calvino. Sale al trono Enrico VIII		Erasmo da Rotterdam, *Elogio della follia*
1510	Nasce Renata di Francia, figlia di Luigi XII, duchessa di Ferrara per il matrimonio con Ercole II d'Este. Alla morte del marito torna in Francia, nel suo castello di Montargis		Nasce il chirurgo Ambroise Paré, acuto osservatore delle guerre dalla parte delle vittime, autore di *Apologia e trattato contenenti i viaggi fatti in diversi luoghi* e *Metodo per curare le ferite causate dagli archibugi*
1516	I Paesi bassi cadono sotto il controllo spagnolo		Tommaso Moro, *Utopia*
1517	Martin Lutero affigge le sue 95 tesi alla porta della chiesa del castello di Wittenberg		A Bruxelles Pieter van Aelst tesse, anche su cartoni di Raffaello, gli *Atti degli apostoli*
1519	Nasce Teodoro di Beza, riformatore francese. Succederà a Calvino nella direzione dell'Accademia di Ginevra	Nasce Gaspard de Coligny, padre di L., Ammiraglio di Francia	Il luteranesimo compare nei Paesi bassi con l'agostiniano Jacobus Praepositus, priore del convento di Anversa
1520	Scomunica di Lutero	La nonna di L., Louise de Montmorency, dà inizio alla ristrutturazione del castello di Châtillon-sur-Loing	Albrecht Dürer, *Studio di cane* e *Il porto di Anversa sulla Schelda*

Anno	Vita pubblica	Vita privata	Arti e mestieri
1521	Dieta di Worms. Carlo V mette al bando Lutero e vieta la lettura e la diffusione delle sue opere		Muore il compositore Josquin Desprès
1525	Battaglia di Frankenhausen, fine della guerra dei contadini. Thomas Müntzer, animatore in Sassonia della Comunità di santi e alleato dei contadini, viene decapitato		Nasce Pieter Bruegel il Vecchio
1526			Apre la Borsa di Anversa, già Borsa del Pepe
1527	Sacco di Roma. Nasce Filippo II di Spagna		Paracelso tiene per primo, in tedesco, lezioni di medicina all'università di Basilea
1530	*Confessione augustana*. Melantone elabora gli articoli fondamentali della dottrina luterana	Nasce Charlotte de Laval, madre di L.	Prime presenze in Francia degli ugonotti (forse dal tedesco *eidgenossen*, confederati)
1533	Calvino aderisce alla Riforma	Nasce Guglielmo I di Orange-Nassau, detto il Taciturno	
1534	Fondazione della Compagnia di Gesù. Ignazio di Loyola si mette a disposizione del papa. Atto di Supremazia: la Chiesa d'Inghilterra si separa da Roma		Si conclude la traduzione di Lutero della Bibbia in dialetto sassone, nasce il nuovo tedesco. A Ferrara si fondano le prime officine per la costruzione delle carrozze, inventate in Ungheria, la cui cassa è sospesa, con cinghie, al telaio
1536	Calvino arriva a Ginevra		Giovanni Calvino scrive l'*Institutio christianae religionis*, compendio sistematico della religione protestante
1537			Francesco Guicciardini inizia la stesura della *Storia d'Italia*

1538	Calvino, allontanato da Ginevra per le sue pretese riformatrici troppo rigide, vi farà ritorno tre anni dopo		Lucas Cranach, *Ritratto di ragazza*
1540		Nasce Jacqueline d'Entremont	Scuola di Fontainebleau: Primaticcio, *Penelope racconta a Ulisse le prove subite durante la sua assenza* e *Venere frustrata*
1542			Benedictus Appelzeller musica il salmo 130 *Dal fondo della mia afflizione*
1543			Clément Marot traduce in versi una cinquantina di salmi, nucleo del salterio ugonotto
1545	Si apre il Concilio di Trento		
1546	La guerra di Smalcalda raccoglie l'opposizione agli Asburgo		Nasce Tycho Brahe, astronomo danese le cui osservazioni planetarie consentiranno a Keplero di formulare le sue leggi
1547	Edoardo VI, re d'Inghilterra. Sconfitta della lega di Smalcalda	Matrimonio dei genitori di L.: Charlotte de Laval e Gaspard de Coligny. Muore la nonna Louise de Montmorency, da tempo uscita ufficialmente dalla chiesa cattolica	
1550			François Clouet, *Gaspard de Coligny.*
1551			Claude Goudimel musica otto libri di Salmi in forma di mottetti
1553	Maria Tudor sale al trono d'Inghilterra		Frans Huys, Pieter Bruegel, *I piaceri dell'inverno davanti alla Porta San Giorgio ad Anversa*

Anno	Vita pubblica	Vita privata	Arti e mestieri
1555	Pace di Augusta *(cuius regio eius religio)*. Carlo V lascia al figlio Filippo II la corona di Spagna e Paesi bassi	Nasce Louise de Coligny a Châtillon-sur-Loing, il sabato 28 settembre, alle otto e tre quarti del mattino	Anthonie Mor, *Ritratto di Guglielmo d'Orange, detto il Taciturno*
1556	Filippo II si impegna a riunire la cristianità nella fede cattolica sotto la guida della Spagna		Georgius Agricola, *De re metallica*
1557	Battaglia di San Quintino vinta dall'esercito di Carlo V al comando di Emanuele Filiberto di Savoia contro i francesi	L'Ammiraglio de Coligny viene fatto prigioniero. Nasce François, fratello di L.	Joaquim du Bellay, *Regrets*
1559	Pace di Cateau-Cambrésis fra Francia e Spagna: la Spagna afferma il suo predominio sull'Italia, la Francia restituisce ai Savoia le terre occupate conservando il marchesato di Saluzzo. Alla sorellastra di Filippo II, Margherita, viene affidata la reggenza dei Paesi bassi		Fondazione dell'Accademia ginevrina. Pieter Bruegel il Vecchio, *Proverbi fiamminghi*
1560		Nasce Odet, fratello di L. L'Ammiraglio dà inizio alla costruzione della Loggia delle arance e del Pozzo nel castello di Châtillon	Hans Vredeman De Vries, *Variae Architectura Formae*. Pieter Bruegel il Vecchio, *Giochi di fanciulli*
1561	Colloqui di Poissy, assemblea convocata dalla corte reale per conciliare cattolici e ugonotti		Guy des Brès et al., *Confessio belgica*, confessione di fede delle chiese olandesi. Tortorel e Perissin, *Il colloquio di Poissy*, incisione
1562	Il massacro di Vassy, a opera del duca Francesco di Guisa, dà inizio alla prima di otto guerre di religione. Battaglia di Dreux e cattura di Condé	Nasce Renée, sorella di L. L'Ammiraglio e sua moglie aderiscono esplicitamente al movimento di riforma	Il tulipano sbarca ad Anversa. Tortorel e Perissin, *La battaglia di Dreux e la cattura di Condé*
1563	Pace di Amboise. Caterina de' Medici, reggente per Carlo IX, riconosce ai protestanti libertà di culto. Si chiude il Concilio di Trento.		*Catechismo di Heidelberg*, manuale dell'istruzione catechetica riformata

1564	Muore a Ginevra Giovanni Calvino	Nasce Charles, unico fratello a sopravvivere alla sorella L.	Istituzione dell'*Index librorum prohibitorum* a opera della Congregazione del Santo Uffizio
1565	Inasprimento delle persecuzioni a opera dell'Inquisizione. Nei Paesi bassi, nasce il movimento dei Pezzenti del mare		Pieter Bruegel il Vecchio, *Cacciatori nella neve*
1566	La furia iconoclasta popolare distrugge le immagini sacre in tutti i Paesi bassi		
1567	Ripresa della guerra civile in Francia. Gli spagnoli istituiscono a Bruxelles il Tribunale del sangue	La famiglia de Coligny si trasferisce a Orléans dove Charlotte Laval, madre di L., muore di tifo	Philibert Delorme, *Primo libro dell'architettura*
1568	Esecuzione di Lamoral Egmont, governatore del Brabante e dell'Artois. Guglielmo di Nassau-Orange accetta di guidare i Paesi bassi nella guerra contro gli spagnoli occupanti. Comincia la Guerra degli ottant'anni	La famiglia di L. fugge a La Rochelle dove muore la sorella Renée	
1569	Battaglia di Jarnac. Condé viene assassinato, Gaspard de Coligny prende il comando	Testamento dell'Ammiraglio de Coligny. Assassinio dello zio di L., François d'Andelot	
1571	Battaglia di Lepanto. I turchi perdono la supremazia navale nel Mediterraneo. Sinodo e Confessione di La Rochelle	L. sposa Charles de Téligny e l'Ammiraglio de Coligny sposa Jacqueline d'Entremont	Nasce Johannes Keplero, allievo di Brahe, studierà il moto dei pianeti
1572	Eccidio di san Bartolomeo. Sullo sfondo il matrimonio di Enrico di Navarra (futuro Enrico IV) con Margherita di Valois (Margot). Massacro degli ugonotti a Parigi e in tutta la Francia. Presa di Veere, Brielle e Flessinga, le prime città liberate dei Paesi bassi	Assassinio dell'Ammiraglio de Coligny, padre di L., del marito Charles e della maggioranza degli amici e parenti. Nasce Béatrice, ultima sorella di L.	Appare una nova nella costellazione della Cassiopea. Adriaen Thomas Key, *Guglielmo d'Orange*. Marnix de Sainte-Aldegonde compone il *Wilhelmuslied*. Frans Hogenberg, *La discesa dei Pezzenti del mare su Brielle*

Anno	Vita pubblica	Vita privata	Arti e mestieri
1573	Enrico d'Angiò mette sotto assedio La Rochelle. La città di Alkmaar vince l'assedio spagnolo	L. lascia Saint-André-de-Briord, in Savoia, dove si era rifugiata insieme alla matrigna Jacqueline d'Entremont, frattanto incarcerata nella torre di Nizza da Emanuele Filiberto di Savoia. L. entra in Svizzera	Jost Amman, Ritratto di *Gaspard II de Coligny*. Giorgio Vasari, *Il massacro della san Bartolomeo*
1574	Assedio e liberazione di Leida	L. è a Basilea e poi a Berna	Joost Lanckaert, *Arazzo raffigurante la liberazione di Leida*
1575	A Oudewater gli spagnoli trucidano la popolazione	Guglielmo d'Orange sposa Carlotta di Borbone a Brielle	Guglielmo fonda l'Università di Leida
1576	Editto di Beaulieu. Il re concede ai protestanti la libertà di culto fuorché a Parigi e nei luoghi di soggiorno della corte. Massacro di Anversa da parte degli spagnoli. Muore Renata di Francia	L. torna in Francia e si stabilisce a Lierville-en-Bauce nelle proprietà del marito	Ad Harlem sono in funzione cinquanta stabilimenti per la produzione della birra
1577	*Formula di Concordia*, fondamento dottrinale dell'ortodossia luterana		Tredici balene arenate a ter Heyden indicate come un presagio sinistro
1578	Guglielmo d'Orange propone al paese la *Religionsfried* e formula il motto della casa d'Orange-Nassau *Je mantiendrai*		
1579	L'unione di Utrecht sancisce la separazione dei Paesi bassi del nord. Filippo II bandisce Guglielmo d'Orange		Amsterdam conta trentunomila abitanti. Marc Duval, *I tre fratelli Coligny*
1580	Editto di proscrizione emanato da Filippo II contro Guglielmo d'Orange con taglia di venticinquemila scudi d'oro	Muore Odet, fratello di L., all'età di vent'anni. Muore Giuliana, madre di Guglielmo	I vetri alle finestre sono comuni nei Paesi bassi, meno comuni in Francia, per nulla in Spagna
1581	Dichiarazione di indipendenza dalla Spagna delle sette Provincie unite sotto la guida di Guglielmo d'Orange	L. è testimone al matrimonio del fratello maggiore François con Marguerite d'Ailly de Pecquigny	Paschal de l'Estocart, *Ottonari della vanità del mondo*. Hendrick Golzius, *Guglielmo d'Orange*

1582	Quinto tentativo di assassinio di Guglielmo d'Orange	Muore Carlotta di Borbone	Riforma gregoriana del calendario. Il missionario gesuita Matteo Ricci arriva in Cina
1583		L. sbarca a Flessinga e si reca ad Anversa dove, il 12 aprile, sposa in seconde nozze Guglielmo d'Orange. Tre mesi più tardi, per motivi di sicurezza, si trasferisce a Middelbourg e quindi a Delft	Brantôme, *Vite delle dame galanti.* Hendrick Goltzius, *Picchiere*
1584	Assassinio a Delft di Guglielmo d'Orange, il 10 luglio. Costituzione degli Stati generali. I rappresentanti delle sette province siedono all'Aia presieduti dall'Olanda, sotto la guida politica del Gran pensionario Barneveldt	Nasce a Delft Frédéric-Henri, unico figlio di L. e Guglielmo	
1585	Anversa si arrende ad Alessandro Farnese. Maurizio di Nassau, figlio di Guglielmo, sale al governo delle Province unite. Nasce il cardinale Richelieu	L. si stabilisce in Zelanda dove intrattiene relazioni d'amicizia e diplomatiche con gli inglesi di stanza a Flessinga: Davidson, Leicester, Sidney	Nasce in Turingia il compositore Heinrich Schütz
1586	Battaglia di Zuthpen	Philip Sidney muore per le ferite riportate	
1587	Enrico di Navarra sconfigge l'esercito cattolico a Coutras. Decapitazione di Maria Stuarda	Viaggio di L. in Frisia per il matrimonio della figlia adottiva Anna con il cugino Guglielmo Luigi di Nassau	Nasce il poeta Joost van den Vondel
1588	Rotta dell'*Armada Invincible* nelle tempeste dell'Atlantico, incalzata dalla flotta inglese al comando di Francis Drake	L. sollecita inutilmente, presso Maurizio di Nassau, il rispetto degli accordi economici stabiliti dagli Stati nei confronti delle figlie e dei figli di Guglielmo	Clusius dà inizio alla coltivazione della patata a Francoforte
1589	Muore a Blois Caterina de' Medici. Enrico IV sconfigge ad Arques le truppe cattoliche. Assassinio di Enrico III		

Anno	Vita pubblica	Vita privata	Arti e mestieri
1590	Assedio di Parigi	L. negozia un soccorso di sei navi per Enrico IV presso gli Stati generali	
1591	Assedio di Lamballe	L'8 ottobre muore François, fratello di L., in seguito alle ferite riportate in battaglia; muore anche François de La Noue	
1593	Enrico IV si converte al cattolicesimo e pone fine alle guerre	L. convince il filologo Scaliger ad accettare la cattedra di Leida, dove studierà il figlio Henri	Inizia ad Harlem la costruzione del Municipio
1594	Incoronazione di Enrico IV a Chartres	L. rientra in Francia, dopo dieci anni di assenza	Costruzione del Clusiusgarden, oggi parte dell'Hortus Botanicus di Leida.
1595		Elisabetta, figlia di Guglielmo d'Orange, sposa il duca di Bouillon, a Sedan	Anonimo francese, *Teodoro di Beza*
1598	Editto di Nantes. Libertà relativa per gli ugonotti. La Francia diventa uno stato unitario nazionale. Il ministro Sully riorganizza l'agricoltura e le finanze, potenzia l'industria e il commercio. Prima colonia francese in Canada. Muore Filippo II	Brabantina, figlia di Guglielmo d'Orange, sposa Claude de La Trémoïlle. Henri rientra in Olanda dopo un anno di vacanza in Francia	Jacob Matham da Hendrick Goltzius, *Balena arenata a Berckhey*
1599	Enrico IV ottiene l'annullamento del suo matrimonio con Margherita di Valois	Muore in Piemonte Jacqueline d'Entremont	Nasce Antonie Van Dyck
1600	Enrico IV sposa in seconde nozze Maria de' Medici. Battaglia di Nieuwpoort: Maurizio sconfigge Alberto d'Austria	L. si dedica alla coltivazione degli olmi a Lierville e segue la vendemmia	Giordano Bruno arso vivo per eresia

1602	Compagnia olandese delle Indie orientali	Implicazioni del duca di Bouillon nella cospirazione del maresciallo Biron	Jan Saenredam, *Balena arenata a Beverwijk*. Eclissi totale di luna. Epidemia di peste ad Amsterdam
1603	Muore Elisabetta I d'Inghilterra, le succede Giacomo I, figlio di Maria Stuarda. Enrico IV riammette in Francia i gesuiti	Il duca di Bouillon ripara ad Heidelberg	*Guglielmo il Taciturno*, particolare della vetrata. *La liberazione di Leida*, St. Janskerk, Gouda
1604	Assedio e caduta di Ostenda. Dopo tre anni di guerra la città è annessa ai Paesi bassi spagnoli	Muoiono Henri, nipote di L., ucciso nell'assedio di Ostenda, e Claude de la Tremoïlle, marito di Brabantina	Si conclude la costruzione del Pont-Neuf a Parigi
1605	Muore Teodoro di Beza	L. è a Parigi per intercedere a favore del duca di Bouillon	Claes Jansz Visscher, *La preghiera prima del pasto*
1606	Enrico IV muove verso Sedan	L. redige una descrizione di Lierville nell'intento di vendere la proprietà	Claude Le Jeune, *Ottonari della vanità* e *Incostanza del mondo*. Nasce Rembrandt. Il cioccolato arriva nei Paesi bassi
1609	Tregua dei dodici anni fra Spagna e Paesi bassi. Lotte partigiane fra Maurizio di Nassau e Barneveldt	L. progetta con le figlie «francesi» il matrimonio del figlio Henri con Anne de Rohan	Ugo Grozio, *Mare liberum*. Fondazione della Banca di Amsterdam. Sbarco del primo carico di tè
1610	Enrico IV viene assassinato dal fanatico cattolico François Ravaillac	L. è a Parigi per i funerali del re	Quarantasei pastori arminiani chiedono agli Stati generali di modificare la confessione di fede sul tema della predestinazione
1618	Si apre il Sinodo di Dordrecht. Ha inizio la Guerra dei trent'anni. Defenestrazione di Praga	L. riceve un ritratto di Maria de' Medici	Hendrick De Keyser costruisce la Bartolotti-huis
1619	Decapitazione del Gran pensionario d'Olanda, Barneveldt		Fondazione di Batavia, l'odierna Djakarta

Anno	Vita pubblica	Vita privata	Arti e mestieri
1620	Battaglia della Montagna Bianca. Il re d'inverno Federico il Palatino fugge in Olanda	Il 9 novembre muore a Fontainebleau Louise de Coligny	Hendrick Avercamp, *Paesaggio invernale con ponte a bascula.* *L'esecuzione di Egmont e Hoorn*, incisione anonima
1621	Compagnia olandese delle Indie occidentali		Hendrick e Pieter de Keyser concludono a Delft il Mausoleo di Guglielmo il Taciturno
1625	Resa di Breda agli spagnoli. Justin di Nassau si arrende al genovese Ambrogio Spinola	Muore Maurizio di Nassau. Frédéric-Henri, figlio di L., sposa Amalia van Solms Braunfels	
1626			Coloni olandesi fondano Niew Amsterdam, oggi New York, ne è governatore Peter Stuyvesant
1628	Assedio e presa di La Rochelle da parte del cardinale Richelieu		Christophe de Bonours, *Le mémorable siège d'Ostende décrit et divisé en 12 livres*
1632			Nasce ad Amsterdam Baruch Spinoza. Rembrandt, *La lezione di anatomia del dottor Nicolas Tulp*
1635			Diego Velázquez da Silva, *La resa di Breda*
1637			Simon Fokke, *Speculazione sui tulipani.* Scoppia la bolla speculativa del tulipano
1642	Prima rivoluzione inglese		Rembrandt, *La ronda di notte*
1645			Dirck van Delen, *Famiglia accanto alla tomba di Guglielmo il Taciturno a Delft*

1647		Muore Frédéric-Henri	*Il pastore riformato Jan Uytenbogaert*, incisione
1648	La pace di Westfalia sancisce la fine della Guerra dei trent'anni. Pace dell'Aia, la Spagna riconosce la nuova Repubblica		Amsterdam conta centocinquantamila abitanti
1650			Gerard Houckgeest, *Mausoleo di Guglielmo il Taciturno a Delft*
1653	Protettorato di Oliver Cromwell		Abraham van Beyeren, *Natura morta sontuosa*
1661	Muore il cardinale Mazarino		Jan Vermeer, *Veduta di Delft*
1674			*Louise de Coligny*, incisione

Indice

Varianti

César Aira, Ema, la prigioniera
Louisa May Alcott, Mutevoli umori
Jean Améry, Charles Bovary, medico di campagna
Jean Améry, Intellettuale a Auschwitz
Jean Améry, Levar la mano su di sé
Jean Améry, Rivolta e rassegnazione
Anonima, Seduzione sul lettino o Il malinteso amoroso
Franco Antonicelli, Ricordi fotografici
Elizabeth von Arnim, Amore
Elizabeth von Arnim, Cristoforo e Colombo
Elizabeth von Arnim, Elizabeth a Rügen
Elizabeth von Arnim, I cani della mia vita
Elizabeth von Arnim, Il giardino di Elizabeth
Elizabeth von Arnim, Il padre
Elizabeth von Arnim, La memorabile vacanza del barone Otto
Elizabeth von Arnim, La moglie del pastore
Elizabeth von Arnim, Lettere di una donna indipendente
Elizabeth von Arnim, Mr Skeffington
Elizabeth von Arnim, Un'estate da sola
Elizabeth von Arnim, Un incantevole aprile
Elizabeth von Arnim, Vera
Marc Augé, La madre di Arthur
Paolo Barbaro, La casa con le luci
Georges Bataille, Tutti i romanzi
Alfonso Berardinelli, Tra il libro e la vita
Werner Bergengruen, La morte a Reval
John Berger, Fotocopie

John Berger, Lillà e Bandiera
John Berger, Qui, dove ci incontriamo
John Berger, Una volta in Europa
Marco Bettini, Pentito
Dario Biagi, Vita scandalosa di Giuseppe Berto
Marie Bonaparte, Topsy
Eliana Bouchard, Louise: Canzone senza pause
Marco V. Borghesi, La questione dell'orizzonte
Jane Bowles, Due signore perbene
Jane Bowles, Piaceri semplici
Anthony Burgess, La banda Amadeus
Luigi Cancrini, La casa del guardamacchine
Anna Maria Carpi, E sarai per sempre giovane
Fabio Carpi, «Patchwork»
Ermanno Cavazzoni, Il poema dei lunatici
Ermanno Cavazzoni, Le tentazioni di Girolamo
Maurizio Ciampa, Tutto quello che offre il mondo: vita del pittore Shitao e del principe Zhu Ruoji
Hélène Cixous, Le fantasticherie della donna selvaggia: scene primitive
Laurent Cohen, L'uomo termometro: quando il cervello si guasta
Sigrid Damm, Cornelia Goethe
Daniela de Robert, Sembrano proprio come noi: frammenti di vita prigioniera
Alfred Döblin, Viaggio in Polonia
Jane Dunn, Sorelle e complici
Pablo Echaurren, Vite di poeti
Mircea Eliade, Diario d'India
Mircea Eliade, India
Mircea Eliade, La biblioteca del mahārāja e Soliloqui
Federico Ferrari e Jean-Luc Nancy, La pelle delle immagini
Enzo Filosa, Il romanzo impossibile
Enzo Filosa, La Picta
Ada Fonzi, Il fratello del littorio
Ada Fonzi, Quadro velato
Franco Fortini (a cura di Donatello Santarone), Le rose dell'abisso
Linda Grant, Ricordami chi sono
Aurelio Grimaldi, Le buttane
Aurelio Grimaldi, Storia di Enza
Hélène Grimaud, Lezioni private
Hélène Grimaud, Variazioni selvagge
Hervé Guibert, I miei genitori
Hervé Guibert, Il Paradiso

James Hogg, Confessioni di un peccatore eletto
Fernando Iwasaki, Il tarlo dei denti
Philippe Jaccottet, Austria
Marina Jarre, Ascanio e Margherita
Marina Jarre, Galambra
Marina Jarre, I padri lontani
Marina Jarre, La principessa della luna vecchia
Marina Jarre, Tre giorni alla fine di luglio
Marina Jarre, Un altro pezzo di mondo
Willy Jervis, Lucilla Jervis Rochat e Giorgio Agosti, Un filo tenace: lettere e memorie 1944-1969
Richard Keynes, Fossili, fringuelli e fuegini: le avventure e le scoperte di Charles Darwin
Zvi Kolitz, La tigre sotto la pelle: storie e parabole degli anni della morte
Stanisław Lem, L'indagine del tenente Gregory
Stanisław Lem, L'ospedale dei dannati
Doris Lessing, Mia madre
Germano Lombardi, L'instabile Atlantico
Albert Londres, L'Ebreo errante è arrivato
Albert Londres, Terra d'ebano: la tratta dei Neri
Maria Luisa Magagnoli, Un caffè molto dolce
Natalia Marino e Emanuele Valerio Marino, L'Ovra a Cinecittà: polizia politica e spie in camicia nera
Monika Maron, La mia Berlino
Monika Maron, Via alla Quiete, 6
Aidan Mathews, Rossetto sull'ostia
Harry Mathews, Sigarette
Joseph McElroy, Exponential
Joseph McElroy, Plus
Candia McWilliam, A doppio taglio
Candia McWilliam, Terra di confine
Lea Melandri, Come nasce il sogno d'amore
Pier Vincenzo Mengaldo, Antologia personale
Maria Rosa Menzio, Spazio, tempo, numeri e stelle: Teatro e Scienza 1
Reinhold Messner, La seconda morte di Mallory
Ichisada Miyazaki, L'inferno degli esami
Théodore Monod, Il viaggiatore delle dune
Théodore Monod, Lo smeraldo dei Garamanti: ricordi di un sahariano
Théodore Monod, L'avventura umana
Antonio Moresco, Clandestinità
Antonio Moresco, Lettere a nessuno

Elke Naters, Bugie
Elke Naters, Regine
Elke Naters, Mau Mau
Sergio Nelli, Ricrescite
Novanta animali disegnati da Danilo Mainardi
Maria-Antònia Oliver, Joana E.
Alberto Olivo, Ira fatale
Georges Perec, Mi ricordo
Georges Perec, Specie di spazi
Georges Perec, Teatro
Ruggero Pierantoni, Segesta, domani
Vjaceslav Pjetzuch, La stanza libera
Martin Pollack, Il morto nel bunker: inchiesta su mio padre
Richard Powers, Il dilemma del prigioniero
Richard Powers, Tre contadini che vanno a ballare...
Giampaolo Proni, Il caso del computer Asia
Marcel Proust, I piaceri e i giorni
Graciliano Ramos, San Bernardo
Luca Rastello, Piove all'insù
Mercè Rodoreda, Colpo di luna
Mercè Rodoreda, La piazza del Diamante
Mercè Rodoreda, Lo specchio rotto
Mercè Rodoreda, Quanta, quanta guerra...
Bernd Roeck, Piero della Francesca e l'assassino
Maurizio Salabelle, Il mio unico amico
Maurizio Salabelle, Un assistente inaffidabile
Lydie Salvayre, Anime belle
Lydie Salvayre, La vita comune
Lydie Salvayre, Passaggio alla nemica
Luca Scarlini, Lustrini per il regno dei cieli: storie di castrati
Christoph U. Schminck-Gustavus, Mal di casa
Walter Scott, Racconti del soprannaturale
Victor Segalen, Gauguin nel suo ultimo scenario
Birger Sellin, Prigioniero di me stesso
Michel Serres, L'ermafrodito: Sarrasine scultore
Bernard Simeone, Cavatina
James Stephens, La figlia della donna a ore
Sirkku Talja, Non mi dimenticare
Javier Tomeo, Il castello della lettera cifrata
Javier Tomeo, I nemici
Hermann Ungar, I mutilati

Hermann Ungar, Ragazzi e assassini
Sandra Verda, Il male addosso
Dario Voltolini, Una intuizione metropolitana
E. J. Wagner, La scienza di Sherlock Holmes: da *Baskerville Hall* alla *Valle della paura*, la scienza forense dietro ai più celebri casi del Grande Detective
H. G. Wells, La porta nel muro e altri racconti